总有一份工作
适合你

龙萱◎著

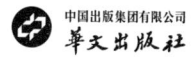

图书在版编目（CIP）数据

总有一份工作适合你 / 龙萱著. — 北京：华文出版社, 2025. 1. -- ISBN 978-7-5075-6037-4

Ⅰ. I247.5

中国国家版本馆CIP数据核字第2024H7B374号

总有一份工作适合你

著　　者：	龙　萱
策　　划：	胡　子
责任编辑：	寇　宁
出版发行：	华文出版社
地　　址：	北京市西城区广安门外大街305号8区2号楼
邮政编码：	100055
网　　址：	http://www.hwcbs.cn
电　　话：	总编室 010-58336239　责任编辑 010-58336195
	发行部 010-58336267
经　　销：	新华书店
印　　刷：	三河市航远印刷有限公司
开　　本：	710mm×1000mm　1/16
印　　张：	19
字　　数：	238千字
版　　次：	2025年1月第1版
印　　次：	2025年1月第1次印刷
标准书号：	ISBN 978-7-5075-6037-4
定　　价：	58.00元

版权所有，侵权必究

引　子

白磊，普通本科毕业后，单枪匹马闯进京城开始北漂，第一份工作是在国企GD公司，打拼七年多，在工程实施、运维、项目经理、包工头、兼职人力资源（HR）、销售、售前投标、采购等各种岗位间来回变动，有些工作变动是因为领导安排，没有选择的机会，有些岗位变动是靠白磊一点点谋划达成的，有过成功也有过失败。每一次工作变动时，白磊都会快速调整自己，尽快适应，努力奋斗。

白磊平时经常写日志，记录自己的真实北漂职场生活。在GD公司最后一次调动岗位去了杭州后，他感觉达到了自己的职场巅峰，并且深深爱上了杭州这个城市，曾下定决心从此以后就留在杭州发展，其间把日志整理成了职场小说，想还原最真实的国企职场现状。刚开始小说名字叫《北杭连漂记》，其间白磊曾跟同学讨论这本书的剧情：假如讲述一个人在一线城市北京打拼混不下去，因为买不起房子，生活成本太高，到了二线城市杭州打拼，买了比北京便宜的房子，从此就安稳幸福地生活了，这个剧情可能有点简单，大家都能想到。实际情况是，到了杭州之后，白磊发现以自己当时的收入也买不起杭州的房子，所以想设计一个剧情，让小说的主人公从杭州再返回北京继续奋斗，一方面增加剧情转折，另一方面其实也是白磊在问自己到底要不要真的留在杭州。就在这时，公司意外地把白磊调回了北京，白磊万万没有想到，一不小心把故事写进了自己人生的剧本里。

后来，白磊因故离开国企，很不甘心地到一个小创业公司打拼。当时白磊给自己定下了一个两三年后的奋斗目标——跳槽到数字化行业头部上市公司，而且提前写了小说的一个章节，就叫"成功步入TAB头部大公司"，"TAB"代指三家数字化行业头部上市公司（通聊、爱购、博查）。没想到，创业公司组织机构变动太快，刚刚工作一年多，白磊所在的团队就面临解散，白磊只能被迫跳槽。好在山重水复疑无路，柳暗花明又一村，在持续三个多月的七轮面试后，白磊成功地拿到了三家数字化行业头部大公司之一的通聊公司的工作机会（offer），成功步入现实中的"TAB公司"，第二次将故事写进了自己人生的剧本。正当白磊适应了新公司的工作节奏时，意外的机会来了，另一家大公司——爱购公司又抛出橄榄枝，为了追求更好的发展，白磊决然跳槽到爱购公司。在爱购公司打拼两年多，职场中最倒霉的裁员潮，竟然让白磊遇到了，无奈之下白磊只好拿着赔偿重新思考自己该何去何从……

这部职场小说以白磊的工作变动和跳槽经历为主线，也反映了当今职场中的变化和现状。现在很少有一份工作可以像以前一样，可以一直干到退休，一方面是由于外部环境原因，现在的社会环境变化太快，有很多不可控因素，例如国际形势的变化、疫情、经济危机、公司改革和高层频繁变动等；另一方面是由于内部原因，当代职场人大部分都是高学历知识分子，无论对自己的要求还是对工作的追求，都越来越高，很少有人会甘心一辈子默默无闻。现在职场中的人也变得特别浮躁，经常抱怨，同时会因为迫于各种生活压力和面对很多新的选择机会，而很难静下心来把一份工作干到底。社会上曾流传一段各年龄段的人对工作的理解，"60后不想跳槽，70后不敢跳槽，80后收入不高就跳槽，90后干得不开心就跳槽，00

后是领导不听话就跳槽"。白磊希望通过自己的亲身经历，告诫大家不要轻易跳槽，不要太浮躁，每次跳槽前一定要清晰地知道自己因为什么跳槽，如何跳槽，并且如何快速找到跟自己核心竞争力相匹配的工作。找工作不一定要找最好的工作，而是要找最适合自己的工作。与此同时，面对社会环境的飞速变化，也想告诫大家在职场中要时刻保持自己的核心竞争力，提前为自己的下一步做谋划。最好的工作状态就是既要像打算在这个公司工作一辈子一样努力工作，也要随时做好明天就离职的准备。在这本书中，白磊致力于讲述如何找到一个好工作，如何成功跳槽面试，如何做到打工人的天花板。书中也讲述了白磊在爱购公司艰辛打拼、成功转型销售的经历和在职场生涯的巅峰时刻被意外通知裁员的过程，讲述了他作为一名普通打工者的无奈和遭遇的不公平，但白磊仍相信，只要有不服输的坚持之心和不放弃的勇气，就一定能拼出个未来。

这部职场小说若能出版第二部，会重点讲述白磊被通知裁员后的辛酸历程，以及如何在人生低谷期凭借自己不服输的勇气，一步一步成功地走出裁员的困境。再次回到职场中，白磊更加清晰地知道了自己需要干什么，这次裁员反而令白磊的职场经历更加完美了。用白磊自己的话说就是：没有经历过裁员的职场，不是完美的职场。在经历过裁员的痛苦人生挫折后，白磊如同涅槃重生，更加坚强地重新站起来，把命运掌握在自己的手中。

如果有机会续写这部小说，希望下一部分能讲述白磊为国家工作的故事。

白磊希望通过这本书，创造出独一无二且对自己和他人都有长期价值的原创作品，希望自己的作品可以给在职场中迷茫的人一个参考，希望可以唤醒更多想改变命运的人，希望可以帮助更多的职场人在职场中少走弯路，如果有人能够从这本书的文字里受益并因这本书而改变，白磊愿意继续写下去。

主要人物名单

白　磊　主人公，在GD公司、杭州小风算据科技公司、通聊公司、爱购公司一路跳槽打拼

冷　鹏　爱购公司GG行业总经理

袁艺澄　白磊高中同桌，爱购公司程序员

赖　明　爱购公司GG行业区域主管，白磊在爱购公司的直属领导

李明新　白磊表弟，清华大学毕业后自己创业

潘盈盈　白磊大学初恋女友

苏南宫　GD公司综合管理部副主任（原人力资源招聘专员）

黄　佟　GD公司F分公司副总经理（GD公司A分公司工程一部原经理）

岳高坤　GD公司A分公司武汉项目经理

关公冶　GD公司A分公司武汉项目组成员

秦　亮　GD公司A分公司华北区销售部经理（白磊在A分公司工程一部原同事）

房大海　GD公司C分公司工程部经理（与白磊同批入职）

谭　摩　GD公司C分公司总经理助理（与白磊同批入职）

卓百里　GD公司F分公司总经理（GD公司A分公司事业部原主任）

孙德来　GD公司A分公司副总经理（GD公司A分公司工程二部原副经理）

杨宗政	GD公司总经理（A分公司原总经理）
温　胜	GD公司A分公司副总经理（GD公司A分公司运维中心原主任）
马清雪	GD公司行政助理，跟白磊一同到三亚演出
肖露露	GD公司A分公司测试部经理
石　静	GD公司A分公司综合部经理
赵玄奇	白磊工作后的女朋友
苗健安	GD公司A分公司海外工程部经理
袁　红	GD公司A分公司工程二部副经理
梁永强	GD公司A分公司西南区域销售经理（A分公司市场支持中心经理）
纪　宁	GD公司C分公司副总经理（GD公司F分公司事业部原主任）
何　权	GD公司B分公司市场营销中心总监（原GD公司F分公司副主任）
刘　刚	GD公司F分公司总经理
张简光	GD公司F分公司销售
王文文	GD公司F分公司研发部门经理
周　娜	GD公司F分公司综合部主任
马　福	GD公司C分公司副总经理
后乐正	GD公司C分公司总经理
沙　秋	GD公司副总经理，分管C分公司
谭明书	GD公司A分公司副总经理（A分公司研发部原经理）
姚　强	杭州项目组成员
庞艳华	GG集团北京分公司A业务部专责
熊　洋	白磊在杭州小风算据科技公司同事，后跳槽到通聊公司
阮丰竺	爱购公司架构师，后期跳槽了

邓　凯	白磊在杭州小风算据科技公司同事，后自己创业
缑单于	白磊在杭州小风算据科技公司的GG行业主管，后自己创业
蔻　财	通聊公司GG行业架构师团队主管
阚菁菁	通聊公司GG行业产品经理团队主管
呼延容	爱购公司GG行业架构师团队主管
秦昌黎	GG集团北京分公司信息中心处长

目 录

1. 裁员的浪潮二次席卷了 TAB 数字化公司 / 001
2. 没有危机感就是最大的危机 / 005
3. 北京地下室的实习生活 / 009
4. 学历的重要性 / 020
5. 印象最深的新员工培训 / 022
6. 有一种出差叫作美差 / 025
7. 留不下的匆匆城客 / 028
8. 借调到 GG 集团总部 / 030
9. 年会不能停,软实力也很重要 / 034
10. 第一次变动工作,被迫调走 / 038
11. 不知道能否走到一起 / 044
12. 初识户外,逃离北京 / 046
13. 考研成功,致逝去的本命年 / 049
14. 招聘"十大金刚",从包工头转战 HR / 054
15. 谁的职场不委屈,第一次想离职 / 060
16. 太湖边上的七天培训 / 066
17. 甜蜜而又短暂的北京爱情 / 068
18. 转岗失败,第二次想离职 / 073
19. 第二次变动工作,转岗市场部 / 079
20. 组织机构调整,第三次想离职 / 082
21. 第三次变动工作,终于升职了 / 085

22. 既来之则安之，以不变应万变 / 088
23. 决定你高度的不是你在做什么事情，而是你做成了什么事情 / 091
24. 投标，真的尽力了 / 094
25. 代理主任的权力 / 097
26. 被绩效寒心了，被年终奖伤心了 / 100
27. 被房东赶走，第四次想离职 / 103
28. 第四次变动工作，终于可以出长差了 / 105
29. 组建杭州嫡系团队 / 109
30. 人情都是一点一点积攒的 / 112
31. 越跑越野的逍遥生活 / 115
32. 杭州稳定了，却要被调回北京 / 117
33. 再次回到杭州 / 121
34. 企业的技术水平决定一切 / 123
35. 生存还是生活，决心留在杭州 / 125
36. 工作最快乐的时候就是搬砖 / 127
37. 终于下定决心离职 / 129
38. 突然被调回北京，打个措手不及 / 133
39. 为什么没有咬牙留在杭州的决心呢 / 136
40. 收起那颗去野的心 / 139
41. 提离职，你只需要一分钟 / 142
42. 临走前的饭局 / 145
43. 杭州小风算据科技公司的打拼 / 148
44. 甲方乙方丙方丁方 / 151
45. 第N次失眠，关于爱情 / 153
46. 项目经理的工作总结 / 155
47. 最艰难的一年，不同的人生轨迹 / 158
48. 在数字化公司的第一个通宵 / 162
49. 项目交付的难题，每家公司都解不开 / 164

50. 那份没有勇气开始的恋情　/ 166

51. 异地工作也是常态　/ 169

52. 总有那么一个时刻会把你推上去　/ 171

53. 真正适应了数字化行业的节奏　/ 175

54. 不得不转型，忍住　/ 178

55. 总要面对那突如其来的不安全感　/ 180

56. 面试的成败就在那么一瞬间、一个问题、一个坚持　/ 184

57. 人们不会渴望他生活以外的东西　/ 190

58. 成功步入 TAB 头部大公司　/ 193

59. 当你没那么看重收入了　/ 195

60. 不要过早地暴露自己的所有才能　/ 197

61. 有一种同事关系叫作网友　/ 199

62. 核心竞争力就是自学能力　/ 201

63. TAB 公司不给你学习的机会　/ 204

64. 团建之后才算真正地融入团队　/ 206

65. 对时间的理解越早建立越好　/ 208

66. PPT 宣讲的挑战　/ 210

67. 世界安静下来，你才能听到心跳的声音　/ 212

68. 都想空手套白狼　/ 214

69. 数字化公司不近人情的 KPI　/ 217

70. 如果跳槽，新公司中最好有棵大树　/ 221

71. 成功安排实习生到通聊公司　/ 222

72. 对于产品经理来说，老板就是你的第一客户　/ 225

73. 人人未必是产品经理　/ 227

74. 认清自己的价值所在　/ 230

75. 面试完爱购公司，真的不想再面试了　/ 234

76. 临走前的饭局　/ 237

77. 试用期的挑战　/ 239

78. 爱购公司的魔法培训　　／242

79. 不是在开会就是在去开会的路上　　／245

80. 忘不掉的"630"冲刺　　／248

81. 通聊公司的过渡真的很重要　　／252

82. 天上掉下来三个亿的大单　　／255

83. 你的价值在哪里　　／259

84. 爱购公司的加速度　　／262

85. 缘分总是兜兜转转　　／264

86. 眼前的苟且还是晋升的腾飞　　／266

87. 职场上的酒局　　／268

88. 换了几个工作之后　　／270

89. 站在巨人肩膀上，还是迷茫地看不清方向　　／272

90. 四两拨千斤，顺势而为　　／275

91. 成功推荐师弟到爱购公司入职　　／278

92. 到底是不是在唱双簧　　／281

93. 是谁卷走了你的时间　　／285

1.裁员的浪潮二次席卷了TAB数字化公司

> 有人说：当你失业的时候，请接受第一份你所能找到的、与自己原有工作经验匹配度高的工作，不要在意这份工作与你的个人能力之间的差距。如果你把自己所有的心思都用在这份工作上，不久之后你就会遇到更好的工作。职场如人生，起起伏伏，要勇于正确面对不同的阶段。
>
> ——题记

凌晨四点半闹铃响起，白磊早早地从石家庄赶第一班高铁到北京，然后开始拜访客户、开会、宴请客户，晚上又从北京坐飞机赶到成都，到了酒店之后还是开线上会，之后邀约客户喝茶谈事直至凌晨十二点半。等白磊拖着疲惫的身体回到酒店躺在床上后，浑身就犹如掏空一样，当天应该是白磊工作12年中，战线拉得最长的一天。但如今的白磊，不再会因为工作而有抱怨，因为现在工作中，有一半的时间白磊是在为自己而工作。成都晚上的茶局，就是白磊自己的私事，每次出差白磊都会将公事和私事尽量排在一起，提高效率，因为白磊这几年逐渐清晰意识到，必须早点开始为以后做准备，不能再很傻很天真地为公司卖命，必须时刻清晰地知道到底是为谁而工作。现在白磊已经注册了自己的公司，在平日现有工作之余，大部分时间和精力都在积累人脉和资源，借助现有公司平台和优势，更多地扶持帮助一些创业的朋友和合作伙伴。在做一些关系比较好的客户项目时，白磊也是更多地从真正帮到客户个人的角度出发，因为现在的白磊早已看透了职场的那点事，看透了数字化行业里的真真假假。在一些人情世故上、在卷得疯狂的KPI（关键绩效指标）上、在某些虚假业绩上、在那些毫无意义的审批流程上、在那些连产品都没做出来就开展的解决方案培训会上、在公司战略画饼和PUA（精神操控）的动员会议上、在各种不合理指标要求和踢球甩锅复盘会上等，白磊都在追求一种以静制动的境界。职场12年的时间，让白磊经历了五家公司，接触了上百个同事，服务过上百个客户，尝尽了酸甜苦辣。虽然白磊至今还没找到自己认定的那份特别有意义、有价值的工作，但白磊坚信终究会有那么一份工作，是可以做自己真正喜欢做的、有意义的事情，同时又能为他人真正创造价值的。

2023年，正当所有人都憋足劲准备大干一场时，国内外竟然爆发了裁员潮。美国不到半年内，各大企业的裁员人数已经达30多万，就连美国华尔街的几大银行，也报道将要裁员过万。而在中国，被称为数字化行业三大巨头的TAB公司（TAB指通聊、爱购和博查三个公司），也进行了各种组织机构拆分重组、各种战略布局、各种高层换血，每家公司都有很多业务线被砍掉，进而导致大量高薪员工被无情优化，而有些公司为了早日独立融资上市，连很多工作了十多年的老员工也无情抛弃了，在利润面前，在人效（人力资源效能）面前，简直是没有一丝情感可言。最惨的是一些外企，砍掉了在中国的很多业务，有些外企则把在国内的分公司直接卖掉，导致很多之前非常舒服体面地拿高薪的外企工作者，也不得不面临失业。白磊高中关系最好的同学毕业后一直在某头部外企，工作节奏特别舒服，这次也即将被裁员，虽然前面几轮裁员他都躲过了，但这次是要把整个公司都卖掉，如果不同意变更合同签署单位，可以领一个"N+3"的大礼包，虽说这是一笔数目不小的钱，但人到中年面临失业的迷茫和焦虑，白磊能深深地体会到，所以一直在到处帮同学留意合适的工作。

　　白磊躺在床上，虽然很累，但是却思绪万千，难以入睡。回想上周在杭州出差，跟在爱购公司的高中同桌袁艺澄聊天，得知他快要当爸爸后，白磊真心替他高兴，也非常羡慕，一想到自己还是一个人孤苦伶仃地漂泊，更无奈于这几年的工作波折。虽然当初咬牙从所谓"铁饭碗"的国企中离开，也成功地步入了梦寐以求的数字化行业大公司，但仔细算算这些年的得失，尤其是情感婚姻这一块儿，白磊始终还是有点遗憾和不甘心。白磊这几年大部分的时间和精力都花在了工作上，袁艺澄虽然目前算是躲过了这波裁员，但能否扛过下一波也是一个未知数，听他介绍自己部门的裁员动作，也是无奈加无情。拥有裁员经验的白磊，那天还很淡定地跟袁艺澄说出"不用担心，没准真赶上裁员了还是一件好事，早点解脱，早点活出自己"。其实现在每天大部分人在工作中拼命地苟着，只是为了那"五斗米"。而在数字化行业大公司的工作压力，除了身体层面的，还有精神层面的，更有尊严层面的。敢问哪一位在大公司的打工仔，每天不是在透支自己的身体超负荷工作？哪一个不是提心吊胆，小心翼翼地盘算着自己未来的在职时间？又有哪一个不是一肚子委屈、一肚子憋屈、一肚子怨气地工作？这就是数字化公司高薪背后所要付出的代价。白磊一边跟袁艺澄分析着现在的工作状态，一边也在探讨将来的职业规划和方向。这次裁员潮比上一年白磊经历的那次还要严峻，就算去年那次裁员潮白磊侥幸躲过去了，今年可能还会遇到。就在前不久，白磊以前在爱购公司的两个同事也被裁员了，其中一个是博士生，另一个则是已经工作了十多年的老员工，一样被无情地裁员了。公司宁愿给出高额的赔偿金，也要裁掉十多年的老员工，现在的经济账都已经算到这个份上了。企业大多数都是以利益为导向的，而企业中各个管理层更是以自我为核心，只要自己能保住职务，其他的一切都不在乎。但一个好的企业，不应该是一遇到了危机，就第一时间想着怎么去裁人，裁哪个人，它应该珍惜那些在企业遇到危机时还愿意留下来帮助企业一起渡过难关的人，珍惜那些诚实努力的人，那些默默付出的人，那些把自己最美好的青春都献给公司的人。只要人还在，人心不散，一起努力找到问题所在，总能共同克服困难，这样才是一个好的企业，才能赢得员工对它的忠诚。

现在的白磊，在经历了职场中的这些风风雨雨后，也算是彻底看透了"工作"这两个字。在职场之中，只有亲身经历了被裁员的宿命，才会真正看透职场的本质。而白磊真正的成长，也是在经历了那次残酷的裁员之后才开始的。

2.没有危机感就是最大的危机

比尔·盖茨曾告诫他的员工，微软离倒闭永远只有18个月。一个商人要是容易满足于现状，那他可能干不长久。干工作一定要时刻保持危机感，必须时刻保持自己的核心竞争力，既要像马上要离开一样地做准备，又要像准备干一辈子一样地工作。

2022年，三大数字化行业巨头——TAB公司开始了大规模的裁员，给一份标准的赔偿就通知员工离职，更有人戏剧性地称之为毕业，一时间各种有关裁员的新闻报道铺天盖地，几度登上热搜。白磊很庆幸自己在行业大环境不好的情况下能在爱购公司工作，虽说这几年股票跌得有些厉害，但总体上算算工资，还算可以。白磊在爱购公司的这两年虽然特别忙，特别累，但无论是经验还是能力都有很大提升，尤其是涨了很多见识，而经过一点一点地辛苦积累和谋划，这一年他手里的储备项目差不多能有5000多万元，再加上去年没有完成签署的那个3500万元的二期项目，应该很轻松就能超额完成当年的指标，甚至很有希望拿到一个特别好的绩效。此时，白磊不会像前两年那么慌乱、那么没底和那么累了。白磊一方面计划着从公司申请点贷款买套房子，另一方面也计划抽出更多的时间和精力放在个人问题上，如今工作稳定了，再买个房子，女朋友应该也能更好找了。

白磊所在的爱购公司的大团队最近一直没有裁员的风声，只是说年终奖可能会非常少，可谁知，就在4月20日的下午，一个白磊永远无法忘怀的日子，赖明（部门主管）突然找白磊谈话，说爱购公司要求各个团队进行优化，必须走一个人。白磊怎么也没有想到，这个人竟然会是自己，更不曾想到裁员的事情会发生在自己身上。于公于私，裁员的名额也不该给自己，白磊简直无法相信。这就犹如一个晴天霹雳，原本他打算工作满两年了可以在公司借款买房子，原本计划今年处个对象结婚，原本计划辛苦储备了两年的项目可以丰收，原本计划今年拿个好绩效……无论如何，白磊都不相信这事是真的，最重要的是自己可是总经理亲自招聘过来的，总经理都没有说话，一个小小的部门主管就想把自己辞掉？带着一些气愤和疑惑，白磊结束了跟赖明的谈话，至于后面赖明说的一大堆冠冕堂皇的背景和解释，白磊一个字也没有听进去。

当天晚上，白磊在跟总经理冷鹏打电话前，想了各种可能的原因和改变的措施，当初冷鹏也曾问白磊为什么想从通聊公司来爱购公司，白磊只说了一个理由，"就是感觉跟着冷哥能多干几年，这几年工作变动得有点太频繁，不想再折腾了"。仅凭借这一点，冷鹏就应该能保住白磊，更何况在白磊所在的这个小组里，无论是能力还是业绩白磊都不是最差的，这也是所有人都有目共睹的，可是如今这个裁员的名额为什么会给自己呢？在疑惑和怨愤的心情下，白磊拨通了冷鹏的电话。

"喂，冷哥，方便吗？"

"方便。"

"冷哥，今天下午赖明跟我说咱们团队要优化，我们组要把我裁掉，这事您知道吗？"

"我要说不知道呢，你肯定也不会信。事已如此，你有啥想法？"

"这事还有可能改变吗？我们部门我肯定不是最差的，情况你也知道。"

"为啥非要在爱购公司呢？现在数字化行业这么难做，出去看看其他机会也不一定是坏事。最近新换了副总裁，我其实干得也很别扭，每天都是如坐针毡，各种管理要求……"

"冷哥，我来爱购公司是您招来的，如果您想让我走，我随时都会走，因为能在这儿干两年已经收获很多了，这点您放心，我不会像有些人赖着不走。但如果是有些人在我背后使坏，我肯定不能忍气吞声，平时的一些无关要紧的事情，我也就自己忍了，没有去计较，也不想给您惹事，但这次如果有人想使坏搞我，肯定……"

"算了吧，数字化行业圈子就这么大，低头不见抬头见，没啥计较的必要。"

几轮对话下来，白磊也听出了冷鹏的意思，事已如此，无法改变，不如默契散场，为了不让冷鹏太为难，白磊也没再坚持什么。虽说白磊没有捅破窗户纸追问冷鹏为什么要让自己离开，但有些事最好的处理方式也许就是你不说，我不问，给大家彼此都留一个面子。做人留一线，日后好见面。

"冷哥，离职时间麻烦帮忙尽量多争取一些，我尽快找工作。"白磊绝望地说了最后一句话。

"补偿我想法给你多弄点，我也帮你看看其他公司的机会，或者你有想去的地方就直接跟我说，现在很多单位都在招人，我也帮你找找关系。"冷鹏最后带着歉意补充着。

挂断电话后，白磊彻底陷入了沉思，自己原本设想的各种可能，全部破灭了，自己在TAB公司的生涯这么快就结束了？回想自己从国企咬着牙跳槽出来，几经周折，才一步步迈向TAB公司，本想着可以奋斗买房，成为人生赢家，眼看着就要北漂十一年熬出头了，可一切却要突然间终止了。带着无比沉重和复杂的心情，白磊下楼走在寂静的马路上，走着走着竟然无意间走到了GD公司的门口。远远看着这个自己曾经工作了七年多的公司，白磊又回想起了自己鼓起勇气离开GD公司的那个夜晚。

那一夜，伴随着夜晚的凉风，白磊独自走在曾经奋斗七年多的GD公司楼下，有些不舍也有些恐慌。不舍是因为自己刚刚毕业就来到这家被称为"铁饭碗"的国企工作，自己青春中最美好的时光可以说都留在了这家公司，原本以为可以工作一辈子，但明天就要真的彻底离开，永远地说再见了。白磊感觉自己有些冲动，也有一丝不甘心，还有一点恐慌，感觉自己心里特别没有底，不知道未来的路在何方，不知道自己的选择是对是错。要从一个陌生的公司、陌生的环境重新开始，自己到底能否适应？虽说这几年自己的工作总在变动，但至少都是在一个公司内部，可如果真到了外面公司，自己能适应吗？能闯出一番天地吗？围绕GD公司走了一圈又一圈后，白磊逐渐地回想起了自己第一次来GD公司的情景。

3.北京地下室的实习生活

泛黄的霓虹灯下,白磊站在过街天桥上,望着来来往往的车辆,第一次陷入了迷茫,有种说不出的失落感。今天第一天实习入职GD公司,没有想象中热烈的欢迎、隆重的介绍,提前准备好的自我介绍都没有机会说。晚上下班后面对着阴暗的地下室,白磊实在不知道该干什么,独自一个人沿着八达岭高速辅路慢慢地游荡。何时才能走出地下室?这么低的起步,何时才能出人头地……

白磊,普通本科大四学生,2011年4月28日单枪匹马拖着皮箱来到北京,准备五一后开始实习。说起来,这份工作来得有点意外,也有点没底,还有点幸福。由于考研失败,白磊找工作的时间比较晚,GD公司是在校园招聘会中狂投的七家单位之一,当时只是简单聊了几句,但后来GD公司人力资源部的苏南宫打来电话,让白磊先提供一份三甲医院的体检单,之后再次打电话来,就直接说:"恭喜你被录用了。"这一切来得有点太突然,根本没经过正式面试就直接录用了,不会是皮包公司吧?白磊在接到录用通知后特意让在清华大学读书的表弟李明新按地址去查了一下公司的真假和规模情况,表弟反馈说感觉公司还挺气派,不像是皮包公司。白磊为了打探这个公司内部的真实情况,故意跟苏南宫说自己论文已经完成,想实习一个月,以便提前熟悉工作环境,没想到一周后苏南宫还真给白磊安排了一个实习机会，5月4日到公司报到。入职一段时间后，白磊有次跟苏南宫喝酒才得知，由于白磊当初毕业的时候证书特别多，除了英语四六级、计算机二级等基本证书，又有各种荣誉证书和获奖证书，而且是学生会主席，公司没有拒绝的理由，就直接录用了。看来对于刚走出校园的毕业生，多积累一些证书还是有用的，从那以后白磊在工作之余不断地学习、考证，白磊的老舅也曾告诫白磊，尽量要在30岁之前拿完所有的证书。

就在一个月前去参加这次招聘会后，白磊还收获了大学里的第一份美好爱情。原本白磊不打算在大学谈恋爱，感觉没有经济基础的恋爱，就是浪费父母的金钱、浪费自己的时间，但却时常有那种"没有在大学谈过恋爱的人，就不算是上过完整的大学"的遗憾，这回也算是给大学生活画上了一个完美的句号。学妹潘盈盈比白磊小一届，性格特别活泼开朗，像小孩一样，白磊一直把她当作妹妹看，曾经在期末时亲自辅导过她线性代数，最终考了86分。考研失败后白磊开始找工作，潘盈盈一直很关心白磊的状况，后来开始主动陪白磊去招聘会。刚开始白磊以为她是想提前了解一下招聘会情况，可后来有那么一瞬间突然发现，潘盈盈确实是很在乎自己的，她穿着高跟鞋到处帮忙找跟白磊专业相关的工作，无论多少人挤来挤去，都一直紧跟着白磊。都说女人才是感性的，容易因细节或者一瞬间的情绪而感动，但白磊这个男人也因此心动了，因为当时的自己可谓是一无所有，学生会主席退了，研究生没考上，一旦毕业就面临着失业，潘盈盈却还是默默地陪伴在自己身边，这份感动促使白磊收获了这份爱情。

到了北京之后，表弟李明新带着白磊一起找房子，白磊穿着皮鞋整整走了两天，按小条向各种中介询问。2011年北京次卧的租价是700元，但中介费要一个月的房租，由于白磊大四那年学费是靠自己奖学金和平时省吃俭用的生活费凑的，所以这700元的中介费，对于白磊来说实在是有些舍不得拿出手。白磊和表弟在跟中介看了一圈房子后，不经意间又回到GD公司门口。就在单位的正门口，白磊突然发现一个叫作"梦托邦"的旅社，抱着那么一丝希望跟表弟过去看了看，原来这是一个地上、地下都有的小旅馆，可以短租也可以长租，老板客气地问白磊：

"在哪上班？"

"就在对面的GD公司，还没毕业，提前过来实习一个月。"白磊略带自信地回答。

"那不错，本科刚毕业就能分到GD公司，很不容易了，你们单位很多人都在我这儿住过。"老板边说边找出登记本，给白磊看以前住过的人的名单。地下室一个月450元，网费70元，水电费平摊，没有中介费，这个价钱倒正符合白磊的心理预期。地下室又不是没住过，前一年白磊在清华大学防空洞的地下室还曾经住了两天，除了信号差点其余都一样，况且GD公司很多人都是从这里起步的，自己一样可以。

李明新把自己多余的行李都给白磊带了过来，5月1日那晚，白磊正式安安稳稳地睡下了。5月2日，白磊一个人在单位周边逛了逛，在附近超市买了点生活用品，回到地下室后上了会儿网，总感觉房间异常的静，由于地下室都是大家各自一个房间，旁边邻居也都不认识，大多数人都是白天出去工作，晚上很晚才回来。这晚白磊早早在外面吃完晚饭就回到了地下室，晚上八九点的样子，旁边的邻居开始陆续回来，由于隔音效果不太好，有些对话还能隐约听见。人一多就顿时有了生气，有看电视的、洗衣服的，还有在走廊用电磁炉炒菜的，偶尔还伴随着电压过高跳闸的现象。晚上洗澡，是三元钱一位，但需要排队。这就是北京城的地下室生活，早些年很多北漂一族都是这么过来的，白磊没想到自己也加入了这浩荡的北漂大队之中。地下室比较潮湿，所以白天大家都把行李拿到外面去晒，由于来回进出，去水房、去厕所的次数多了，有那么几个住在附近的人，偶尔会遇到。白磊初步判断，有一个跟自己年龄差不多大的女孩，也是自己一个人住，但不知道是做什么工作，他很想上去打招呼，却被这冰冷的地下室冻结了那颗热情的心。其实无论男女，为了心中的那份坚持，都是在北京挣扎着。5月3日，晚上八九点，白磊独自一个人出去散步，站在过街天桥上，看着来来往往的车辆，想着明天就要正式实习，想着以后就要在北京生活，想着即将离开学校，心中有一种说不出的感觉，感觉很迷茫、很孤寂，又很新鲜和兴奋。白磊睡觉浅，夜里稍微有点动静就会醒，刚开始迷糊，就听到有些动静，后来才反应过来这是隔壁中年两口子的声音，再结合这几天晚上打电话的声音、吵架声、电视声，白磊开始有点反感这地下室生活。怎么说自己也是大学里的佼佼者，堂堂学生会主席，如果从地下室开始干起，何时才能走到地上，何时才能出人头地，何时才能自己买房？怀着失落、不安的心情，白磊捂上被子，使劲让自己入睡。

　　5月4日报到，一身帅气着装的白磊，满怀自信地走进了公司，在公司会议室见到了黄佟（工程一部经理），这算是一个比较正式的面试，苏南宫坐在旁边，黄佟亲自面试白磊，由于大部分聊的都是大学期间的学习生活和一些学生活动，白磊自然是侃侃而谈。当黄佟问到一个管理方面的问题时，白磊很确信地知道黄佟应该是对自己很满意的。

　　"能简单介绍一下，你作为学生会主席，是怎么管理下属的吗？"黄佟面带微笑地看着白磊。

　　"学生会的工作主要是配合辅导员和团委老师，管理和服务同学。每年也都有一些固定的活动，我一般是提前把学生活动做好分工，由各个部长牵头负责自己部门相关的活动，如果人手不够我会帮忙从其他部门协调调人支持。一般比较重要的活动，像新生入学报到、迎新晚会、运动会、全校物理趣味实验等，我也会亲自带头组织相关活动。同时我也根据之前几届学生会主席的经验，单独给我们这届学生会干部定了几条规则，比如说各部长尽量不要和本部门的学生会干事处对象、大一第一学期的晚自习一定要每天点名两次等。"白磊没有多想，本能地顺口而说，实际上也没有太具体地说明管理下属的方法。

　　但估计黄佟也就是顺口问问，了解了解情况，差不多半个小时的面试，白磊还是表现得很出色的。随后黄佟又花了十多分钟的时间，给白磊介绍了一下GD公司各部门的整体情况及业务方向，然后就直接带着白磊去了办公室。白磊以为会有一个非常隆重的介绍环节，台词都准备好了，可是黄佟经理只是拿着白磊的简历，把他带到一个项目组，跟项目经理简单说了一下这是新过来实习的同事，让他带带，其余的什么都没有说。白磊怀着失望的心情，无奈硬着头皮主动跟项目经理和项目组其他同事搭话。白磊被分派到的是武汉项目组，组长是岳高坤（A系统技术"大牛"），项目组成员是关公冶（老北京、技术派、喜欢出差，据说结婚第二天就出差去武汉了）。上午关公冶简单给白磊拷了点技术资料，让白磊自己先熟悉熟悉，下午黄佟经理突然找到白磊，说武汉项目紧急，让他明天晚上跟着关公冶一起去武汉出差，正好去工程现场实际感受一下工作氛围。白磊刚到公司一天，连部门同事都还没认识全，就直接被派往武汉出差，当时也是挺迷惑的。但由于白磊没去过武汉，又听说出差可以住宾馆，还是挺高兴的。车票和住宿都是关公冶帮忙订的，买的晚上直达武汉的卧铺，第二天一早6点多就到了，然后直接到武汉住宿宾馆先办理住宿，由于关公冶经常过来出差，基本上是轻车熟路。白磊跟关公冶住一个房间，环境还不错，住的是GG集团武汉分公司的招待宾馆，只接待自己集团内的员工，在宾馆吃完早餐后，白磊就正式在武汉现场上班了。

　　上班第一天白磊是自己看文档，中午在食堂吃完饭后还可以回宾馆午睡一会儿，岳高坤一直挺照顾白磊，吃饭基本上没让白磊花钱，后期几次在外面吃饭和上超市买水是白磊主动抢着结账的，也不好意思总不拿钱。第一天工作白磊跟着关公冶加班到了10点多，虽然没给白磊分配工作，但也得一直坐到大家下班。回到宾馆白磊赶紧跟潘盈盈打视频电话，因为学校11点就熄灯了，白磊简单说了说武汉的工作情况，就挂了电话。

接下来的一周时间，岳高坤仍旧没给白磊安排具体工作，仍是让白磊一个人看文档，但项目组几乎每天晚上都加班到很晚，白磊只能陪着大家一起加班，办公室里的人也逐渐从他们三人增加到了三十多人，白磊能感觉到项目工期的紧张程度。但每周周四晚上会正常5点下班，因为岳高坤知道这天关公冶要组队打游戏，所以默许早下班。大部分晚上回到宾馆后，关公冶都是打游戏，而白磊就跟潘盈盈打视频、看看电影。由于岳高坤和关公冶都是那种纯粹的技术型"IT男"，不抽烟不喝酒，周末两个人除了在宾馆就是逛超市，而白磊现在是实习期，又是自己一个人，为了安全起见，岳高坤不建议他走太远。第二周周一，岳高坤一早过来跟白磊简单聊了聊，说观察了他一段时间后发现他还可以，能坐住，又简单地问了问白磊这几天学习的情况，几轮问话下来的结论是，白磊看了跟没看似的，还需要多用心去研究。白磊当时非常生气，看着岳高坤一脸瞧不起自己的表情，心想：要是看看就懂，或一看就会，那不成神童了？要真那样你们这帮人也早下岗了。再说，要是有人教自己一遍也行，根本就没人管，有问题请教时还爱答不理的。

随着工作越来越忙碌，人手实在是不够了，这时岳高坤他们才开始教白磊一些简单的工作，但是基本上都是一些没有技术含量的体力活，白磊感觉有点愧对工程师的称号，大部分工作都是一些简单的查找、拷贝数据、删除数据和统计数据之类的，这些烦琐无味又无聊的工作，令白磊有种欲哭无泪的感觉。

终于，在偶尔不忙的时候，白磊有机会接触到一些技术含量高的工作了，但这些也只是让白磊看看而已，同事熟练的操作流程白磊根本记不下来，只好先用笔记本记录下来。之后的几天，白磊开始各种记录，不经意间都记了满满一笔记本了。有那么一次，岳高坤让白磊独立去做点工作，白磊习惯性地拿出笔记来翻看，找到记录，一步一步地操作，但由于白磊当时笔记记得很匆忙，有些操作命令记得不准确，导致操作上一塌糊涂，简简单单的几个命令就折腾了半天。白磊的这个情况，被岳高坤看到了，在吃饭时他毫不留情面地批了白磊一顿，说白磊没有用心去记，总是在翻看本子，事实上工作忙碌时，是没有时间看本子的。晚上回到宾馆后，关公冶又给白磊上了一课，令白磊意识到了自己的问题。在大学里养成的习惯一时无法改变，随后几天里，白磊还是在找各种借口记笔记，其实每次偷偷翻看都是因为自己没有用心记住。在努力挣扎和刻意改变后，白磊才逐渐地离开了笔记本。

突然有一天，岳高坤说感觉白磊计算机的基础太差，让白磊自己在笔记本电脑上装一个Linux操作系统，没事多练练。白磊当时傻眼了。虽说白磊在大学学过计算机课程，编过程序，可从没装过系统，就连电脑的Windows操作系统自己都没装过，一般都是直接找卖电脑的人装好。岳高坤说要给白磊拷贝一个ISO格式的Linux系统，然而当时白磊连什么是ISO文件格式都不知道。晚上下班后，白磊赶紧恶补计算机知识，各种百度查知识，从零开始先接触虚拟机，重重复复地下了四次虚拟机，忙碌一晚上，才装上了一个不太能用的版本。第二天白磊在虚拟机上安装Linux操作系统时，总是报错，安装不成功，白磊曾在岳高坤不忙的时候，去请教虚拟机怎么安装，并把安装到不能进行下去的界面拿给他看，本想得到点帮助啥的，结果被岳高坤轻蔑的一句"自己去查百度"怼了回来，那种轻蔑的语气令白磊工作好多年后仍能清晰记得。当白磊求助关公冶时，他说以前装过一次，但忘记了。岳高坤看不起白磊的表情，彻底激怒了白磊，白磊心想：越是看不起我，我越要证明给你看。白磊憋着一口怒气，真正地认真起来了。第二天晚上，白磊上网请教各种计算机"大虾"，在各种"虾米鱼蟹"的指点下，开始入门了，基础知识算是彻底懂了，至少大致有了方向。他又装了几遍，还是不行。这回白磊开始请教办公室的同事了，一个一个地问，眼看着一步一步地接近尾声，马上就要装上了，可谁知最后一步还是不行。在各种失败、各种尝试后，白磊终于在第三天的凌晨两点成功地装上了Linux系统。此时忙碌的白磊，已经忘记了刚刚过去的那天是自己的22周岁生日。白磊忍着泪水关上电脑，想着明天就能争一口气，证明给岳高坤看了，自己真是受不了他那种蔑视的表情。后来白磊才发现，这是岳高坤带人的一个特殊方法，大部分时间都让成员自己研究，不会直接把操作命令和方法告诉他们，因为他当初做A系统时，所有技术都是自己一点一点研究出来的，这样才能记得深刻。慢慢地白磊也理解了岳高坤的苦心，这样刻意安排，是为了锻炼自己动手的能力，加深对特定技术的印象。白磊很认同岳高坤对自己说的一段话："如果什么工作都是别人教你一遍，你再重复做，这么简单的工作是个人就会做，就是多做几遍、多练几遍的事情，那么你跟别人的区别也就没有了，你拿的工资也就是简单的体力劳动的工资，你的位置也能轻易地被别人替代，你的价值也就没有了。"这一次事情后，白磊才真正开始认识到"工作"的真实含义，后期也渐渐发现，跟岳高坤学到的技术都是特别实用的。其实在工作中，无论在哪个公司，大部分新员工都是自己看文档、自己研究技术，然后带着问题去请教别人，不可能再有学校里那种手把手教的现象了。

接下来的几周，白磊开始慢慢地帮关公冶干些简单的工作，基本就是操作一些简单的重复的命令，做一些文件拷贝或者修改配置文件之类的工作。他每天都加班到将近23点，有时候回宾馆，潘盈盈那边已经熄灯了，而白磊忙得连续几天顾不上给潘盈盈打电话，慢慢地，两个人开始吵架了，潘盈盈耍着小孩脾气说白磊不关心她，但白磊每次加班工作时确实是顾不上她，项目紧，白磊又刚工作，压力特别大。最后白磊好说歹说，算是把她哄好了。关公冶曾偷看过白磊和潘盈盈的视频聊天，一眼就看出潘盈盈是小孩性格，娇俏可爱的那种。白磊跟她吵架时,关公冶没发表太多评论,但白磊隐约能感觉到关公冶想暗示他,他们俩长不了。白磊也开始慢慢担心毕业后不能和潘盈盈在一起该怎么办。

一天中午吃饭时,岳高坤突然问白磊:"会用Visio吗?"

"不会,这是什么软件?"白磊满脸无知地随口回答。

"那你自己下一个,完事给我干点活。"

"好的,我下午一上班就下一个。"

下午上班后,白磊边下软件,边查阅这个软件的相关资料,有了上次Linux系统的经验,白磊的主动性好了很多,但下了三次后都装不上,不是要求序列号,就是各种出错误。还好办公室有很多老同事,几番请教后,白磊跟一个热心的项目组同事要了一个带序列号的软件,但是由于软件太多了,对方一不小心误把2007版word拷给白磊了,而白磊当时也没仔细看就给装上了。安完后白磊是又郁闷又高兴,郁闷的是竟然把2003版的word冲没了,论文都没法写了;高兴的是之前一直想装2007版的word,但一直下载不到,这回竟然顺利地安上了。反正什么事情都得有个开始。随后白磊顺利地装上Visio,研究了半天后,岳高坤把白磊带到机房,走了一圈,让白磊用Visio把机房的示意图画下来。白磊回答"嗯"时,才突然发现岳高坤是让自己刚刚装上这个软件就直接干活,而且还要求画图。还好白磊从小就有点画画的天赋,忙活了一下午,终于画完了一个小分区的设计图,岳高坤比较满意,但又提了很多具体要求,几乎破坏了白磊的美观设计,无奈白磊只能按岳高坤的要求修改。随后白磊明白了一个道理,在工作过程中要尽量满足上级和团队的要求,不能一味按照自己的喜好来做事。

白磊以前在学校里总感觉自己是佼佼者,想怎么样就怎么样,可是工作后,自己竟被人说成啥也不是,总是受批评,心理上落差很大,总是一次又一次地遭受打击,这个不行,那个不行的,最要命的是在每次挨说之后还得笑脸陪着,心里不服气也不能表现出来，因为自己就是不行。而且老板给开工资，只要有一点让老板感觉不满意，老板就会轻松地把白磊辞了，这就是现实。

随着这次GD公司实习经历的结束，比较白磊同年3月份在南京私企卖海景房的一个月经历，白磊感到了国企和私企的不同，也渐渐想明白了以前在大学里总跟同学讨论的那个不知答案的问题——为什么要读大学？通过这两个月的实习经历，白磊感觉，大学里需要学习的最重要的能力，其实被大家忽略了，应该是自学能力、钻研能力和独立能力。敢问在大学里有谁会为了一个数学题研究一个月，有谁会因为一个程序、一个实验而研究一个月，又有谁会因为某个老师留下的课后题而花费一周甚至是一个月的时间，既不看参考书也不请教同学，去独立思考解决？答案是几乎没有。大家有时间上网聊天，有时间看电影，有时间打游戏，有时间打麻将，有时间喝酒聚餐，但就是没有那个自学、钻研、独立思考的时间。而这些能力，在工作中都是非常重要的，如果在大学里没有学到，在工作中就会备受折磨，各种痛苦。

但是，像白磊这样刚出茅庐的大学生、一点工作经验没有的新人，就真的那么差，那么一无是处吗？白磊坚信，职场新人还是有优点、有希望的。曾有这样一个问题，问世界上最美丽的图画是什么。各种各样的答案争议不休，一位哲学家揭开了谜底：世界上最美丽的图画是一张白纸。因为它的可塑性最高，可以描绘出各种美丽的画卷。职场中的新人也一样，虽然新人们暂时什么都不会，但是可塑性非常高，同时还拥有激情和活力。等按公司要求塑造成形、学成本领之后，新人就会逐渐变为公司骨干，进而为公司创造出非凡的成就。所以职场中的新人，可以自信地对自己、对同事、对公司领导说一声：我能行。

转眼间一个月实习期结束了，由于涉及地下室房间的退房，白磊申请提前两天回北京。回到单位后，白磊也简单给黄佟经理汇报了一下这一月所学。黄佟对白磊说，他很看好白磊的学生会主席经历，也很欣赏白磊主动提前实习的意识，并告诉白磊，这一个月的提前实习，是非常明智的选择。在正式毕业后，跟同批新人一起入职工作，当其他人还在张望犹豫时，白磊肯定早已经找到了方向。确实，这句话说出了白磊的部分心理，但提前实习的真正目的，原本是验证GD公司的真假。如果白磊早早知道第二天就会出差，肯定不会租那个地下室了，但短短六夜的地下室体验，也让白磊彻彻底底地了解到真实的北漂生活，乃至白磊后来调侃说，没住过北京地下室的人唱不出《北京北京》这首歌的沧桑和心碎。白磊回到学校后顺利答辩毕业，但也莫名其妙地跟潘盈盈分手了。

4.学历的重要性

2011年7月4日,白磊正式入职,报道当天跟实习时候一样,没有想象中的正式欢迎仪式,没有隆重的自我介绍,只是这次入职的人员比较多,大家可以一起结伴去人力资源部办理入职手续。没想到在人力资源部签署劳动合同时,白磊意外受了刺激。

很多跟白磊一样的应届本科生,是跟GD公司直接签署劳动合同,没有北京户口,但是应届研究生除了正常跟GD公司签署劳动合同外,还能获得一个上级总公司GG集团的人员编制。有了这个特殊身份,就能在GG集团总部和各个分公司之间随意调动工作,最重要的是能解决北京户口。这一对比,白磊稍微有些不平衡,几乎同样的工作内容,就因为学历的差别,待遇就相差这么大。白磊不甘心地提醒自己,如果将来自己有了孩子,一定要让他读完研究生再工作;如果有机会,自己也一定要读一个研究生,哪怕是读一个在职研究生,也要提升一下自己。

虽然心有不甘,但白磊也仔细思考过了,自己此时只是一个普通院校的本科生,毕业后能侥幸进入GD公司已经算是很幸运了,这么好的工作单位,这么好的工作环境,至少可以让他做到经济独立,不用再跟家里要钱,眼前自己能做的就是努力工作,好好表现,尽早加薪和升职。

工作多年以后，白磊懂得了学历对于不同工作单位和不同工作岗位的重要性。对于央国企来说，招聘时大多还是把学历放在第一位，最低都是985或者211高校的研究生。不仅如此，即使是清华或者北大的研究生，还要看本科的学历，如果本科学校不是名列前茅的重点院校，还是没有竞争力。如果是以博士或者博士后身份参加工作，基本上领导都会重点培养、优先提拔，所以很多以研究生身份入职的人，工作几年后，为了提升自己的竞争力，还要再去读一个博士。而数字化行业的上市公司，大部分招聘员工时没有那么看重学历，更看重求职者自身的技术实力和行业经验，要求一入职就能上手工作，为企业创造价值。仅有一小部分管培生，是从应届生中招聘的优秀人才，由企业慢慢培养，不像央国企大部分的员工，都是从应届生中招聘的，仅有极少数的核心技术型人才会通过社会招聘录用。在一些小型的民营企业，除了管理层招聘侧重学历和背景等条件，其他员工招聘主要看工作能力和工作经验，把能完成工作放在第一位，这也是为什么很多民营企业有一些低学历或者非计算机专业的人在干敲代码的工作，其中大部分人可能只是在一些计算机编程培训学校学习过半年或者一年，之后做过几个项目，或者在某些公司工作过一两年。这样的人如果跟研究生一起找工作，面试竞争时，即使研究生薪资待遇低，很多民营企业老板可能也不会选择研究生，因为一方面民营企业没有成本和时间去培养人，时刻都追求利益最大化，企业的生死存亡永远摆在第一位；另一方面很多企业担心自己辛辛苦苦培养的人才跳槽到其他公司，毕竟小型的民营企业没法跟央国企和上市公司比。

5.印象最深的新员工培训

入职后的新员工培训，几乎跟其他公司一样，第一天是公司各种领导讲话，介绍公司发展历程和主要业绩产品，然后人力资源部、财务部、安全质量部、商务部等其他职能部门介绍各个部门的业务职责。第二天和第三天公司找了一个专门做户外团建的公司，带大家出去做团队建设，通过一系列的分组活动培养大家团队合作的意识，使大家很快彼此熟悉对方。一般都是先通过一个简短的破冰仪式，让大家自我介绍，从熟悉旁边的人开始，逐渐熟悉队里的所有人。当初白磊以为GD公司的培训很简单，但没想到竟然是在后来12年中服务过的公司里，唯一一家组织户外团建的公司，其他公司大部分都是理论培训、技术培训和残酷的考试，就连白磊后期入职的TAB公司培训时，都是以技术培训为主，因为从公司的角度来讲，搞团建是一种收益不高的支出，有的公司竟然在培训期间取消差旅补助，对比之下还是国有企业既有钱也有对员工的关怀。GD公司和GG集团中有编制的员工都是脱产到外地进行封闭军事化培训一个月，既有工资又有出差补助，而且三餐免费。这种差别也可能是因为，大部分在央国企工作的人不会轻易离职，而在数字化公司或者其他民营企业，离职率都很高，所以老板不会在培训这方面花费太多成本和时间。

GD公司为期三天的培训，让白磊这批新人初步完成了从学生到职场人的转变。新员工培训的结束,也意味着所有人已经名义上摆脱了"新人"的字眼,真真正正转变成了职场中的工作人员。培训的宗旨是培养大家的团队意识,无论是室内的理论培训,还是室外的拓展培训,甚至是各个环节中涉及的每一个小故事、小游戏和小竞赛,都围绕着团队展开,需要团队的力量,需要大家每一个人的力量,需要心往一处想,劲往一处使的团结。团队的使命是打胜仗,企业的使命是盈利,而所有职场工作者的使命就是创造价值、创造利润!

白磊回想当时参加过的几个游戏和竞赛,失败的大部分还是由于计划上的失误,说白了就是策略的问题。第一步的方向错了,最后的结果不可能是正确的。这也令白磊想起以前一部影视剧中一位杀手的生存名言——"谋定而后动",在工作中相对应的就是工作目标,这个目标必须是明确的,必须是可衡量的,只有目标清晰明确,才能确保前进的方向是正确的。此外,他感受最深刻的是"信任"二字。信任,是团队凝聚的基础,对自己同伴的信任,是高效合作的保障,是合作成功的前提。信任,不仅是一种理想、一种无形的社会美德,更是一种可以改变命运的能力。对自己同事的信任、对自己朋友的信任有时候很可能就决定一个人的成败,决定一个团队的成败。如果不充分、放心地相信队友,那么仍然是自己一个人,而没有拥有团队,因为不相信身边的人,什么事情都只能靠自己去做。一个人的精力和时间是有限的,既然是一个团队,就应该充分相信自己的队友。拓展培训中白磊印象最深的就是"背摔",只有相信自己的队友能接到自己,才敢放松地倒下。

说到信任,自然让人联想到工作中的信任,尤其是领导对员工的信任。那么怎么才能建立起好的基础,让领导充分信任自己呢?有一个等式是这样的:信任=品德+才能。建立信任就像水桶里的水,是一滴一滴聚集,慢慢地建立起来的,而失去信任就像一桶水倒下的那一刹那,里面的水全都涌出得那么快。被人信任是快乐的，拥有可以信任的人是幸福的。信任是一种弥足珍贵的东西，没有人能够用金钱买到，也没有人能够用武力争取到，它是来自人们心灵深处的清泉，可以使一个人的生命和事业成为长青之树。21世纪，没有最完美的个人，只有最完美的团队，这是一个讲究团队力量的社会，是一个努力打造共赢的社会，是一个提倡合作的社会，是一个追求和谐的社会！

在三天的培训中白磊收获最大的，就是认识了一些同期入职的其他部门的同事，除了与少数几位美女处好了关系外，与几个东北老乡和同在一个事业部的人关系处得也比较好。特别巧的是，这些熟悉的人在财务、商务和人事部等各个职能部门都有任职，这为白磊后期在公司内部办事奠定了良好的基础，所以说如果在新员工培训时能多认识一些公司职能部门的人，一定要处好关系。参加各种培训的目的，除了学习之外就是更多地结交其他部门的同事，尽量扩大自己的交际圈，每次培训下来总能遇到几个兴趣相同或有共同话题（老乡、一个学校的、共同认识某个人等情况）、玩得好的朋友，培训结束后经常保持联系，有机会在办公室或者出差现场相遇就多聊聊，等再有机会一起吃饭喝酒的时候，就算交往深了。同事之间，要分别是纯同事关系还是朋友关系，就是看工作之余有没有机会一起吃饭一起玩耍，因为只有这个时候大家才能敞开心扉地聊聊工作、聊聊生活。

借用一位名人的一段话，"人生道路是很不平坦的，靠你一个人的力量是绝对走不完的，在这个世界上只有你跟别人在一起，为了同一个目标一起做事情的时候，才能把这件事情做成。一个人的力量是有限的，但是一群人的力量是无限的。当五个手指伸出来的时候，它是五个指头，但是当你把五个手指握起来的时候，它是一个拳头。未来除了你自己成功，一定要跟别人一起成功，跟别人团结在一起，成为'我们'，你才能够把事情做成功！"

6.有一种出差叫作美差

刚刚工作一个多月,白磊接到了第一个正式出差任务——参加北戴河科技成果巡回展览,而且要独自一个人代表公司出展,他既有点兴奋,又对此很陌生。没有可以咨询的老同事,不知道地点在哪儿,只有一个电话,行程和住宿都得自己来张罗,跟上次去武汉出差相比,没有了同行的同事,没有人给订车票和安排住宿,等一切联系好之后,白磊独自一个人背上了背包。到了出差工作场地之后,白磊才发现这次出差工作其实是一趟美差。巡展的地方就在海边,每天4点结束就可以下班休息了,在这里白磊结交了在北京除了公司同事外的第一批朋友——老北京女孩陈莹和河南人郭辉。由于三个人展台比较近,大家又比较聊得来,下班后经常一起逛海边、吃烧烤。其他几家公司的几个朋友也相对比较聊得来,尤其是在白磊旁边的那家参展单位,几乎两天换一个人过来,许多人都不会启动自己单位的设备和机器,白磊每天到得比较早,会顺手把附近几家单位的机器设备和系统一起启动,等大家到的时候都非常开心。白磊的这份热心赢得了大家的好感,以至于其他公司的员工在交接工作的时候,都会直接说一句"到了之后,你什么都不用管就行,有人会帮咱们启动设备机器的,有不明白的事就问旁边一个叫白磊的"。白磊独自一个人在北戴河坚守了九天,途中还有幸遇到国家领导人过来参观展览。

出展过程中还有件有意思的事情，就是各家代表都能获得各种各样的礼品，白磊人缘好，收了一堆礼品，甚至有时候大家会用A公司的礼品去换B公司的礼品，慢慢地展厅里的人都熟悉起来了，还经常一起约着下班后去吃宵夜和下海游泳。这次出差简直是爽极了，很多人以为是个苦差，用工作忙为由推托，原本计划里GD公司是要派三个人去的，但其他两个名单上的人都没来。

出差结束后，白磊一直与陈莹和郭辉有联系，刚刚参加工作遇到的朋友总是能处得最真实、最长久。三个人经常一起聚餐、爬山，有次周末陈莹还邀请白磊和郭辉到家里去吃饭，当天她大显身手，做了一桌丰盛的午餐，让白磊他们两个人大吃一惊。而白磊转正后，也请他们两个吃了顿大餐——日式料理，这是白磊和郭辉第一次吃日料，还好陈莹以前吃过，要不他们两个当时都不知道要放芥末和酱油拌着吃。在随后的几年中，大家一直定期地交往着，隔段时间就一起聚个餐。三个人最后一次聚餐是在郭辉回老家前。家里人给郭辉介绍了一位同乡的女孩，据说还挺好，是那种踏实过日子的类型，为了遵从父母的意见，郭辉结束了北漂生活，回到老家，结婚生子过日子。

对于刚刚毕业几年的白磊来说，当时未能理解郭辉的苦衷，自己还从未考虑过那么远的事，所以直到很多年，随着白磊身边的大学同学、同事一个个陆续离开北京，白磊才渐渐开始考虑现实这两个字。郭辉走了之后，白磊和陈莹就再也没有见过面，虽说后来两个人的公司离得很近，曾多次约着一起吃饭，但始终未能碰上合适的时间。直至有一天，远在河南的郭辉同学聚会，也许那一天郭辉喝多了，伤感了，突然想起了北漂时期的两个好朋友白磊和陈莹，一个电话打到了白磊那里，想念、怀念、伤感，错综复杂的感情交织在电话的那一头，白磊听得出来，其中还有生活的艰辛和不容易。电话挂断的那一刻，白磊内心久久不能平静，想起了过去跟郭辉在一起的往事，想起了陈莹，第二天一早就给陈莹发信息说想见见她，跟她聊聊天，毕竟这么多年没见了，也把郭辉打电话的事情跟陈莹说了。当时白磊决定无论有多么重要的事情都推掉，一定要跟陈莹见一面，再一起吃顿饭。可不恰巧的是，陈莹在美国出差。时隔多年，白磊一直希望有机会能再约上陈莹和郭辉一起见见面，彼此聊聊各自的生活，但生活的轨迹无情地将他们三个人彻底错开了。

在北京就是这样，圈子一旦凉了，关系就很快结束。时间匆匆而过，有时候白磊也无法想象，同在北京生活的两个人竟然一两年才能见一面，甚至可能一面不见。白磊有个经管学院的大学同学，与他同在北京十多年，真的是一面未见；跟白磊同在一个学院的学生会副主席也在北京，并且家里就是北京本地的，但也从未见过面。毕业后的同学朋友，不论之前关系如何，就看是不是在同一个行业，是否住得比较近，是否工作和生活中有交集，否则即使是一个宿舍睡了多年的兄弟，也会慢慢地失去联系，变得越来越陌生，越来越没有共同语言。

7. 留不下的匆匆城客

郭辉算是白磊在北京的朋友中第一个结束北漂的,后来同宿舍的大学室友也没坚持住,也离开北京回老家了,再后来大学对门寝室的同学也离开北京回了老家。许多年后,白磊在一个综艺节目中了解到了"城客"这个词,即城市的过客。当今很多的年轻人都想在大都市里寻找自己的梦想,但是最终因为种种原因,都没能留在大城市,大部分人还是选择了回家,这就是下车的"城客"。

有一个叫作"城市背背"的男孩,在北京一共找了十多份工作,但最终还是依依不舍地唱了最后一首歌——《离开这个地方》,趁着月光,离开了这个让他曾经满怀希望,又让他满怀悲伤的城市。有人说"城市背背"缺少了一份坚持,也有人说他一开始就选错了方向,还有人觉得他选择离开是正确的。"城市背背"虽然不情愿地下车了,但是他也幸福地收获了自己的爱情。相反,有太多的人却选择了宁愿不要那份幸福,也不下车,那我们又该如何评价这些人呢?

有人曾说过,太艳丽的花儿,会美得让人不安;而我们始终只是匆匆过客,命运无法改变,只能假装不留恋。汪峰认为,只有在北京他才能感觉到自己的存在,在这儿有太多让他眷恋的东西,如果有一天他不得不离去,他仍然希望人们把他埋在这里,既然在这儿活着，就要在这儿死去。大都市的生活，确实令人向往，更有一种魔力吸引着我们。但大都市的生活也是最艰辛困苦的，竞争是最激烈的。每一个人都在挣扎中互相安慰和拥抱，只是为了寻找着、追逐着那奄奄一息的碎梦。有人成功就会有人失败，有人上车就会有人下车，这是自然的平衡法则。白磊认为，人生中没有对与错，因为人生本来就是由无数的对与错组成的，我们在太多的对错中辨来辨去，最后的结果却都是一样的。

人生好比一场坐上列车的旅行，也许中途某一个美丽的地方十分吸引你，让你心甘情愿地下车去欣赏美景；也许你坐了太久的列车，感觉身体疲惫，身心劳累，不想继续坐车观光，想下车去休息；也许你身上的资金有限，不够支付到达终点的车票，只能坐到半路下车；也许你坐车途中遇到了一些志同道合的朋友，加入了他们，并跟他们一起下了车；也许你坐车途中，遇到了一份刻骨铭心的缘分，你愿意为之中途下车；有些人则认为，最美好的景色一定是在列车终点站，所以他们选择坚持，等待到最后。

其实大多数上车的人，都是不想下车的"城客"，最初的选择、最初的梦想都是能够留下，成为城市的主人，而不是城市的过客。做好了拼搏的准备，时间就不再回头，我们有很多的梦没做，还有很多的明天要走。想要飞，不必任何理由，不管世界的尽头有多寂寞，只要没看到那天之高地之厚，我们最终都不会放手。

8. 借调到GG集团总部

入职一段时间后，白磊突然被安排到总公司GG集团总部，做A系统的工程实施，同去的还有同天入职并一起合租房子的室友秦亮。自从结束了地下室的实习工作后，人资部的苏南宫在正式入职前帮白磊联系了几个同期入职的新员工一起合租房子，就在单位旁边的居民小区，50多平方米的两室一厅，白磊和秦亮同在A分公司的工程部，又认识苏南宫比较早，所以优先选择住在主卧，两张单人床，算是标间环境。另外两个同事——房大海和谭摩同在C分公司，住在次卧，住的是上下铺的床位（由于房大海入职比较晚，睡在了上铺）。原本说好住一段时间主次卧换换，但实际上直到白磊离开，也没有睡过上下铺。这应了最早苏南宫说的，其实住了一段时间后，是不会换房间住的。由于当时住的地方附近还没有地铁站，白磊和秦亮每天早上都是先乘坐公交车，然后再倒地铁上班，上班的路上几乎要花费一个半小时，而晚上则几乎天天加班到十一二点，幸亏晚上公司还能报个打车费，但很多司机一听说白磊的住址，都不想去，所以每天晚上打车回家也很费劲。周六几乎是必加班，周日选加班。多年以后江湖上才开始流传所谓的大公司"996"，但对于白磊来说，刚开始参加工作就远比这辛苦，因此加班工作的根基打得比较牢实，这为白磊后期进入TAB公司工作打下了牢固的基础。同在GG集团总部工作的，还有白磊和秦亮的直属领导孙德来，是黄佟的副职、工程二部副经理，长期驻场负责总部项目。好在孙经理跟白磊和秦亮住的地方比较近，所以每天晚上都是孙经理打车，先送白磊和秦亮回家，然后自己再回家，这样白磊两人也不用垫打车费了。

  在总部的工作生活，确实比较艰苦。正赶上新的A系统要上线运行，白磊和秦亮主要负责新系统的部署实施工作，由于新开发的A系统不太成熟稳定，几乎是边部署边测试，配置文件要一个一个手动改。对白磊来说，这个时期在业务技术上的成长是最快的，接触到的东西很广。同期做项目的其他应用厂家、操作系统和数据库厂家的同事几乎也是半驻场服务，由于是GG集团总部项目，无论何时一个电话，所有人都会立马赶到现场。由于白磊和秦亮所负责的A系统，算是整体项目中最核心的部分，所以GD公司也成了项目的总集单位，需要跟各个厂商打交道配合，而白磊和秦亮两个人性格比较开朗，工作又很努力，俩人互相配合也非常默契，跟其他厂家同事的关系都处得非常好，慢慢地，他们被大家称为"哼哈二将"，逐渐地都可以自己独当一面了。

  白磊干的工程实施，算是技术岗位中比较重要的一个。工程实施的主要工作是把研发做好的应用程序部署在客户现场的生产环境，修改一些配置文件和参数，然后编译一遍，最终使应用系统正常运行起来。说起工程师的技术含量，虽然没有研发岗位那么高，但是也需要懂操作系统和数据库，并且随着工作的需求和时间积累，实施工程师基本上都得学会简单的系统操作和数据的部署，再积累一些厉害的操作命令，了解一些深层次的配置文件，综合能力有时候甚至可以直接碾压研发；另一方面，随着工程经验的增加，基本上所有应用模块的核心配置文件，工程实施都清楚，而大部分研发人员只懂得自己的应用模块。干工程实施最重要的就是经验的积累和综合能力的提高，比如有些时候只要把一些配置文件中的内容先后顺序变一变，或者某个配置文件删除后再拷贝一下，就能正常启动应用程序，这些无法用固定规律解决的问题，都只能靠工程实施的一线实际经验才能解决。工程实施是要长期驻扎在项目现场，跟客户进行沟通和交流的，所以一般是最了解客户的，比销售待的时间还要长，也是跟客户关系最近的一个岗位。很多工程实施都是从客户作为普通专责时，就开始对接服务做项目，一起摸爬滚打多年后，专责升职为领导，有了一定的权力，工程实施就可以慢慢地转为销售了。陪着客户一起成长，这是技术型销售的优势，他们跟客户的关系更牢靠、更真实，因为大家在一起加班、奋斗的过程中培养出了多年的真实感情。

在GG集团总部工作，除了工作任务繁重外，最重要的一层压力就是总部的领导太多了，白磊每天时刻观察领导，以便能提前打招呼，尤其是乘坐电梯的时候，白磊更是格外紧张，看到人多的时候从不匆忙挤电梯。在总部进进出出的人，不光有GG集团和旗下子公司的领导，还有不少其他重要人物和外国贵宾，因此，白磊时刻保持着眼力见儿，生怕出错。总部领导多了，工作要求也就多了，有时候对于某项工作的安排和要求，两位处长意见不同，且都把握不准主任的要求，便会让白磊先干着，然后再听主任意见，所以白磊经常同一件事情要同期做好几套方案，以便给不同的领导看。

转眼间白磊工作快半年了，由于GD公司试用期工资比较低，每月才1200元，饭卡补助700元，所以白磊这半年花销比较节省，还好在总部工作能免费吃午饭和晚饭。有一次白磊和秦亮回家，路过一家自助餐厅时，白磊提议周末过去吃一顿，解解馋，秦亮的一句话却让白磊哭笑不得。秦亮半严肃地看着白磊，说了一句"再饿一段时间，再过来吃吧"，白磊笑着点了点头。最终，两人直至那家餐厅黄了，也没能吃上那顿先饿一段时间再吃的自助餐。对于在北京吃自助餐，白磊还有两次印象比较深，一次是工作半年试用期结束后，请老舅和表弟吃了三个人都是第一次吃的金钱豹自助餐，第二次是请郭辉和陈莹吃了一顿黑松白鹿日料自助餐。

在GD公司，领导认可一个人的标准就是这个员工的技术水平能够独当一面。眼看A系统上线的时间越来越近，白磊和秦亮负责的工作也开始越来越多、越来越重要，直到孙经理把A系统上线计划方案发给白磊时，白磊才第一次感觉领导终于认可自己能够独当一面了。上线计划方案时，看到一项项具体工作后面的责任人是白磊，白磊既紧张又兴奋，既感到了压力，又感到了自己的重要性。但一直看到最后，白磊竟然愣了，上线计划方案中的工作时间安排最晚已经到了凌晨2点，也就是说如果所有环节都不出问题，最顺利的情况是2点切主上线，之后再观察一段时间的稳定运行，基本上就天亮了，只要其中某个环节出了问题，那肯定是得奔通宵去了。A系统正式切主上线那天，也是白磊第一次通宵工作，好在中间出现的问题不是很严重，凌晨3点前成功完成了A系统的切主上线，白磊和秦亮5点左右在附近的宾馆睡了一会儿，早上9点半左右到GG集团总部，孙经理则一直坚守到第二天晚上8点多才下班，这也算是孙经理工作生涯中最重要的项目和最重要的时刻。

A系统成功切主上线的庆功宴，被安排在了两周后的一个周五晚上，当天大家都非常高兴地把酒言欢，GD公司A分公司的总经理杨宗政也出席招待总部来的领导。那一天杨总是喝得最多的人，就连服务员都说，看着杨总最实在、最海量，无论是白酒、啤酒还是红酒，都是举起酒杯一口干。当天庆功宴，杨总喝得大醉，搂着总部领导的脖子就坐在餐厅外的马路牙子上唠嗑，两个人最后聊得都无法站起来，白磊眼疾手快，第一个冲上去扶杨总起来，没承想刚扶着杨总走了几步，杨总就吐了白磊一身，直至白磊离职，都想跟杨总确认一下他是否记得那一天晚上吐了白磊一身，但这事又怎么好意思问呢？

9.年会不能停,软实力也很重要

参加工作的第一个春节过后,GD公司准备召开一次大规模的年会,其中自然少不了一个最重要的环节——当天晚上的晚会演出。苏南宫算是晚会的总导演,早早在春节前就让各个部门开始积极报节目。曾在大学做过学生会主席的白磊,最重要的一项学生工作就是组织每年的迎新晚会,从大一一直参与到大三,大一作为新生表演节目,大二作为部长负责筹划和表演节目,大三则作为学生会主席,从当总导演到亲自表演节目,要把控每一个节目的细节。由于白磊跟苏南宫住得比较近,经常一起撸串,所以在新人当中算是跟他关系比较好的,这次年会白磊更是主动积极报名参加,成了后勤筹备组一员,但白磊也想有个露脸的机会,想了半天,结合自己的天赋报了一个让所有人都喜欢的节目——魔术表演。

在魔术表演上,白磊的启蒙老师算是刘谦。每年春晚除了赵本山的小品外,白磊最喜欢的就是刘谦的魔术表演。白磊特别喜欢魔术背后的秘密,其实大部分魔术都是靠障眼法和道具带来效果,背后的原理都比较简单。白磊在大三筹划迎新晚会时,也曾亲眼看见大一新生表演大变活人,晚会当天虽然出现了一点意外情况,但在表演者稳稳的控场下,最后还是成功了。这次在年会中报名魔术表演,白磊为第一次上台也是鼓足了勇气。

报名之后，白磊开始了精心的准备，特意买了一个专业的魔术表演支架箱，有了这个魔术箱，在外人看来绝对够专业，并且后期部门经理还给白磊报销了这个费用。表演的黑西服和黑衬衫是白磊特意在杰克琼斯买的，这是白磊第一次咬牙花钱买这个品牌，也算是下了血本，没想到这两件衣服的质量确实很好，白磊一穿竟然是十多年。而魔术道具方面，白磊为了增加舞台效果，特意买了一些场景魔术道具，压轴的魔术选择了刘谦曾经变过的手机入瓶。在购买道具期间，白磊也算是跑遍了北京大大小小的魔术店，认识了很多魔术圈朋友，没想到魔术圈其实很小，几个差不多类型的魔术师白磊都打过照面，也虚心请教过手法。在最终确定了要表演的魔术和道具后，白磊开始了认真刻苦的训练，到表演前把道具都练坏了两三套。慢慢地白磊发现了自己的魔术天赋，一方面是自己有改编设计能力，就像当年好声音学员改编成熟歌曲一样，经过白磊改编后的魔术更加顺畅和自然，效果也更加劲爆；另一方面白磊特别喜欢自己全身心专注沉浸在一件事中，那种刻苦努力钻研的感觉特别好。有些魔术是需要一定手法的，白磊每天从零基础开始练习，整个春节假期在家，白磊一遍一遍地给表弟和表姐们表演。直到上班后彩排表演，所有人在近距离观察最后的压轴魔术手机入瓶时，都没有发现破绽，白磊才知道自己的魔术已经小有所成了。剩下几天则是进行各种细节的打磨，防备一些意外情况。

年会表演当天，苏南宫特意把白磊的节目安排在一个靠前的高潮点，大家也都给了很高的期望。远距离的个人舞台表演，只要音乐灯光给力，基本上表演下来大部分都不会出现意外，因为没有人打扰。白磊轻松流利地完成了舞台表演，但也付出了台上十分钟，台下十年功的艰辛。在跟两位主持人配合着与台下互动表演时，最怕的就是临时出现意外，但往往怕什么来什么。手机入瓶中最关键的两个道具就是手机和矿泉水瓶，手机要选一个小点的，至少要比矿泉水瓶小，要不肯定放不进去，矿泉水瓶要选软一点的，太硬的不好操作。事先白磊已经找好了两个同事帮忙现场送道具，因为白磊要表现出这两样道具是现场随机找的。当白磊在表演过程中问"现场有没有带矿泉水喝的同事，就是普通的那种喝的矿泉水？"时，事先安排的财务部的同事主动举起矿泉水瓶。不料，市场部那些喝得七八分醉的同事齐声怒喊"他是托儿"，并把矿泉水瓶要走亲自检查，更是直接把水倒没了，喊着让白磊把水再变出来，甚至有人起哄要把矿泉水瓶扣下，直接举起一个玻璃的红酒瓶。这个意外的情况让白磊背后一阵凉，好在经验丰富的苏南宫出面帮忙控场，白磊也不慌不忙地继续表演，原计划让主持人现场喝光的矿泉水瓶，只好直接让主持人签名证明唯一性。而当白磊第二次向大家借手机的时候，没想到坐在前排的各部门领导都很积极，有一位拿着大三星翻盖手机和苹果手机就送上来了，白磊事前安排的同事坐在后面，还没来得及走过来，白磊身边就已经围了一圈人，白磊只好现场随机应变，各种找借口，面带微笑地走向中央位置，说："我这个魔术是刚学习的，可能还会有点危险性，这个穿越动作万一失败了有可能会损伤手机，大家一定要做好心理准备，也请主持人帮忙挑一个便宜点的，国产或者二手的，像这苹果、三星和华为啥的有点贵，万一一会儿给变坏了或者变没了，我也赔不起。"机灵的主持人开始配合白磊选手机，故意选了几个小的便宜手机，当然也把预先准备的手机尽快拿到了白磊面前，并开玩笑地说，"这几个你看哪个能赔得起，本节目为各部门自主上报，筹备组不承担任何经济损失哈"。在经过一系列小坎坷后，白磊终于成功地拿到了预先准备的矿泉水瓶和手机道具，白磊屏住呼吸，伴随着刘谦专用魔术音乐的高潮节奏，在几百双眼睛和摄像机的同时监控下，成功地将手机变入矿泉水瓶内，晚会气氛顿时进入高潮，欢呼声、呐喊声和掌声响彻整个会场。

晚会上的魔术，让白磊在公司一战成名，第二天一早吃早餐时，GD公司A分公司的总经理杨宗政，竟然主动坐在了白磊的座位旁边，闲聊起了昨晚的魔术，周围的小伙伴都既惊讶又羡慕，刚刚工作的一个新人，竟然能有这种待遇，被分公司总经理亲自搭话。伴随着这次亮相的成功，白磊在随后的10多年之中，一共又进行了三次表演，大约三年后在运维中心新的办公园区表演过一次，在离开GD公司后，又分别在两个不同的新公司的年会上表演过魔术，效果可谓是一次比一次震撼，一次比一次精彩，白磊自己也没有想到这个魔术箱和这身战衣，一用就是十多年。

自从年会之后，白磊跟苏南宫和其他职能部门同事的关系都处得越来越好，很多同事为了上班方便，在单位附近租房子，平日下班后或者周末时间，大家经常一起约着吃宵夜、喝酒，还经常打麻将，有一对情侣同事，更是直接买了一个麻将桌当作餐桌。打麻将本是为了休闲娱乐，但对白磊却有更重要的意义，由于白磊不经常在公司办公，各种公司最新政策和大小八卦消息全靠打麻将获得，几圈麻将下来，基本上近期公司各大事情都知道了。由于白磊热爱运动健身，随后更是活跃在公司组织的各种户外活动里，每年的爬山比赛、健步走比赛、羽毛球比赛等活动，都能看到白磊的身影，而且还经常能取得名次，拿到奖品，奖品内容也是自己缺什么就建议苏南宫准备什么礼品。

相比其他同期入职的同事，白磊的好人缘让他在各个职能部门办事都比较顺畅，有些员工说话比较愣，无意间得罪了某些部门的同事，结果只要一办事就被各种拖延。求职能部门办事最怕的就是拖，明明一分钟就能办的事情，像过个流程、合同用印或者审核报销等，如果关系不好，对方就容易找各种借口拖着不办。至于采购部门，那更是"高级权威机构"了，天天被各个事业部跑流程的小妹妹、小弟弟们当成甲方爸爸似的供着，经常被各种水果、咖啡伺候着。有了这些经验，白磊在后期跳槽中，往往主动跟HR和各种职能部门的人优先处好关系，一旦工作中有能帮上忙的，白磊都会积极主动帮忙，各种公司活动只要有时间也都会积极参加。

10. 第一次变动工作，被迫调走

转眼间，白磊在GG集团总部借调已经两年多了。自从A系统切主上线后，总部的工作节奏稍微缓和了一点，白磊也逐渐适应了工作，除了一些重大项目或者紧急的项目外，基本上所有的工作都能应对。

此时，白磊的工作已经慢慢转成了运维工作，每天都是简单重复巡检工作，偶尔有点新工作。虽然是轻松了，但感觉技术水平没啥提升，有些同事比较喜欢简单重复的运维工作，既轻松稳定，又有成就感，但对于白磊来说，不能学习新东西，没有挑战，就感觉有点单调和颓废。

当时GD公司准备筹建一个集中运维中心，传言是孙德来带着白磊和秦亮一起过去，但听到消息后，两个人都不愿意过去，一是因为运维工作的技术含量相对比较低，二是感觉跟着孙德来过去也没啥发展空间。当黄佟最终告知白磊和秦亮两个人工作变动的消息时，也表现得很不愿意，没想到孙德来抢先一步跟公司领导把他俩要走了。白磊和秦亮也说出了自己的真实想法，还想继续留在工程部，不想去运维中心，黄佟建议白磊和秦亮直接找黄佟的领导卓百里谈谈，白磊和秦亮两个新人第一次敲开了卓总办公室的门。大公司其实是很忌讳越级找领导的，大部分情况上层领导还是会支持下面的分管领导,即使有错误的决定或者矛盾,也很少给员工反对的机会。

"卓总,您方便吗?我们有点事想跟您谈谈。"秦亮抢先走到卓总办公桌前说。

"方便,你说吧。"卓总跷着二郎腿,盯着白磊和秦亮。

"我们有点不想去运维中心,还想留在工程部,您看可以吗?"秦亮直奔主题。

"这个是公司内部组织调整规定,已经定完了,你们要不想去那就只能辞职了。"卓总说,"运维中心发展不一定比工程部差,而且你们过去都是骨干。"

"我们不想值班,感觉值班员接触到的东西太少了,想做工程,多学学技术。"秦亮又一次补充道。

"你们过去不是光值班,而是负责全国各地系统的运维,跟做工程也差不多,也会到处跑。"卓总补充道。

白磊能从卓总的话中判断出,他们俩几乎没有选择的权力,只能去运维中心了,于是就没开口。而卓总又用不值班这个理由把秦亮弄得无法张口再接下文,最后他俩只能选择默默地接受。

在宣布集中运维中心组织机构时,大家都吃了一惊,谁也没想到研发部副经理温胜竟然是部门经理,孙德来是副经理,白磊、秦亮和几个同事一同被划到运维中心。很多时候,越想上位、越想争的人最后越上不了,而那些有着无尾熊性格、凡事不争的人,领导为了平衡各方面的利益,却很可能会提拔。

温胜经理最终决定孙德来、秦亮和其他几个同事,留在GG集团总部继续做A系统的运维工作,自己带着白磊回GD公司筹建集中运维中心。白磊没想到,第一项工作竟然是办公场地的装修,GD公司准备建设的集中运维中心的新办公场地距离原来公司位置不到六千米,办公场地很大,环境也很好,但涉及工位改造和4A级等保机房建设,这些工作都是偏基建方面的,温经理和白磊两个人是一点都不懂。因为公司综合部也没人懂，杨总只能让温经理和白磊自己干。这包工头的工作白磊一干就是两年，白磊之前在工作中积累的工程技术基本上忘得差不多了。白磊干装修工作时，有人去施工现场找白磊，根本无法辨认出哪个是装修工人，哪个是白磊，对于施工布线、机房设计改造和工位布局等具体工作，白磊全都跟着工人一样一样认认真真地一起干。

在几千万的基建项目中，经过两年的磨炼，白磊也看出了一些门道，意外地了解了采购的一些秘密。刚开始工作，每次开会，装修负责人都会拿着经过监理审核后的最终施工图纸，汇报一些具体工作和计划。一开始白磊既听不懂也看不懂图，A1大小的施工蓝图，密密麻麻的各种走线、强电弱电和各种尺寸距离，简直就是天书一样。但随着工作的逐渐展开，突然有一天，白磊竟然指着电缆路由的图纸跟施工单位讨论起了细节，说完自己的理解后，还问了一句"初定计划的走线路由和距离是不是这个思路和数据"，施工队的负责人点了点头，白磊能感觉出他当时有点吃惊于自己竟然能看懂了，也可能有点失望，不想让白磊看懂。当时路由设计和电缆长度出现了问题，虽然白磊和温胜经理没有装修经验，但是两个人的智商还是可以的，不会轻易让人糊弄。施工进行到三分之一时，施工队提出电缆长度不够，需要增加电缆长度，进而增加项目预算。之前施工图纸中明确规划了电缆的长度，但是施工单位为了在项目投标的时候降低总体项目价格，竟然少报了一半的电缆长度，无奈之下，温经理跟公司领导开会讨论，追加了项目中电缆的费用。大部分基建项目在最终验收时，往往花费的实际金额要比招标时候多，大多是因为类似的事情。

有了这次教训，白磊更加小心盯着办公场地装修和机房改造的各个细节了，更是每天反复研究核对那张大的施工蓝图。由于白磊从小数学比较好，对数字有一种天生的敏感性，在反复研究机房建设施工图时，他总感觉哪里不太对劲。经过多次仔细核查，白磊发现,机房面积的尺寸竟然在蓝图中标错了,写成了6m×7m=48m,其实应该是6m×8m=48m,而这时施工队已经按照6m×7m的尺寸把围墙垒起来了。白磊很自豪地将发现的错误报告了温经理,想让设计院承担责任(因为之前几次开会设计院特别高傲和不配合)。他认为,这么重要的4A级等保机房设计,竟然出现了尺寸错误这么低级的错误,施工队将垒好的墙体推倒重建的成本,肯定应该由设计院来承担,没想到领导们开会讨论后,竟然没有让设计院承担任何责任。不过,及时发现这次事故,白磊无疑是立了一功,也体现出了自己的工作能力和认真态度,更显现了装修天赋。后期到了工位设计和布局摆放中,白磊又逐渐展现了自己的设计天赋。

运维中心的装修工作除了基建项目外,最重要的一项就是机房各种设备的采购,尤其是屏蔽机柜、服务器和交换机等网络设备,但基本上都是公司上层领导决定采购哪家产品,白磊做的只是拿着到货验收单,一项一项仔细核查。在验收屏蔽机柜时,白磊诧异了。在4A级等保机房中,最重要的设备之一就是屏蔽机柜,这个是有标准要求的。白磊在GG集团总部工作时,经常出入总部的4A级等保机房,所以认识屏蔽机柜,但眼前的两台屏蔽机柜,就跟闹着玩似的。白磊找来产品说明书,看到机柜品牌和厂家电话,一方面主动拨过去问了问价格,另一方面打探他们是不是专业做屏蔽机柜的,结果自己第一次问到的销售价格竟然是采购合同上的五分之一,估计要再谈还能再便宜。温经理看到这个机柜,让白磊把电话放进去,看看能不能打通电话。正常屏蔽机柜里面是一点信号都没有的,随着机柜中电话铃声响起,大家都笑了。温经理没有多说什么,让白磊立即联系采购厂家换货,果然,采购厂家很痛快地就换了一个跟GG集团总部差不多的屏蔽机柜。

装修过程中除了这些令人头疼的事情,偶尔也能遇到一些好事,有些装修剩下的破烂儿和土渣,白磊通过物业找来一家收废品的公司,竟然卖了2000多块钱,白磊高兴地如实报告了温经理。

"这点钱先放你那里吧。"温经理不在意地跟白磊说，白磊这下高兴坏了，以为是奖励给自己了，因为如果不是自己找废品公司来收，这些废品会被物业的工作人员自己卖了赚钱。令白磊没有想到的是，在后期核对报销费用时，温经理竟然提出用卖废品的2000多元钱来抵消白磊在其他地方垫付的费用，这下可给白磊气坏了，竟然还记着这2000多元钱，辛辛苦苦搞了几千万的装修，白磊竟然连2000多元的奖励都得不到，这事让很多人笑话白磊太单纯、太年轻。

运维中心的装修工作，其他部门同事都认为白磊不应该干，甚至责怪温经理有点耽误了白磊，但白磊一方面确实是不得不干，另一方面也有自己的小算盘，那就是趁机考研。工作后，白磊发现自己的普通本科学历很没有竞争力，公司大部分领导都是研究生或者博士生学历，所以他一直想找机会考研，但又舍不得现有工作，没有那么大的狠心辞职考研，所以想着读一个在职研究生。正好装修工作不像技术工作那么累，只要把控好关键，不出现大的意外就行，还有监理公司配合白磊盯紧实施进度和细节，白磊平时可以有很多时间来准备考研。

多年以后，白磊反思跟温经理的这段工作经历，觉得温经理是一个好同事，但不是一个好领导。白磊发自内心地感谢温经理帮助自己辅导论文、读研究生，也庆幸从温经理身上学到了很多为人处世的道理，但温经理的性格不争不抢，实在不太适合做领导，一是没有服众的能力，二是没有进取的狠劲，三是学术派味道太浓。温经理自己不与别人争名夺利，杨总会特别照顾他，但温经理不给自己部门的员工争取利益和评优评奖名额，那最终感觉失望和不公平的就是像白磊这样辛苦付出的员工了。一名好员工可以成为某一领域的"冠军"，但并不一定适合做管理人员，遗憾的是，也许是由于现实生活中人们定义职业成功的标准和途径太过狭隘，以至于多数人都梦想着成为管理者。而一些公司在奖励"好士兵"时，往往也是要提高其职位，鼓励其当"元帅"，殊不知"好士兵"未必能成为"好元帅"，脱离了员工自身实际和优势，反而会捧杀不少"好士兵"。更为严重的是，缺乏"做最好的自己，确立最适合自己的目标"的意识，会让人们在错误的方向上投入太多的精力，最终忙碌变成了盲目，难以获得成功。

11. 不知道能否走到一起

有一次，GG集团组织大型文艺节目表演，要求系统内每家公司都要派人出节目。白磊有幸与GD公司其他几位年轻漂亮的同事一起被选作代表，到三亚集中进行两周的彩排，然后直接演出。白磊这次没有表演魔术，而是与大家一起表演机械街舞，同去的几个女生应该算是GD公司身材和颜值都比较高的，其中有一个叫马清雪。起初，白磊注意过这位穿着黑色长皮靴、白色风衣的长发翩翩的东北女孩，她算是女生里颜值最高的一个，由于之前没有打过交道，出差路上两个人基本上没怎么说过话，但据马清雪后来描述，她在乘飞机时无意间看到白磊在看英文版的书籍，感觉特有范儿。在三亚彩排的时间里，白磊慢慢地与这一行人都熟悉了，其中也包括马清雪。两个人彼此有点好印象，马清雪对白磊表现得稍微更热情和主动一些，还曾在同事面前半开玩笑地问白磊有没有对象，要是没有可以考虑一下跟她处个对象。白磊其实听出来那是她的心里话，但马清雪这么直接，反而让白磊摸不准马清雪的性格：她是对每一个长得帅的人都这么主动吗？而且有同事这层关系，万一处理不好两个人的关系，在公司的影响肯定不好，所以白磊只好刻意保持距离。不过，两个人当时还是经常单独约会，逛景点或海边散步。

演出结束后，两个人由于都住在公司附近，一直保持联系。随着对马清雪的了解越来越深，白磊感觉马清雪是一个不太上进的人，很少看书，也不运动，每天就是做一些行政助理的流程工作，没有转岗和追求进步的事业心，并且经常说不想让自己太累，下班后不是逛街就是追剧、看电影或者出去玩。白磊特别害怕自己的另一半是一个不求进取的人。可能是因为近水楼台先得月，两个人依旧经常一起吃饭、看电影和出去玩。起初马清雪挺主动的，可看白磊从来不往那方面谈，慢慢也就你不说我不说，大家都不提了。两个人之间，其实最怕一个人装糊涂，这种情况往往是因为另一个人在某些方面不符合这个人的心理预期。许多年以后，白磊没有遇到特别合适的女生，曾想过要不就跟马清雪凑合一下得了，至少根据这些年的了解，她在感情上不是一个随便的人，除了没有上进心，其他方面都还好，大不了自己以后多赚点钱。有一个春节假期，白磊实在承受不住家里人的催婚，又想起了马清雪，于是晚上给她发信息，含蓄地问了一句："咱俩有机会再往前发展一步吗？"没想到马清雪竟然回了一句"现在这样挺好的"，这算是委婉地拒绝了白磊。上一次是马清雪提出来，而白磊拒绝了她，这次竟然反过来了，也算是一比一打平了。随后的一段时间，两个人彼此联系得少了些，但白磊在心情不好或者有工作变动，想找人说话时，还是会第一时间去找马清雪出来散步，一起聊聊天。

12. 初识户外，逃离北京

有几年北京雾霾比较严重，白磊也感觉北京的工作压力确实有点大，所以周末时经常通过一些户外群的组织到北京周边旅行，很多景区各种路线都有专业的户外群组织旅游，每周六一早定时发车，并配一个领队，而参加游玩的人只要出一个大巴车的路费就可以，可以自己带午餐或者到景区买午餐。白磊有时候会约同事和朋友一起，如果约不到人，自己一个人也会跟着群一起出去玩，每次路上都能遇到一些新朋友。就这样，白磊的朋友圈开始慢慢打开，有时候假期还会自己一个人出去穷游。

由于跟马清雪的关系没能进一步发展，白磊开始留意身边的其他女孩。在一次户外旅游时，白磊相识了还在读研究生的赵玄奇，当时第一感觉是赵玄奇长相一般，是一个很朴素的女孩，只是比跟她在一起的闺密更健谈一些。由于大家被分到了一个组，就建了一个微信群，聊得多一些，但白磊仅仅知道赵玄奇在中央音乐学院读研，学习古筝而已。活动后，赵玄奇学校有音乐会演出，手里有多余门票，就在群里发了一个消息，邀请大家去看演出。由于时间正好是在周六晚上，群里的人都挺给面子，全部出席了，可演出过程中只有白磊一个人听得津津有味，不断称赞和享受音乐，其他几个小伙伴都感觉挺无聊的，可能他们不懂音乐，只是为了凑个热闹。

当赵玄奇询问大家演出怎么样时，只有白磊发自内心地说出了一句"心灵的享受，精神上的盛宴"，看其他人的表情，赵玄奇也能猜出来他们的感受，因此，她对白磊有了一分好感，并私下对白磊说，以后再也不请群里其他人了，啥都不懂。还好白磊以前参加过合唱团，参与过乐器演奏等一些文艺节目，也算是见过世面。后期两个人微信互动多了一些，有一次，得知赵玄奇要回上海看父母，正好那天白磊也出差去上海，白磊特意买了跟赵玄奇一趟的高铁，就这样两个人在餐厅聊了四个多小时，这也算是两个人第一次单独在一起。这次聊天后，白磊才发现赵玄奇跟自己完全不是同一类人，之前以为赵玄奇就是一个普普通通的女孩，深入了解才发现，赵玄奇家境非常好，看似普通的衣服都是各种名牌，而且赵玄奇的价值观就是吃好吃的，穿名牌，出国到处旅游，虽说现在只是研究生，但在外面赚的古筝补课费都比白磊的工资高。听赵玄奇讲述她家里的兄弟姐妹的事情，白磊感觉，赵玄奇的两个弟弟都跟着她父亲做生意，大弟弟的老婆甚至没工作，这兄弟姐妹几个看起来都不是很上进，只是家里条件确实优越。白磊想想自己的情况，家里没有背景，只能靠自己打拼，感觉自己与赵玄奇的路注定不太一样，走不到一起，只能当一个朋友交往着。

随着户外活动参加得越来越多，白磊认识的驴友也越来越多，虽说也有一些单身的女生，但白磊总感觉没有遇到特别喜欢、特别心动的女生，对有些女性朋友虽然有好感，但感觉不太适合做男女朋友。随着白磊认识的朋友越来越多，了解到不同的北漂的人的生活，白磊越来越发现，在北京艰苦奋斗的生活中，能早早找到一个女朋友，实在是非常幸福的，至少这个女生不是因为钱而跟你在一起，大部分女生上来就谈房子和户口，经济基础不行的基本不考虑，就连单位组织的单身联谊会，都要提前收集资料，其中就有在北京是否有房子、有车和是否有北京户口这些选填内容。残酷的现实，让白磊意识到，没有经济基础的爱情是不稳定的，甚至会给自己增加不确定的负担,如果两个人最终能走到一起那还好,可要是不能,便只是给自己带来毫无意义的投入和失去后的痛苦。不管怎么样,还是需要先让自己变得强大,有一定经济基础,感情这事只能慢慢随缘了。

13. 考研成功，致逝去的本命年

为了备战考研，白磊每个周末都咬牙不睡懒觉，早早步入清华大学的自习室，仿佛又回到了三年前考研的时候。令白磊没有想到的是，清华大学之所以厉害，不只是因为学校厉害，也不只是因为老师厉害，而且是因为有一群既厉害还拼命的学生。白磊十一假期在清华大学图书馆学习，竟然还需要每天早起排队抢座。白磊由衷地感叹：这些不要命的学霸啊，真是一个比一个起得早。

这次考研复习，白磊感觉没有以前在大学时候那么浮躁了，也可能是因为自己夏天的时候在凤凰古城痛痛快快地玩了一圈，圆了自己的一个古镇梦，所以这次复习心里特别踏实，少了贪玩的心思。白磊回想自己以前的学校生活，感觉自己其实是那种适合一边玩一边学的人，不太适合一直学习，长期压抑自己。直到现在，白磊还感觉当初高中如果不选择进尖子班，留在大班，没准能考上一个更好的大学。白磊现在复习考研，慢慢总结出了自己之前失败的原因，有了几年工作的历练，也确实比以前沉稳了一些，性格柔和了一些。白磊分析，自己以前考试总是过于追求完满，总想拿满分，总想把所有的题尤其是最难的题都做完，都做对，实际上却总是粗心马虎，或者因为其他原因把会做的题做错，不会做的题还是做不出来，在难题上浪费了大部分时间，结果还拿不到分。如果换种思路，只做自己会做的题，并保证全部做对，就会得到一个很高的分数，这样时间也没有那么紧张了。例如，一张100分的卷子，只做价值80分或者90分的题，并保障全部做对，也能拿高分。想明白了这些道理后，白磊开始调整自己的考研攻关顺序。因为自己语文从小就不好，无论是基础知识还是阅读理解，至少都得错一半，无论花费多少时间，分数还是那个水平，所以，考研攻关的时候白磊将顺序改为先答逻辑、数学和英语，最后是语文。考研满分400分，而白磊想报考的学校去年分数线是170分，清华大学也就200分，只要保证前面三科能在50分以上，语文随便答点应该也能够分数线。最初白磊想报清华大学，但一方面是担心自己考不上，另一方面是听说清华大学的复试比较严，要砍掉一半，所以就简单报了一个跟工作对口的大学。初试成绩下来时，白磊竟然考了244分，一不小心超了清华大学的录取分数线40多分，他特别后悔没有报清华。这让白磊有了继续学习深造的自信，他想：如果有机会，一定要考个清华的博士，至少也得读一个清华的工商管理硕士（MBA），争取能跟表弟成为校友。

命运总是坎坷的，复试的前一天，白磊意外地发烧39度多，这种情况几乎跟几年前在大学考研复习时一样，又是特别严重的感冒，这次时间更是赶在了复试前一天，差点都不能参加第二天的复试。白磊当时感觉无比的伤心，不明白老天爷为什么要这样折磨自己。几年前的那一次，自己没有咬牙挺住，因为重感冒，在考试前就已经放弃了，也可以说是绝望了。这一次白磊差一点又被击退，可白磊不服气，挺着发烧参加完了复试的笔试，在面试的时候，白磊的嗓子都快要说不出话了。也算是"我命由我不由天"，靠自己坚强的毅力，白磊终于考上了理想大学的研究生。

考研成功后的白磊，就像是"开挂"一样，不论参加什么考试，都能顺利通过。白磊的老舅曾建议白磊争取在30岁之前考完所有需要的证书。白磊借着表弟在清华读书的几年时间，一有时间就到清华自习室和图书馆看书学习，几年下来差不多考了十多项有用的证书，其中含金量最高、最难考的要数"信息系统项目管理师"（软考高级）了。白磊甚至曾想过放弃第一次考试，抱着重在参与的心态准备考试，只因无意间看了《第一次把事情做对》这本书，才彻底改变了想法，觉得要准备就全力以赴，一口气完成，一次性拼命。这次考试也是白磊参加的所有考试中耗时最长的考试，三科内容从早上一直考到晚上，最后没几个考生还能坐住。因为这三科只要有一科没过，就不能取得证书，还不保留成绩。所以考完第一科后，人就少了三分之一，等到最后一科时几乎没什么人了。最后那一科要写几千字的论文，白磊竟幸运地提前押到了考试题目。就这样，凭借自己的努力坚持和幸运女神的帮助，白磊顺利地通过了最难的软考高级考试。很多人考了好多次都没有考下来这个证书。有了这个证书，白磊享受了高级职称的待遇，可以每年多报销600元的取暖费补助。

　　说起这些年考试的艰辛，白磊在住宿方面没少花销。为了能在考试前一天有个很好的休息环境，避免北京交通的拥堵，白磊几乎在所有考试前一天都是花钱在考场附近的宾馆住的。当时的白磊还是跟同事一起合租，自从秦亮搬走跟对象一起住后，白磊陆续换了两个室友，都是晚上睡觉打呼噜的，有一个不光打呼噜还有鼻炎。当初两个人约着一起合租房子时，白磊特意问对方睡觉打不打呼噜，对方还很自信地说不打呼噜，结果搬过去的第一晚，就听到了呼噜声。白磊睡觉比较浅，晚上有一点动静就会醒，为了节约租房子的成本，只能忍受着呼噜声跟同事合租，还好室友也经常出差，大部分时间都是白磊自己一个人住。

　　为了考培训师的证书，白磊还曾跑到山东的考场考试。为了备战项目管理专业人士资格认证（PMP）考试，每次上课单程都要坐将近两个小时的公交车。考试那一年的正月初三，白磊还到家乡的图书馆看书备考。刚刚参加工作的这几年，一方面个人精力相对来说比较充足，另一方面还没有太多家庭的事情，是一个人考证的最佳时期。等到工作很多年之后再想参加各种考试，只能是一年比一年难。白磊也曾看到很多人后期考研时，由于时间和精力投入都不够，一直考不上。白磊的驾照考试，通过得也是格外的艰难。寒冷的冬天，他6点多就得赶校车，每次上路考试前也都需要集训一天，在外面一冻就是一天，冬天学车确实是遭罪。再加上会遇到各种素质低下的教练，不好好教，有的教练直接张嘴要礼物，否则约不上练车，直至年前回家前最后一天，白磊才顺利拿到驾照。这一路太艰辛了。当白磊从发证大厅走出来时，操场上正好响起了汪峰的《飞得更高》这首歌，那嘹亮豪迈的歌声就好像在唱给白磊听一样，那鼓舞人心的歌词就好像是在写白磊这一年的经历。终于完胜了！

　　研究生考试，让白磊突然间懂得了取舍。白磊开始总结当年自己高考失利的原因：自己总想追求完美，总想把每一科都考得很高，而对自己最喜爱的理科更是想追求高分、追求完美，总想把最后的那道最难的题做出来，总想证明自己特别强。现在想想确实有些可笑，白磊感觉当初自己是那么的无知，真的很希望当时自己能意识到得失的道理，更希望当时能有父母、老师和兄长来指点自己，如果能早一点明白这个道理，可能很多事情会有所改变。改变不了自己的出身和环境，就只能靠自己来总结经验，自己来悟，给下一代创造更好的环境。突然间，白磊想要自己写一本书，留给后代一本致富和成功的宝典，把自己总结的人生经验和道理都传给自己家的后人，这样可以使家族越来越繁荣。有了这本书，可以让自己的后代早一点知道一些重要的人生哲理，早一点懂得理财秘籍，早一点拥有健身运动的习惯，早一点懂得如何学习，学会如何找工作、如何面试、如何在职场中打拼等。多年以后，看了《洛克菲勒写给儿子的38封信》这本书后，白磊确信这件事真的可以做。

　　这一年，白磊更加了解自己了，他发现，凡事要按照自己的节奏来，不能盲目追随效仿别人，因为自己就是那种喜欢玩够了再静心学习的人，而不是一直长期苦学的人。只有在凤凰古城玩嗨了，圆梦了，十一假期整整七天才能静心学习，复习考研才能更有效率。凡事都需要按照自己的节奏进行，才能功德圆满。

14. 招聘"十大金刚",从包工头转战 HR

在负责装修工作的同时,温胜也开始带着白磊参加公司的招聘工作,准备给集中运维中心招聘一批新的应届毕业生。人事招聘工作确实是白磊一直向往的工作,他特别想体验一下面试别人的感觉。白磊回想起自己当年为了找工作到处面试求职的艰辛情景,记忆犹新。当白磊与其他部门的主考官一起坐在会议室,共同考察面试者时,感觉仿佛回到了几年前,总有种坐在对面的那个人就是自己的感觉。世上有些事就是这么有意思,风水轮流转,也许去年还在被别人面试,今年就面试别人。

刚开始白磊只是跟着温胜去参加群体面试,基本上都是各个部门领导提问,白磊坐在后排,偶尔温胜有事不在的时候,白磊才有机会坐到前排会议桌上参与面试。为了能更好地面试别人,白磊疯狂地看各种面试技巧相关的书籍,甚至主动参加了一个有关面试的培训,将一些简单小技巧大胆地用在了面试中,比如让每个面试候选人在填写个人资料信息时,格外再画一幅有关自己心中大自然的图画,根据画的内容可以推测面试者的性格和内心向往的一些事等。随着面试的次数增多,白磊基本上掌握了面试的流程和一些大家常问的问题。公司在各个大学开校园招聘会时,白磊也积极主动报名参加,亲自到现场招聘,跟着 HR 跑了几场大学的招聘会后,白磊还是有一些收获的。他亲自挑选了一些自己认为好的简历拿给温胜，温胜看完简历后都还比较满意，让白磊尽快组织"二面"，没想到这几个人确实都符合标准和要求，最后都被录用了。

白磊做了面试官后才逐渐发现，原来面试中提问的每一个问题都是有意图的，目的就是把面试者问倒，套出一些真实的事情和真实的想法。随着面试的场次增多，白磊发现了一些规律。对于应届毕业生的面试，只要是毕业院校达到基本要求，专业对口，学生面试时候沟通表达能力较好，并有一些自信，面对面试官的问题能够诚实回答，再加上个人综合能力不差，基本上都能通过面试。最忌讳的就是在面试过程中说假话。有一次白磊和温经理在面试一个男生的时候，白磊凭直觉感觉这个人的成绩一般，而且英语应该不怎么好，就顺嘴问了一下他英语怎么样。

"还行。"面试者不太自信地说。

白磊看到简历上写着此人英语四级过了，就问了一下："四级考了多少分？"

"有点忘记了。"面试者这时已经不敢直视白磊，不好意思地回复道。

四级考试在大学是一个很重要的考试，甚至比期末考试还重要。如果考试通过了，肯定会记得自己的分数的。所以白磊断定他没有通过，简历上说了谎。原本白磊招聘的岗位是不看重英语这块儿的，但如果面试者说谎，就另当别论了。

"四级过没过？过了就是过了，没过就是没过，再给你一次机会。"白磊严肃地追问。

"过了，过了，真过了，这是证书。"面试者看白磊严肃起来，立即掏出了假的四级证书。

"你大约考了多少分？过80分了吗？"白磊试探地深问。

面试者的回答彻底露馅了，"没有，好像60多分，刚刚过线"。白磊没有想到，这个人对英语四级竟然一点基础知识也没有。于是，白磊迅速地结束了面试。面试后温胜笑着称赞白磊，"你这可以啊，四级没过都让你问出来了"。后期的面试工作，温胜基本上都交给了白磊，只要白磊面试通过的，没有太大问题，温胜都同意录用。

白磊在对应届生的面试中也总结了一些经验。其实刚毕业的学生面试时，无论是研究生还是本科生，最怕被问的一个尴尬问题就是有没有工作经验。只有很少一部分人能在大学期间找到实习的机会，因为实习生的岗位竞争要比正式工作激烈得多。多年以后白磊曾帮助过一个香港大学的研究生在TAB公司找了一个实习岗位，虽然学生本身很优秀，但最终能录用，基本上还是靠关系。还有一种情况是，很多人的求职意向与自己所学的专业不对口，甚至毫不相关，这时主考官就会更多地提出一些基础专业知识或经验相关的问题来问面试者。白磊自己当时也是跨专业找工作，但白磊早就准备好了应对之策：方案一，世界上最美的图案不是蒙娜丽莎，也不是达·芬奇的旷世之作，而是一张白纸，因为它可以绘制出任意绚丽多彩的画面。刚毕业的我们就犹如这白纸一样，虽然没有基础，没有经验，但是我们的可塑性比较高；方案二，对于一个空杯子和一个盛有半杯水的杯子来说，哪个可以装更多的水？当然是空杯子。刚毕业的学生就好比这个空杯子，虽然什么都没有，但是可以容纳更多的知识，学习更多的技能，价值还是很大的。很可惜，当年没有一个面试官给白磊说这两段话的机会，更遗憾的是，在面试的那么多人中，白磊也没有听到类似的自信回答，大多数人都是含糊地默认或者过分地贬低自己。

事实证明，优秀的人就是优秀，无论是简历内容，还是言谈举止，都能在众多的面试者中脱颖而出，所以自身的实力是最重要的。在一次海选面试中，有位女研究生，大学期间三年修完四年的课程，直接保送读研。先抛开专业对口的问题，就光凭这能力，所有人都会认为她干什么工作都可以，这种超强的学习能力是任何一个岗位都需要的。对于大部分应届生来说，与其想怎么应对面试者提出的各种问题，怎么准备好一场又一场的面试，还不如想办法让自己变得更强、更优秀。就像武术亚军总也打不败冠军一样，与其每天总想如何打败别人，如何破解别人的招式，不如去想如何让自己变得更强。让一条直线变短的最好办法不是擦掉一半，也不是中间划分几段，而是在它旁边画一条比它长的直线。

经过几个月的努力，白磊成功招聘了"十大金刚"，其中九个人来自"211"和"985"的一本院校，里面还有一个清华的本科生。GD公司至今只招聘过一个清华本科生，一般招聘的都是研究生或者博士生，而在清华也流传着一个说法，一流的清华本科毕业生大部分都自己创业，二流的直接就业，三流的出国读研深造，只有四流的才继续留校读研。当白磊成功招聘这位清华本科生后，HR同事甚至特意来问白磊是怎么招聘到这个清华本科生的。这"十大金刚"中，还有一个本科生来自一个普通二本大学，白磊之所以想留下他有两个原因，第一个原因是这个小伙子不仅是东北老乡，说话也挺机灵；第二个原因是这个小伙子能喝酒，体格比较壮，这绝对是加分项。当时温胜曾介意过小伙子的毕业院校，但白磊坚持说没有更合适的人员了，想让他先过来工作，如果表现不行，试用期不转正，直接辞退。等到半年试用期过后，考试的时候，这个二本的小伙子考了一个第一名，又一次验证了白磊的眼光。当初入职后，白磊单独找过这个二本的小伙子，说了一下同批次的同事的情况，建议他每天尽量早点到，晚点走，比别人多付出一些，争取试用期后考一个好的成绩。白磊也确实看到了这个小伙子的付出和努力。这从另一方面证明，工作中需要的技能，大部分情况下不需要依靠太高的天赋就能习得，只要肯付出努力，肯干多学，总能做好工作。

一个人的第一份工作不一定是他一生永久的工作，但几乎决定了他今后从业的方向和领域。所以，对于刚走出校园的学生而言，第一份工作真的很重要!

随着北京总部运维中心"十大金刚"的招聘成功，温胜和人力资源部的领导都看到白磊在面试方面的天赋，后续运维中心的现场面试直接交给了白磊负责。白磊面试的求职者，基本上以应届生和刚工作1—3年的人员为主，因为运维工作岗位对技术的要求不是很高，只要会基本的计算机技术、责任心强、性格踏实稳重就可以。所有人员基本上都是白磊这里面试通过后，温胜或者客户的现场负责人再简单面试一下，HR那边谈个薪资，走个流程就能录用，前前后后白磊差不多成功招聘过40多人，唯有一个人招聘失败了，还是让总经理给亲自否定了。在招聘四川现场本地运维人员时，白磊完成电话面试后，让现场的项目经理帮忙进行"二面"。两个人都通过后，跟人力资源部报备，HR谈完薪资就发了录用通知书。这个新员工入职第一天来北京办理入职手续，白磊跟他见面的时候，发现他的一只眼睛好像有点问题，像是没睡好肿了，或者不小心受伤了，但白磊没有多想，也没好意思问。当这个新入职的运维人员找总经理签完字后，温胜把白磊叫到办公室，说杨总给他打了电话，提到新入职员工的眼睛有问题，并且说杨总发现问题后，随口就直接问出了真实情况，对方的眼睛天生就这样。温胜笑着对白磊说："怎么搞的？你也不好好看看，杨总说这人给客户现场服务会影响公司形象，让咱们换个人。"其实这事也不能怨白磊，毕竟自己只是远程面试，而现场项目经理没有发现这个问题。虽说刚刚自己发现了问题，但确实没有主动追问这件事，没想到让总经理发现了，看来姜还是老的辣。在一个新员工入职当天，就把他辞退掉，而且已经走完了签字流程，这实在是有点难，无奈白磊只能跟温经理协商，一起再面试一次，看看能否找到一些破绽。

看似是简单的分管领导面试聊天，实际上却是各种挖掘致命问题。当白磊问到以前工作中有什么做得不好的地方时，这个小伙子竟然诚实地说出了自己曾有一次被客户投诉的经历，白磊和温经理两个人会意地互相看了一下对方，知道该怎么做了。面试结束后，白磊单独找到这个小伙子，带着无奈和惋惜的表情，分析了一下刚刚的面试，说他最后一步不小心失误了，分管领导那关没过。当白磊看到这个小伙子后悔莫及的样子时，也于心不忍，劝了劝他。这个小伙子离开后又第二次回来找白磊，希望能有个机会再找下温胜经理，白磊发现他有哭过的痕迹，但无法把真实的情况告诉他，只能再度劝他，开导了他一下，并承诺来回的路费都给他报销，让他之后好好总结一下这次失败的原因。这一次也算是白磊第一次出面辞退别人，没想到多年以后自己也遭遇了同样的命运。

  面试，是一个双方互动的过程。主考官想要了解面试者的能力、特长、专业和求职意向，所以面试者自己必须心中有一个明确的目标，有明确的自我认识、明确的求职目的，千万不能连自己想做什么工作都没想好，自己有什么特长都说不出，希望的薪酬都不明确，这样的人往好了说是准备不充分，往差了说就是对自己不负责任，一事无成。其实面试者可以通过提问主考官来了解公司的情况，了解每个部门具体的工作情况和工作内容，衡量自己是否感兴趣或能否胜任招聘的岗位。只有经历了这样一个双方互动的过程，才算是一个好的面试。

  随着白磊面试的人员逐渐增多，再加上多年以后自己的几次跳槽经历，白磊总结出一条经验：企业招聘员工最核心、最重要的一点，是要招聘一个最合适的人，而不是最优秀的人。每个企业在发展中的不同阶段，需要的员工是不同的，有些公司在早期不需要那么高端的员工，即使能把清华北大的高才生招聘过来，他们也待不长，发挥不了自己的真实价值，早晚都得走，这对于企业和员工是双向的损失。有了这点认识之后，白磊在随后的招聘和面试中都能特别坦然。这段招聘别人的经历，为白磊后期的跳槽面试打下了基础。

15.谁的职场不委屈，第一次想离职

随着集中运维中心的发展，很多非核心的业务逐渐并入运维中心，温胜经理高升为运维中心主任。一直不受公司重视的测试部门此时也并入进来。测试部门的第一次重点工作任务当时正要开始，即每三年进行一次的A系统官方测试。只有这次测试通过，才能在以后的三年内进行项目投标。原本的计划是让白磊招聘的"十大金刚"中的四个人去支持测试部工作，其中一个数据采集的模块由白磊负责牵头测试，在测试过程中带带两个新人，其他两个人则借给测试部经理肖露露打打杂。可就在正式测试的前一周，肖露露竟然请了婚假，并说很早之前就定好了行程，不知道与测试这事碰上了。实际上谁都能看得出来，这分明是找借口躲事，哪怕稍微有点责任心，也不会在这么重要的时间请假。这让白磊第一次认识到什么叫作老油条。

白磊更没想到的是，温胜主任后面几天竟然也要出去开个会，把这事都甩给了白磊。温胜说自己找了综合部帮忙配合测试，可综合部的领导石静，从来都只帮忙张罗事情、帮忙牵头，具体工作还是要交给其他部门去做的。这下白磊慌了，没想到自己莫名其妙接了一个大活。肖露露临时请假，导致测试方案没有做好，仅仅规划了一个大概，其中最难的就是A系统各个模块的功能测试，必须由

各个模块的研发部门派人亲自完成,而白磊接触A系统时间还比较短,有些模块并不清楚,连谁是负责人都对不上号。无奈之下,白磊只能自己硬着头皮,参考着肖露露留下来的半份测试方案,仔细梳理所有功能模块和具体分工。好在这几年白磊在公司还有点人缘,主动找了一些研发部门同事帮忙,基本上把工作分工梳理清楚了。

在第二天卓百里召开的测试工作准备会上,当卓百里问"谁说下测试方案和计划"时,各个部门负责人都没吱声,石静默默地看向了白磊,白磊只能慢慢地站起来汇报测试方案,这是白磊第一次给卓百里汇报工作,而且还有这么多其他部门经理在场。好在白磊前一天晚上把工作梳理清楚了,只要时间规划、分工安排清晰了,汇报是很简单的,至于需要各部门支持的测试人员数量,白磊也没有狮子大开口,只说可以根据实际情况,由各个部门决定派多少人,但第一轮内测试时间是周三到周日,下周一开始进行正式的现场测试。白磊特意说明,如果周五测试通不过,可能需要周末加班。其实白磊心里清楚,大家最烦的就是加班,一般没什么事时,几乎都是准时打卡走人,所以白磊不敢给各个部门提太多要求,规定具体时间。

方案和时间计划白磊大致是说明白了,卓百里最后号召大家各司其职,全力以赴,并且说:"你们先尽全力去测试,如果最后还是通不过,那我只能出面请测试中心主任喝酒了。"这句话算是给白磊吃了一颗定心丸。石静看白磊安排得挺明白,就客气地说了句:"好好干,这老温和肖露露都当甩手掌柜跑了,把坑留给你了,也是不容易,有事需要协调直接找姐哈。"说完她也走了。在企业里总是有一些部门和领导的主要工作就是负责组织、协调和向上汇报,具体工作都由其他部门人员来做,如果工作完成了,却会在第一时间冲到领导面前邀功汇报工作,恨不得把所有工作都说成自己的功劳。

这么艰巨的测试工作落到白磊一个人的肩膀上，直接把白磊压得有点喘不上来气。仅是测试环境的部署调试，白磊就搞到了周三晚上10点多。下午有几个部门的人过来问情况，一看测试环境还没好，就说明天一早过来。有些部门下午压根就没派人来测试，直接默认周四、周五两天进行测试。白磊也没想到，搞个测试环境就搞这么久，本还想周三上午把测试环境搞好，下午能让测试工作开个头呢。周四一早，各个部门陆续派人过来测试，看到是由白磊这么一个愣头小伙子牵头工作，倒也没难为他，每个功能模块派过来的人都还比较配合，毕竟，测试不通过也是需要各个部门承担责任的。分完工作后，大家都开始进行各自模块的测试，白磊安排过来的四名运维中心的人跟随着测试几个重要模块的人，一方面在旁边看着学习，另一方面也帮忙打个杂，加快测试进度。一共分了七组，有的组来一个人，有的组来两个人，白磊成了测试的总负责人，各种疑难问题都需要白磊来协调。原本计划由白磊自己承担的主测数据采集部分，因为他实在是没有时间和精力，就安排给了运维中心的一名新员工，有不会的问题，先让他找研发支持，最后白磊再帮忙兜底。

周四和周五这两天，虽然每天都加班到10点多，但一方面测试用例比较多，另一方面测试环境的程序有些功能模块不是最新的，外加被派过来参加测试的都是一些技术水平不高的新人，临近周五了，七个组通过率都没有达到90%以上，而正式送检之前，即使通过率全部达到100%，在正式测试的时候还有通不过的可能，看来必须得周末加班了。占用周末的时间，是件令所有人都反感的事情，白磊不敢强行要求大家过来加班，只好委婉地跟各个模块测试负责人沟通，建议他们跟自己部门相应领导沟通一下，看如何协调人员在周末这两天把各个部门负责的测试模块全部测试通过，具体哪天过来都可以，并承诺自己这两天都会在。周五晚上，有的部门测试人员为了周末不加班，直接干到凌晨1点多，有的部门反馈周六下午来，有的部门反馈周日过来，白磊只能每天都过来，且每天最后走。

周末这两天加班，白磊主动自掏腰包给大家订了一些外卖。周六那天是白磊的生日，没想到却是在忙碌加班中度过，而且忙完整体协调工作，还得抽出一部分精力指导部门同事测试数据采集模块。最后，白磊在周日晚上11点搞定了第一轮测试。

周一一早，白磊带着设备到测试现场正式测试，由于所有厂家都集中在一起，测试现场一片沸腾，最要命的是大夏天的，没有空调，只有电风扇，所有服务器和工作站就在测试现场放着，那散发出来的热气再怎么用风扇吹也还是热的。这种测试，大家基本上都有经验，一半靠实力，一半靠嘴说，并不难通过。第一天的整体进度还算可以，白磊总算松了一口气。周二下午，温胜主任回来了，到现场大致看了一下环境，晚上吃完饭后，在会议室跟白磊了解了整体的测试情况。白磊本以为温胜主任能表扬一下自己，毕竟这么大个事，就白磊自己一个人扛着，结果温胜主任却是各种挑毛病。最令白磊生气的是，他竟然因为白磊没有亲自独立负责数据采集功能模块测试，狠狠地批评了白磊，并讲道："如果有领导问起你在测试中做了什么工作，就说你负责协调吗？说你自己没有独立完成一个模块的测试？你想想，如果这样，你跟综合部那些人有啥区别？"

"我是想测试数据采集模块来着，但我是真没时间和精力，自己要对接10多个人，就是每个人只给我提一个问题，我都招架不住。而且数据采集模块也是我指导的新人测试的。"白磊反驳道。

但温胜主任还是不满意，要求白磊第二天亲自测试数据采集模块，其他事情不用再管了，说白了就是由他本人负责统一管理和进度汇总的事情，让白磊干具体测试工作。

从会议室出来，白磊气得实在是受不了，坐都坐不住，无奈只能出去跑步，散散气。好不容易自己把第一轮测试搞定了，各种事情也都协调得差不多了，后面几天测试只要不出现什么意外，基本上就能通过，结果温胜主任这么一安排，直接把白磊的总指挥身份给撸了，白磊得去干具体测试工作，而问问进度、统一汇总和简单协调的事情现在由温胜主任来干，说白了基本上什么也不用干，就等结果就行。白磊越跑越难受，越跑越气，最后竟然气得直接吐了出来。工作这么久，他第一次生这么大的气，辛辛苦苦干了半天工作，竟然还被领导这么说，真是太不公平，感觉一点意思都没有，一点价值都没有，一点希望都没有。自己的能力是大家有目共睹的，但在温胜主任眼中，自己竟然做错了。

在回家的路上，白磊第一次产生了离职的想法，感觉自己现在的工作，可能只适合老北京人。这算是个体面工作，既稳定，收入也还够花，但对于外地人来说，指望靠现在的工作，在北京买房子和生活，根本不可能。此时的白磊毕竟工作经验和社会经验都比较欠缺，想要跳槽谈何容易，但是通过这次的事情，白磊有了以后要离职的决心。

周三继续测试，果不其然，温胜主任自己在测试现场的核心位置上坐镇，迎来送往地跟各个厂家和各部门领导打招呼。"温主任亲自坐镇测试啊"，大家互相恭维、寒暄。在别人眼里，温胜主任特别重视这项工作，亲自到现场盯测试，可只有白磊心里非常清楚，温胜主任来不来没啥区别，所有工作都是白磊干的，而原本那个掌控局面的人应该是白磊。白磊感到非常委屈。

数据采集测试这方面，白磊因为之前辅导新人做过一轮自测，基本没出什么大问题，很快就测试完了。没想到，后面的安全测试，温胜主任又甩给了白磊，这是检测人员临时新加的内容，基本上是在各个模块中抽取一些功能点，结合安全点进行测试，因为之前没有安排给各个业务部门，所以温胜主任让白磊自己挨个测试一下，如果有问题，就找各个功能模块的负责人。白磊感觉这实在是有点欺负人了，几乎所有的模块都要自己搞定，很多应用功能之前自己根本没接触过。虽然白磊跟温胜争执了很久，但温胜主任仍旧坚持让白磊自己测试，并以说服不了其他部门，也不想给其他部门再多增加工作量为理由，让白磊来干这项工作。

整整一周紧张的现场测试工作，在炎热的酷暑中终于接近尾声了，白磊独立完成了所有模块的安全测试，这出乎他自己的意料。也许是因为之前第一轮内部测试时候或多或少大致了解了一些测试内容，除了个别几个功能找了对应研发部门帮忙调试了程序外，其余模块白磊都独立完成了测试。在之后各种会上，温胜从未提及白磊的工作付出，更未表扬过白磊。更令白磊有些生气的是，测试结束后，等待最终测试报告时，肖露露休假回来了，就跟提前算好了时间一样，回来后客气一番，就顺理成章地把测试收尾工作接手了。

多年以后，白磊也反思过这次测试工作中自己的态度。一方面，自己那一次其实算是捡了一个需要组织力和协调力的机会，至少正常情况下，这么重要的工作不会交给一个没有什么工作经验的新人，自己由此多了一次在领导和各部门面前表现的机会，虽说最后的功劳不是白磊的，但白磊实际的付出和工作能力，是所有人都知道和认同的。正是因为此事，多年以后石静曾多次找温胜，想要白磊去她部门。另一方面，温胜强行安排白磊去做两个模块的具体测试工作，确实有利于白磊更深入了解和掌握A系统，也让白磊更清晰地知道了测试工作的实际情况，指挥干一遍跟自己实际干一遍是完全不一样的，在年底述职工作中，这令白磊的工作汇报多了一些接地气的实际工作内容，不至于都是组织、协调和沟通等比较虚的工作。在职场中，几乎所有人都是从脏活累活干起的，其实没必要抱怨太多。

16. 太湖边上的七天培训

一次，领导把代表分公司去集团参加班组培训的事情交给了白磊，让他下周一到无锡参加为期一周的班组培训。

无锡这个城市，白磊虽然没有去过，倒也不是很陌生，因为之前在大学认识一个经管学院的学霸，他就是无锡的。去之前，白磊做了一些攻略。周日一早，白磊就穿着冲锋衣和迷彩军裤乘坐高铁直奔无锡，到了无锡后，他乘坐出租车去培训基地。路上，司机师傅错把白磊看成是当兵的，说是感觉气质有点像，其实如果仔细看，白磊还真挺有军人的气质，因为他一直坚持健身和运动，身材一直保持得很好，再加上迷彩裤和冲锋衣，以及初到无锡羞涩而又兴奋的状态，真有种新兵报到的感觉。

综合部的苏南宫在这期学员名单中看到白磊后，早早给白磊发了信息，说他是这期班组培训的班导师，让白磊早点过来，一起喝酒。苏南宫在无锡培训基地待了快一个月了，他是这届班组培训的班主任，一直在接待集团各批次的培训班成员。白磊办完住宿，顶着雨就直奔无锡的著名景点鼋头渚，并和苏南宫约好晚上一起吃饭。在GD公司这几年，无论是工作出差还是培训学习，白磊常常早到一天，晚走一天，这样可以把出差所在地的著名景点游玩一下。晚上吃饭的时候，苏南宫给白磊大致介绍了一下培训情况，并介绍了哪些课程比较好，值得听，说这边三餐全是自助，靠太湖又近，空气和环境没的说。

第二天开始正式培训，培训课程安排得非常人性化，每天中午都预留了午睡时间。在国企中，培训的节奏大都很人性化，而小型民营企业或数字化行业上市公司的培训几乎连上厕所的时间都没有，都是从早到晚一直讲个不停，恨不得搞个24小时的通宵培训，赶紧把要培训的内容都灌输到员工脑子里。这次班组培训中有个很有意思的安排，是晚上有晚自习，要求大家去教室里看看书、写写材料啥的。另外，教室地下一层有唱卡拉OK的地方，大家没啥事还可以过来自费"K歌"。白磊在培训时交了几个集团里的朋友，大家早晨一起在太湖边上跑步，空闲时一起"K歌"，晚上一起吃宵夜，幸福程度不低于北戴河出差的那次。

事实证明，这次培训是白磊在国企的培训中最幸福的一次，一方面学习新知识和新技能，提升了自己，另一方面结交了几个好朋友，这几个朋友在后期白磊离开GD公司后，仍然和白磊保持着联系，互相帮助。

17. 甜蜜而又短暂的北京爱情

随着白磊考研成功，他收获了一份甜蜜的爱情。白磊读研那段时间，赵玄奇要考教师资格证，所以白磊偶尔会约赵玄奇一起到清华大学图书馆看书。白磊平时看的研究生教科书和练习册比较多，有些书没有书签，就用纸钱当作书签，这一幕无意间被赵玄奇发现了，第二天，她就送给白磊几个小书签。虽然是几个普普通通的书签，但这一举动打动了白磊。都说只有女人容易被某件小事或细节打动，但白磊是一个性情中人。而赵玄奇因为白磊每次都骑自行车去地铁站接她，感觉白磊很贴心，尤其是看到白磊每每累得一身汗，她被白磊深深地感动了。其实白磊当时骑的是表弟的自行车，但后车架坐垫是白磊特意换的，为的就是让赵玄奇坐上去能舒服点。有一天跟赵玄奇见面时，白磊鼓起勇气向赵玄奇表白了，赵玄奇开心地接受了白磊的表白。就这样，白磊一边上课读研，一边谈恋爱、工作，爱情和事业双丰收，很是幸福。

可惜的是，随着跟赵玄奇的深度接触，白磊发现，赵玄奇由于家境比较好，平时的生活水准跟白磊完全不在一个档次。白磊每次跟赵玄奇一起出去吃饭或者逛街，都有一种压力。白磊当时的工资差不多是税后6000多元，此外，为了满足办理工作居住证的纳税要求，温胜这半年临时把其他同事的奖金调到白磊的工资中，差不多税后两千多元，这么一算，白磊加起来差不多能有八千多元的税后工资。自从白磊跟赵玄奇正式在一起后，工资几乎月月光。虽说赵玄奇读研有点工资，平时教课也有兼职工资，但白磊毕竟还是好面子的东北人，几乎所有恋爱开销都是自己承担。花销大这点白磊倒还能接受，因为只要自己努力多赚钱就好，但是有一点，白磊之前没有发现，发现后感到很是头疼，那就是赵玄奇的脾气特别大，曾被她爸爸称为公主脾气。在家里四个孩子中，父亲最宠爱赵玄奇，自从赵玄奇跟白磊在一起后，就开始或多或少地对白磊有些要求，白磊是一个大大咧咧的东北男孩，平时还爱开玩笑，有些细节不会太在意，后期两个人经常因为一些小事吵架。刚开始白磊还会耐着性子哄哄赵玄奇，但有时候也感觉赵玄奇这脾气，说上来就上来，根本就管不住。

有一次白磊跟赵玄奇去游泳馆游泳，由于白磊没有提前跟游泳馆联系好，不知道要分时间段和场次进入，所以到了之后，发现要等一个多小时才能赶上下一场。去的路上赵玄奇买了点面包，本想着游泳中间累了俩人一起吃，但白磊一方面等着无聊，另一方面也有点饿了，索性就坐在旁边大口大口地吃了起来。白磊正跟赵玄奇闲聊，她突然站起来说不游了，要回去，生气得不得了，无论白磊怎么劝都劝不好，甩下一句"看你吃东西的样子我就来气"，拿起包就走。由于游泳馆距离地铁站比较远，赵玄奇又是第一次来，白磊只能一路跟着赔礼道歉，谁知赵玄奇暴脾气上来，看都不看白磊一眼，扭头就朝地铁站走，白磊无奈只能跟在后面，又陪着一起坐地铁回到了她学校。一路上赵玄奇几乎没有跟白磊说话，白磊也感觉很无语，这么点小事就生这么大气，有点无理取闹，到了宿舍门口后，两人都愤愤转身。

类似这种事情，后期还发生过很多次，每次都是白磊主动请求赵玄奇原谅，给她赔礼道歉，又买吃的又买喝的，苦苦哀求。有一次跟赵玄奇重归于好时，赵玄奇无意间透露出她母亲对他们两个人的事情不太支持这一点。母亲希望赵玄奇可以找一个北京本地有户口的对象，说白了就是条件好点的。虽然白磊跟赵玄奇说自己会努力奋斗，但这事已经深深地在白磊心里埋下了阴影。白磊知道自己现在的条件还配不上赵玄奇，不仅家境没有赵玄奇好，而且赵玄奇此时已找好了工作，是在一个小学里当音乐老师，单位可以解决北京户口。其实，当时白磊非常希望与赵玄奇走到最后，一方面是有些现实的考虑，赵玄奇有北京户口，与她在一起，白磊就不用再花费精力考虑户口的问题了，且老师这份工作很好，还有寒暑假；另一方面，也是因为白磊真的特别欣赏赵玄奇的品性。一般来说，学音乐和艺术的学生都比较开放随性，但赵玄奇特别单纯，身边就几个好朋友，没事的时候便自己专心练习乐器，上学这么多年，几乎没有晚上11点后回宿舍的时候，仅有两次回去晚了，还都是跟白磊在一起，这一点也许跟家庭教育有关系。在白磊看来，赵玄奇为人很正派，这是非常重要的，因为白磊也是一个比较传统的人，不会玩弄感情或跟不三不四的人接触。

在赵玄奇照毕业照当天，白磊手捧鲜花赶来庆祝，两人留下了很多甜蜜而美好的照片，不承想那竟然是两个人最后一次合影。毕业前，每个音乐学院的同学都会开一个个人的小型音乐会，作为自己的毕业演出。虽然赵玄奇给了白磊一张票，但是她隐隐表露出音乐会当天自己的父母和家人会来，建议白磊不要去的意思。白磊隐约感觉到，赵玄奇面对她父母和同学、朋友时，不是很愿意介绍自己，可能她感觉白磊还不够优秀，拿不出手，至少她不会像白磊一样，很高兴、很自豪地把女朋友介绍给其他人。之前有次白磊把自己所有的弟弟都聚了起来，一起吃了一顿西餐，就是为了让他们见见未来的大嫂。想了许久，赵玄奇的音乐会，白磊最后没有去。

在赵玄奇正式上班前，她还有一次跟老师一起的演出，在河北，时间偏偏赶在了七夕。白磊当天特意请了一天假，提前一天晚上定好11朵玫瑰花，当天带着鲜花坐早车到了河北。他本想给赵玄奇一个惊喜，结果在前台办理入住的时候，恰好遇到了赵玄奇跟同学一起吃早餐。从赵玄奇的表情上，白磊发觉她没有因为遇到白磊而特别高兴，也没有料到白磊竟然会为了七夕而特意跑过来。晚上白磊在附近找了一个环境非常好的渔船晚宴，两个人算是甜甜蜜蜜地一起过了最后一个情人节。然而，赵玄奇回到房间后，给白磊发了一条信息，说她很感谢白磊特意跑过来跟自己过节，但感觉他们两个人不太合适，可能不会走到最后，希望彼此都再仔细考虑考虑。这一夜，白磊几乎无眠……

演出结束很多天后，两个人终于还是分手了，这一次白磊没有再继续坚持。得知赵玄奇没有把自己送给她的花带回北京后，他确确实实伤心了，也寒心了。虽然白磊知道赵玄奇比较懒，不爱带东西，但这种情人节时情人间的礼物她都不重视、不在意，又有什么是她会重视的呢？

这一次失恋，白磊是真的非常伤心，因为他曾经认真考虑过跟赵玄奇走到最后，结婚生子。虽说白磊的家庭条件差了一些，但白磊了解赵玄奇，知道这些并不是她看重的，不像之前朋友介绍给他的女孩，刚一见面，听说白磊没有北京户口，就出于现实拒绝了。白磊想：爱情最终还是逃脱不了家庭的影响，毕竟结婚不仅仅是两个人的事情，更是两个家庭的事情。赵玄奇的父母大概率是不同意他们之间的感情的，只是赵玄奇没有跟他说而已。

曾经热播的《北京爱情故事》，有人说演得有点太现实，有人说演得很真实。剧中的石小猛代表的就是一类北漂人，他的生活是这一类人的真实写照（唯一不真实的就是他自己住一套房子，要是演他住隔断间就好了）。爱情与面包该选择哪个？这问题如果摆在我们的面前，我们又会怎么选择呢？《北京爱情故事》导演的一句话，可能给出了最好的答案："当我饿得奄奄一息时，我要面包；当我能填饱肚子时，我会选择爱情。"

此时此刻的白磊，对于在北京的爱情的理解是"昂贵、折磨人、不会轻易有结果"。北京的爱情，需要一定的金钱支持，无论吃喝、住宿还是出行，都是一笔不小的开销，如果没有一定的经济基础，即使遇上了喜欢的人，也只能无奈地低下头，连想都不敢去想。很多年以后，白磊又遇到过一个自己很喜欢的女孩，但因为清楚家庭背景相差太大，迟迟没能勇敢地把爱说出口。白磊有一个大学同学，刚结婚不久，就得了肾衰竭，需要大量的医药费，甚至是换肾。她的丈夫都没能挺到一年，就和她离婚了。白磊也只能惋惜同学未能遇到一个真正爱她的人。

在北京，每个人都在用自己的一切谱写着一个个传奇的故事，汪峰的《北京北京》可以说是唱出了很多北漂人的心声。人的一生就像一部故事会，每一段的经历都是里面的一个小故事，无限个小故事汇集起来，就是人生。每一个故事里，我们自己都是主角。想要有什么样的故事，关键还得看自己怎么导演。既然现实无法回避，那么我们只能选择去面对。

18.转岗失败，第二次想离职

有一次，白磊要代表公司去参加集团的运动会，刚刚领完公司发的哥伦比亚冲锋衣，标签还没来得及拆，温胜就通知白磊有新的工作安排，让他去一个客户现场进行三天三夜的系统保障，说是客户有一个重要的峰会，其他人对A系统掌握得不如白磊全面。为此，温胜给综合部苏南宫打了电话，取消了白磊所有比赛项目的报名。苏南宫也很无奈，毕竟少了一个可能拿名次的悍将（比赛报名时，白磊信誓旦旦地说，从第一项到最后一项，哪项没人报直接写上白磊就可以，力争短跑冲刺名次），另外，他还得张嘴跟白磊把冲锋衣要回来。

无奈之下，白磊从表弟那里借了一套《平凡的世界》（清华校长曾送给每位应届生这套书），带上几袋泡面和饼干就奔赴客户现场了。按照以往的系统保障经验来看，他基本上是什么也不用动的，不如用这时间看会儿书，如果当天还需要临时调试系统，那早就被客户骂死了，派人到现场只是为了防备那万分之一的意外。这次保障工作，客户这边不太够意思，三天里不管饭，也不订点外卖，晚上休息啥设施都没有，就让大家趴在办公室睡，值班室里唯一的一张床让给了两个女士，其他人要么躺地下，要么趴桌子，要么坐椅子上睡觉。白磊一头扎进《平凡的世界》，饿了就吃，困了就睡，醒了就看书，也算是塞翁失马了，难得有这么一个安静的机会仔细品读这部百万字小说。读完所有内容，白磊犹如提前走完了一段人生，从起点走到终点，从终点静静地再回顾走过的路。这部小说告诉大家要在平凡的世界里创造不平凡，当一个人感觉不舒服的时候就是他成长的时候，成长的喜悦总会大于成长的阵痛。到死时，人们往往不会因为自己做过什么而后悔，反而会因为没做过什么而后悔。趁着还有激情，趁着还年轻，趁着还单身，要去奋斗。在《平凡的世界》里，白磊总能从孙少平的身上找到自己的影子，或许是因为他们都有那种不甘于命运的拼搏精神。

书中，孙少平的离家闯荡很像白磊现在的北漂，所有的酸甜苦辣都得一个人承担，现实社会总让人一路坎坷，无论多么优秀，还是很难比得上走捷径的他人。唯一能做的，就是坚持着一步一步往前走，期待着机会，期待着奇迹，期待着成功。而孙少安的创业之路点醒了白磊，资金问题永远不是阻碍创业的绊脚石，只要有好的想法，能真正创造价值和可观的收益，就应该放手去做！白磊由此也对阅读本身加深了理解。一个人思想的开阔、眼界的提高、言谈底蕴的积累，都要靠读书，只有关心国家大事，跳出自己那局限的视野，才能看到更多的路，才能站在更高的位置。白磊特别后悔自己之前读书太少了，尤其是在四年大学时光里，好在一个人真正的人生，就是从想使劲的那天开始的。自此白磊开始关心时事，有时间就买一份纸质的环球时报看看国外的新闻。

也许是这几天看书反思的原因，白磊突然感觉自己在温胜这里再干下去没什么发展前景。这两年为了读研究生，一直委曲求全搞着装修，干着运维，以至于表弟都开玩笑地称呼白磊为"工程运维中心下主管人力资源跑市场的包工头"，干了两年装修，项目还是迟迟无法验收。白磊的研究生已经考上，而且课程大部分上完了，就差论文了，但工作中大部分时间还是用在装修上，系统运维的工作反而干得越来越少了，招聘了40多人后，招聘工作也慢慢少了，白磊感觉工作有点太轻松了，再这么混下去有点耽误自己，工程技术都忘得差不多了。除了为了处理GG集团总部系统问题时，他跟着温胜学习了一点数据采集相关技术，其他方面的技术几乎没有提升，白磊可以说完全成了一个杂家，往好了说是复合型人才，实际上大家都很清楚，没有一技之长也就没有了核心竞争力。随着研究生课程的结束，白磊想脚踏实地地做点正事，想认认真真地好好做一个项目。

白磊那两年一直在反思、在总结，思考自己到底适合做哪方面的工作。之前在其他项目组时，白磊曾尝试学习编写程序，但写了一个多月后发现，自己底子还是不足，毕竟不是计算机专业的，另外白磊的性格坐不住，他因此决定不再尝试往研发转岗，但也绝不能再干装修了。以当时的状况，估计再有一年也不能验收，自己再这么混下去就真废了。白磊感觉自己特别困惑和迷茫，并把自己的想法跟工程一部的梁永强说了说。白磊跟梁永强很是投缘，有时间经常一起去游泳，结束后俩人就一起撸串喝酒，彼此关系比较好。当梁永强听说了白磊的想法后，让白磊先别冲动，毕竟换工作成本还是挺高的，如果真不愿意在温胜那里工作了，可以转岗到公司的其他部门，他还主动说要帮忙给白磊找找出路。

过了一段时间，正巧赶上跟孙德来聊天，白磊又述说了一下自己的想法，孙德来建议白磊去海外事业部试试。随后几天，白磊又一次跟梁永强一起喝酒，没想到梁永强也建议白磊去海外事业部。于是白磊先跟温胜谈了谈自己的想法，主要就是说想出去赚点出差补助，没想到温胜很爽快地答应了。只要温胜不反对，转岗这事就成功了一半。随后白磊又主动找到了海外事业部经理苗健安。

"苗哥，你们海外事业部还缺人吗？我想去海外事业部工作。"

"缺人，当然缺，但温胜老板能放你吗？"苗健安反问。

"他同意，我之前跟他说过了。"白磊坚定地说。

"行，你英语怎么样？"苗健安顺口问了一下，估计是想探探白磊的底细，因为在工程技术和沟通办事方面他对白磊是有了解的。

"六级考过了。"白磊自信地说。

"好的，那就过来吧，我先去领导那边吹吹风，其他的事情你就不用管了。"

"行，谢谢苗哥。"没想到苗健安这么爽快就答应了，他为人还挺仗义。

当天下午温胜找到白磊说，苗健安很高兴，给他打电话，问他同不同意放白磊去海外事业部。目前海外事业部正缺在上海跑项目流程的人，因为海外项目的手续和流程都比较复杂，现在负责这事的人办事不是很圆滑，如果白磊过去负责这事，凭借他的沟通和协调能力，肯定是没问题的。苗健安没说让白磊去海外做工程，所以温胜当时没有松口，并且坚定地回复说白磊过去是想去做工程，不是跑流程，要再问问白磊实际的情况。

"啊？我当时确实只说了想过去，没特别说明要出国做工程，跑流程我肯定不干。"白磊惊讶地看着温胜。

"那你再找苗健安问问。"温胜微笑着说。

下午白磊直接找到了苗健安，说了这事，苗健安反馈，当前急缺跑流程的人，卡塔尔的项目还没下来，泰国的A系统项目也还算比较稳定，但泰国正要盖四座大楼，特别需要白磊这种既懂A系统又懂装修的人，白磊在运维中心的装修经验正是他们需要的。

"哥，我实在是不想做装修了，我这跑偏得太多了，想去卡塔尔做新项目，如果上海那边流程临时让我过去帮帮忙，肯定没有问题。"白磊补充道。

苗健安想了想，笑着说："去做工程也行，但不一定会直接去卡塔尔，目前海外事业部的工作都是交叉做的，大家轮流做一些工作，在基层项目现场待一段就去业务系统生产大楼，那边环境又远又偏僻，不可能总让一个人在基层现场受苦，其他人却在业务系统生产大楼舒服地吹着空调。"

他这是暗示白磊,如果过去了肯定要听从他们的安排做各种工作,流程的事情肯定是要做的。白磊虽然当场跟苗健安表了态,说出国干工程不怕苦,环境恶劣能接受,但心里还是特别担心一旦自己做了跑流程的工作就变不了了。苗健安又含蓄地说做卡塔尔项目也不一定就能保证让白磊出国,如果不能出国,在海外事业部也没啥意思,无论履历还是英语都得不到锻炼。白磊犹豫了半天,说自己再考虑考虑。

白磊走到开水房走廊时,遇到了袁红,他与苗健安一样都是原工程一部的副经理,两个人竞争得很厉害,现在负责创新事业部。白磊把想去海外的事情跟他说了一下,想征求一下他的意见。

"既然你找我了,我就跟你说下真实情况,有可能把卡塔尔项目放到我的创新事业部这边,两个海外项目不一定都给苗健安。"袁红诚恳地说。他也许以为白磊是特意找他征询意见的,所以直接将内部消息告诉了白磊。

"啊,那太好了,如果放您那儿我就跟着您干,我主要是想做海外工程项目,并不一定非要去海外事业部。"白磊吃惊而又高兴地说。

跟袁红聊完后,白磊又把实际情况跟温胜说了一下,温胜建议白磊直接去找卓百里问问。等了几天,袁红那边一直没动静,白磊有点着急,怕时间长了,不给苗健安那边答复不好,就自己去找了卓百里。

"卓总,我想去卡塔尔项目组做工程,您看可以吗?"白磊小心翼翼地询问。

"怎么想去海外做工程?你现在在运维中心主要负责什么?"卓总询问了一下白磊的情况。

"想出去锻炼锻炼,趁着年轻还能出差,目前在运维中心还是主要跟着温主任一起弄装修的事情,今年已经干第二年了。"白磊看着卓总回复道。

"B系统你熟悉吗？"卓总带着疑问问道，因为海外项目做的都是B系统，是A系统的上一代老系统。

"了解一些，跟A系统差不多，我之前在GG集团总部工作时也接触了一些。"白磊马上回复卓总。

"卡塔尔那边的人员基本上都定好了，而且这个项目需要熟手，直接拿过来就做，没有培训学习的过程，海外项目工期那么紧，不可能让没有经验的生手做，风险太大，成本也太高。"卓总坚定地回复白磊。

白磊只好求卓百里，如果卡塔尔项目在后期需要人，希望领导可以优先考虑自己。随后，卓百里找到温胜，把白磊去找他的事情说了一下，温胜跟卓百里说了说实际情况，说是他建议白磊直接找卓百里的，这样一来，卓百里那边压力小了很多。不知道是为了平衡温胜这边的工作还是其他什么原因，卓百里没有答应让白磊去海外事业部。另一边，袁红也总含蓄地拖拉着，没有准信，无奈之下白磊只能跟袁红说自己不去了。后来白磊反思，岗位调动很忌讳同时找两个人，容易给人留下不信任别人的印象。袁红的拖拉其实是一种委婉的拒绝，只是白磊没听出对方的话外之音。这次，白磊算是犯了个不小的错误。

这次事情发生后，白磊第二次想离职了，感觉自己真的一点机会也没有了。

19.第二次变动工作，转岗市场部

天无绝人之路，白磊原本打算拿完年终奖就去看看外面的工作机会，但GD公司年底组织调整，A分公司准备成立一个市场支持中心，让孙德来负责华东市场拓展工作。由于白磊之前想去海外工程部时，曾第一个找孙德来征询意见，有了这份信任，孙德来在知道组织机构变更后，第一时间找到白磊，说整个华东区域的市场拓展工作暂时由他负责，而他又没时间跑，想让白磊过去帮他跑市场，同时帮着梁永强一起做相关项目的投标工作。梁永强也调到了市场支持中心，主管项目投标和安徽市场拓展。白磊的人事关系可以先放在运维中心，因为孙德来的关系也还在运维中心，只是兼职挂一个华东区销售总监的头衔，他的重点工作还是负责GG集团总部的项目。

说到销售，这是白磊一直憧憬和羡慕的岗位，正巧公司的市场支持中心不太看重华东市场，这里属于弱势区域，几乎没有人愿意去，由于不干装修干什么都行，白磊决然地答应了。

梁永强得知这事，也很赞同。于是，梁永强负责安徽，白磊负责上海、浙江、江苏，还有一个同事负责福建和江西。温胜那边也没有抓着白磊不放，有了上一次白磊请求转岗的情况，他很清楚白磊不想继续干装修，想做点实际的事情，所以白磊在一周内就完成了内部转岗流程。

转岗后，市场方面的工作基本上都是白磊自己一个人做，孙德来仅仅是给一个电话或者拉一个微信群，帮忙引荐一下而已。由于华东地区是GD公司的弱势区域，领导也没有具体分配任务指标，所以白磊没啥实际压力。

虽然没有指标压力，白磊也得到各个现场跑一跑，发一发名片，见见各个地区客户的相应领导。一方面自己之前在GG集团总部借调过，跟一些领导有过一些简单接触，另一方面在成立运维中心的时候也跟各地方对接过业务，所以靠着GD公司的名气和之前的交情，再加上孙德来的引荐，各地方的客户还是肯见上白磊一面的，至少简单寒暄的机会还是给的。但后期是否能跑来项目，就得综合考虑看机缘了。

第一次客户拜访，倒是比白磊想象中顺利，因为白磊没有任何项目目的性和后续承诺要求，仅仅是过去打个招呼，递个名片，介绍了一下公司的最新组织机构，所以差不多不到十分钟就结束了。第一次拜访客户，白磊也不知道要聊什么，更不知道要问什么，确切说也不敢乱问问题，最重要的是白磊心里很清楚，应该没啥项目机会。当白磊多年以后真正做了一名销售后，总结出了拜访客户需要做的三件事：第一件事是获取信息，比如说项目信息、客户的需求和动机；第二件事是给予信息，比如说引导客户期望、植入产品优势或者介绍新产品、新功能等；第三件事是获取行动承诺，比如说引导客户答应帮忙做一些事情等。

后续几个地方的客户拜访，也都是类似的简简单单的情况，遇到以前打过交道的领导就多聊一会儿。慢慢地，白磊感觉可能是因为自己太年轻，一是跟对方领导不对等，缺少共同语言；二是自己没什么资源可以跟对方领导交换，即使有项目，领导也不跟自己谈，总是直接找白磊的领导甚至直接找杨宗政。这一点是后期白磊再次转岗时，杨宗政亲自对白磊说的。

白磊在市场部的工作重点逐渐地放在了投标工作上。制作标书、盖章，再押运着标书送到投标现场，白磊在这一年里，全国各地到处出差。大家调侃他，说他这叫"一日转战三千里，专业盖章20年，踏遍祖国大好河山"。

在做市场工作的这一年时间里，白磊也曾接到一个大活——华东地区所有硬件设备的到货验收单办理。公司要尽快完成硬件项目的回款，差不多有6000多万，当时时间比较紧，要赶在季度末完成，而且要去的地方非常多，每个城市都差不多要跑一遍。这次出差工作内容很简单，就是给客户送一个验收单，现场让客户帮忙签字和盖章，如果顺利的话十分钟就能办完事，但如果不顺利，正赶上领导有会或者公章不在单位，就要等一段时间。白磊总是尽量提前做好沟通，有时行程安排得好，一天能跑两个地方。途经徐州时他还得意地买了八斤狗肉，想等出差结束回家吃，可惜由于天气比较热，当时密封没有做好，等到白磊出差结束回家后，发现狗肉都臭了，白白地背着八斤狗肉跑了十多天。中间出差的时候，领导怕白磊忙不过来，特意又找了两个工程部的同事过来帮白磊一起送到货验收单。由于工作比较简单，白磊先是带着他们跑了几个地方，然后就划分区域让他俩开始独自跑，人多后白磊的压力就没那么大了，节奏可以适当地放慢些，比如说办完事出来可以在当地爬个山，下午或者晚上再坐车到另一个城市。这一趟出差回来，白磊算是把华东地区跑了个遍。

由于在市场部工作，一些客户接待工作和酒局总是避免不了，好在白磊酒量还可以，基本上都能应付，但也有喝多的时候，前一天晚上陪客户喝完酒，第二天一早开会还得中途出去吐，也算是为了工作拼命了。一年下来，白磊把销售工作涉及的内容都了解得差不多了。

20.组织机构调整，第三次想离职

这一年，白磊总是一个人到处出差，有时候节奏安排得比较快，在宾馆醒来后都得想一下自己是在哪个城市。但这一年市场跑得也很是潇洒，除了见见客户就是各种旅游打卡，白磊几乎踏遍了华东地区的大好河山。每次出差白磊都会买点当地的报纸，再带上一本书，路上累了就看看书，眼光和见识算是提升了不少。市场方面的工作，由于华东市场没有明确规定具体的指标，原有项目也都算业绩，除了几个小项目是产品团队找过来的，白磊主动帮忙对接了一下，其他工作基本上是偏流程方面的，再就是偶尔陪了几顿酒，加班加点赶了一些标书，对白磊来说都是毫无压力的轻松工作。

白磊在轻松愉悦的背后，也有一丝丝的不安，都说痛苦和快乐是相伴的，白磊很清楚自己这一年过得非常舒服，玩的时间很多，但也有种荒废时间的感觉，感觉自己学到的东西有点少。白磊内心深处，总感觉还应该再学点技术，做做工程项目，毕竟现在还能出差，还能加班。梁永强此时有了家庭和孩子，要照顾家里，带带孩子，而且他家境挺好，不缺钱，现在的工作非常适合他，白磊却感觉自己有点荒废时间了，毕竟自己还年轻，应该多学点技能，多吃点苦。慢慢地白磊也在琢磨其他出路，开始关注GG集团内部的一些招聘信息。正好GG集团刚成立了一个新的子公司，在大量招人，白磊偷偷地报了名，笔试顺利通过后就直接到了面试环节。由于都是内部单位，面试官一看白磊是GD公司的，就和他轻松地聊了聊业务和公司情况，大致意思是GD公司已经很好了，为什么还面试其他公司。白磊有之前招聘的丰富经验，对这几个简单的问题还是能轻松应付的，说"在GD公司做了几年，感觉方向有点窄，正好咱们新成立的公司方向和机会都比较好，所以想试试"，虽说面试不太费劲地结束了，但白磊多少能感觉到招聘官不太重视自己，凭借白磊对GG集团的了解，自己估计没啥戏，就当练练手了。

几天后，在公司的楼梯走廊，白磊无意间遇到了黄佟经理。当时的黄佟已经调到F分公司做副总经理了，他大致问了问白磊的工作情况，有意让白磊过去做工程。这是黄佟第二次向白磊抛出橄榄枝。之前黄佟从工程部调到综合管理部当主任时，就曾安排下面的副主任找过白磊，想让他过去，因为白磊算是黄佟亲自面试和招聘的，在工程部时的工作表现一直很好。黄佟特别看好白磊学生会主席的工作经验，所以当年北戴河科技成果巡回展时，特意让白磊做代表参加。白磊在年会中的魔术才艺表演和为人处世的沟通能力，也是黄佟的综合管理部所需要的，但白磊当时因为正在忙装修工作，没法脱离这么一摊工作，只能拒绝黄佟。这次黄佟又突然诚邀，白磊没有直接拒绝，但也没立即表示同意，因为黄佟那边的情况白磊还不太清楚，而自己现在的状况又不是很好，不能把路堵死。黄佟也是聪明人，看到这次白磊没有立即拒绝，就知道有戏，匆匆地客气了一下就走了，约了后面找时间详聊。

正当白磊开始考虑自己明年何去何从时，临近年底，孙德来带来一个不太好的消息：明年他不再负责华东市场。他建议白磊直接转岗到市场支持中心。白磊其实还是想跟着孙德来干，毕竟算是他带着白磊到的市场支持中心，所以白磊试探孙德来说：

"您要不在市场支持中心了，我肯定也不想待了，因为有些利益新的领导是不会帮我争取的，比如说年底考评。"

"利益的事情可能确实会有些差别,但新领导对你也挺认可的,估计会给你分一个华东的具体省份,让你负责。"孙德来说。

"估计好的地方也不会让我负责,而且不一定会有人带我。我要是不待在市场支持中心,回运维中心呢?"白磊试探地问。

"运维中心现在也没有太合适的岗位,而且你现在回去很难办,要不你去梁永强那儿,至少他那儿还算占个实事,或者去工程部那边看看。"孙德来建议说。

从孙德来的言语中白磊能听出,如果回到运维中心,那边不会给自己安排职务,而且运维中心不太想让自己回去,因为白磊这几年的技术算是彻底荒废了。

"那我……我再想想……"白磊迟疑地回答。

"行,想好了或者有什么困难再跟我说。"孙德来看着白磊说道。

这次白磊确实有点犯难了,这个时候得知这个消息,有点太突然了。上次黄佟在楼梯里遇到白磊时,暗示想让白磊去他那边帮忙做工程,白磊虽然没有直接回绝,但也没立即表态很想去,如果自己主动去找黄佟,感觉有点不好意思。但眼下看来,白磊真不知道该去哪里了。A分公司工程部那边一没位置,二没特别好的项目,如果是做一些小的项目也没啥意思;海外事业部因为上次转岗闹得不愉快,估计现在也去不了了;如果去市场支持中心那边全职工作,不见得能分到好片区,若去梁永强那里,他肯定会要自己,但没什么发展空间;而去黄佟那里,自己不太清楚他那边的情况,为了保险起见还是先打听一下比较好。同时,白磊开始关注Z分公司和人力资源部的组织机构变动情况。另一边,新上任的市场支持中心主任委托梁永强来找白磊,要他赶紧办手续,正式转岗到市场支持中心。白磊跟市场支持中心主任聊完后,感觉无论是工作要求还是双方性格等都不太相合,如果自己到了市场支持中心,肯定不会有太大发展。想着想着,白磊第三次萌生了离职的想法。都说繁华过后就是沧桑,没想到白磊的下坡路来得这么快。

21.第三次变动工作，终于升职了

就在白磊开始看外面的工作机会时，黄佟又一次找到了白磊，具体地跟白磊谈了谈。黄佟主要是想让白磊帮忙拉一支工程队伍。黄佟由于是空降到F分公司的，一是缺少自己的人，二是没有具体做工程的队伍，白磊当初来公司是黄佟亲自面试招聘的，在信任度方面黄佟比较放心。黄佟一直挺看重白磊的，还承诺给白磊一个工程部副经理的职务。这次白磊确实动心了，因为眼下也没有别的更好的地方可去了，所以他基本上答应了黄佟，并说回去再考虑一下。

没过几天，公司内部出了一个令人震惊的消息，杨宗政晋升为GD公司的一把手了。这次变动后肯定是要大洗牌的。几天后的中午，黄佟突然打电话跟白磊说想再谈谈，暗示白磊一起吃个饭，白磊客气道："我请您吧，中午我在单位附近订个地方，一会儿把地方发给您。"看来这回黄佟是想要结果了。千钧一发之时，白磊把目前自己的情况和想法跟梁永强说了一下，毕竟一直以来梁永强都挺照顾白磊的。梁永强给出的建议是去黄佟那儿，同时说出了一句当时大家对白磊的真实评价，"不少人认为你跟着温胜干那两年装修干废了，如果去市场支持中心，也就是随便给你安排点活"。这句话深深地伤害了白磊，没想到A分公司的人对自己是这样评价的。

而且梁永强提到，黄佟已经暗示会给白磊一个职务，待遇问题虽没明说，但他既然要用白磊，应该不会亏待自己人的。瞬间，白磊下定决心去黄佟那里了，他想真正努力做出点事情，给A分公司这边的人看一看，争一口气。

中午在包厢，白磊开诚布公地跟黄佟谈了一中午，黄佟这三顾茅庐确实让白磊挺感动的，毕竟是一个副总经理屈身主动找自己。

"承蒙老领导看得起我，在哪儿干都是干，以后就一心跟着黄总您干了。"白磊干了一杯啤酒。

接下来，两个人简单商量了一下怎么运作工作调动的事情。最好不以投奔黄佟的名义去，因为一来这属于不同分公司之间的调动，二来之前已经调动了几个人，当时杨宗政就有点不高兴，更何况现在杨宗政升职为公司一把手了。白磊想了想，自己认识黄佟现在所在的F分公司的何权，这次的理由可以是奔着何权去。这次工作调动，最重要的是跟杨宗政谈妥，只要他那关过了，后面就没问题。正赶上一个周日中午，白磊在公司食堂遇到了杨总，吃完饭后，正当白磊犹豫要不要去找杨总之际，黄佟电话来了，问了问情况。

"还没找杨总，刚才在食堂遇到杨总了，正考虑这个时候去合不合适呢。"白磊说道。

"我倒建议现在去比较好，周末人少。"黄佟说。

也许一切都是命中注定，下午白磊过去找杨总，谈得很顺利，白磊老老实实把自己的心里话说给了杨总："感觉自己跑市场还是有点年轻，按照咱们A分公司这边的经验，都是先做三五年工程，跟客户建立起关系后再慢慢转市场。但我也怕杨总您刚一升职，我就调动工作，对您影响不好。"

"那没事，反正现在你无论在哪个分公司都是给我干活，你自己想好就行，但你过去了就得跟一帮年轻小孩一样，从头干起，这个落差你得考虑好自己能不能受得了；而且你在市场支持中心这边干得不还是挺好的吗？后期给你分一个具体的省份，就慢慢跑市场呗。"杨总虽然没明说，但委婉地建议白磊最好还是留在A分公司，让白磊自己再好好想想，无论决定去哪儿，最后告诉他一声。他基本上算是支持白磊自己的选择。

第二天一早，温胜突然打电话叫白磊到会议室，说想谈谈。起初温胜还是很含蓄地绕来绕去，谈完白磊才得知，昨天下午白磊离开杨总办公室后，杨总立即给温胜打了个电话，想让温胜劝白磊留在A分公司。这次白磊挺真心地感谢杨总。中午时候孙德来也给白磊打来电话，说没想到白磊竟然要去F分公司，可能这是温胜跟他说的。

"我也还没太想好，周末正好遇到杨总了，简单跟他说了说想法。"白磊回复道。

"如果是考虑职务的问题，我可以帮忙再跟技术中心领导申请一下。"孙德来询问。"多谢孙经理了，我再想想。"白磊客气回道。

几天后，白磊正式跟市场支持中心的几位领导提出了调动到F分公司的想法，所有人都知道白磊已经找好了岗位，并且跟杨总打过了招呼，所以就没有阻拦。在走调动流程到杨总那儿签字时，杨总只是说了一句"到了那边好好干"，也算暗示白磊不要给A分公司丢人。

22.既来之则安之，以不变应万变

就在白磊交接工作时，黄佟突然找到白磊，说工作有些变动，白磊过去后可能得先做售前工作，管管采购，工程项目暂时还没起来。

"我听您的，您怎么说我怎么干。"白磊当时已经被架在上面了，心想，不干也不行，还不如来个痛快的，于是表态一心跟着黄佟干，这叫作既来之则安之。白磊一直怀疑，这是真的临时变动，还是之前黄佟就已经策划好了，要一步一步地引自己入局。可有时候即使明知是圈套、是迷局，硬着头皮也得进，路是自己走出来的，无论在哪里都需要自己去奋斗、去争取。

在白磊正式调到F分公司的第一天，黄佟竟然有事出差了，纪宁（事业部主任）把白磊叫到办公室，详细地介绍了一下F分公司的情况，想让白磊辅助他把售前技术支持部撑起来。现在的部门经理是刘刚（F分公司总经理）的人，跟黄佟不对付，原本去年就想让这人走，是刘刚最后又将这人硬保了下来。工程部主任和销售总监也都是刘刚的人，但已不负责具体工作，有点被架空的意思。张简光是黄佟前不久新招聘的，负责开拓市场；王文文是黄佟去年从A分公司拉过来做研发经理的，而且他过来时还带了几个技术人员，所以目前只有黄佟、纪宁、何权、张简光、王文文和白磊六个人算是A分公司的老人。刘刚打心眼里看不上A分公司来的人，各种打压,尤其是对何权,直接让黄佟不要用他。这下白磊明白了自己的处境,明白黄佟为什么叫自己过来帮他了。好在现在是杨宗政当了GD公司一把手,黄佟也算是他的老部下了,多少能照顾一些,也许当初黄佟来F分公司就是杨总安排的。

工作调动后第四天,黄佟才出差回来,一早白磊就到办公室去找黄佟,谈了谈工作。晚上,白磊被黄佟叫出去陪其他公司的领导喝酒,饭局中聊了很多两个公司的合作布局,还谈到别的公司的销售技巧。

晚餐结束后,黄佟特意叫白磊和纪宁陪自己走了走,详细说了说工作安排和下一阶段的布局。黄佟交给白磊的第一个艰巨任务,是想办法搞定一个即将验收的科技项目,这是两年前刘刚亲自牵头弄的一个科技项目,这年6月份必须要交付验收。看着众多的交付成果物清单,白磊清晰地知道这是自己的第一个工作任务,自己刚过来就面临能力考验,能否让这个项目成功验收,足以证明白磊能不能接过这个部门,这个项目是白磊在F分公司扎根立足的关键。

"有些人我准备给一些闲职,部门里面的人几乎走得差不多了,你需要自己招人拉队伍,采购和投标这些比较敏感的工作也不会再让外人碰,一并放在你跟纪宁这里,人员招聘上你们哥儿俩商量好怎么布局和开展工作。我这几个月准备出去跑跑项目,提前布局,现在手里的项目和业务也已经布局得差不多了,后期如果能在新的业务方向上突破三四千万,加上原有业务的六七千万,今年合同额能超过一个亿,咱们就可以申请独立出去,成立新的分公司,到时候做事就不用这么受人摆布、这么艰难,就是咱们自己说了算了。"黄佟在公司楼下单独跟白磊和纪宁说。听到成立新的分公司,白磊一惊,原来黄佟的最终心思在这里,野心确实不小啊。

公司管理层每天工作都十分饱和,各种会议可以说是从早上排到晚上。公司组织机构调整往往都是最后才定下来,但工作还是每天都得做,变动结果大家往往早就心知肚明,所以有些工作提前都已经默认好分工了。这天开会，黄佟正式宣布下一步工作分工，其实也就是提前宣布组织机构调整结果，只不过这次不说每个人的具体职务。黄佟先简单介绍了一下白磊的分管工作，也算是暗示大家重视和支持白磊，同时对白磊做了很高评价，然后逐一介绍了其他几位领导班子成员的责任分工，并指出当前最重要的工作就是6月即将验收的科技项目，要求大家全力配合白磊工作。

23.决定你高度的不是你在做什么事情，而是你做成了什么事情

白磊接管科技项目一段时间后，项目整体实际情况梳理得差不多了。白磊跟纪宁商量了一下，感觉此时的进度不足以完成项目验收。无奈之下，白磊只能去A分公司找一些老领导请教经验，同时要了几份刚刚验收的科技项目的全套资料。这几年白磊在国企训练出了一个速学速卖的本领，流程上的事情可以照猫画虎，只要有人走过相似流程，白磊就能效仿百分之八九十。虽说白磊没真正做过科技项目，但循序渐进地也或多或少接触了一些。捋清套路流程和所有工作任务后，接下来就是任务分解（还好白磊考过PMP），设定工作任务、责任人、完成时间，工作分工的初稿由白磊自己整理完后发给了黄佟，其实具体工作也没有分出去多少，就是把所有需要准备的材料详细列了一下，大部分材料还是得靠白磊来准备，尤其是一些重要的交付成果物。黄佟第二天就组织大家开会，把任务按白磊写的分解下去，会上明确指出，所有材料都由白磊来汇总。工作分出去一些后，白磊开始用全部精力搞自己手里的几个交付成果物。不料，到了规定的时间节点，收集成果物时，白磊傻眼了。被分出去的工作都是敷衍应付了事，有些人压根一点没做，白磊逐个沟通也没有收到很好的效果，气得白磊胃直疼。到办公室找黄佟抱怨时，黄佟也说出了自己的无奈，他一方面开导白磊不要因为工

· 091 ·

作上的事情生气，给自己身体带来不好的影响，另一方面希望白磊能尽量自己想办法，调用现有的人力，把剩下的事情完成。无奈之下，白磊只能硬扛着，一次一次沟通，实在沟通不了的就只能自己埋头干。

招聘工作也在同步开展，由于有前两年的招聘经验，白磊用了不到一个月时间就把采购、做标书和行政岗位的三个人招聘到岗了。这时候白磊才明白，一个领导具备招聘的本领是多么的重要，无论干什么事，先把队伍拉起来才是最重要的，这下人手多了，科技项目验收工作的开展也更容易些了，更重要的是，黄佟现在可以把更多重要工作交到白磊这边。公司人事任命的通知正式下来后，白磊用了整整五年时间，终于在职场中艰难地向前迈了一步，走向了管理岗，从普通员工变为售前部门副经理。国企规定没有担任过副经理职务，是不能直接提升为正经理的，售前部门没有正经理，白磊转正也就是一年的事情。接到任命通知那一刻，白磊只花了一分钟时间看看邮件，就又忙于科技项目之中。没有太多的喜悦，没有太多的激动，也没有特殊的庆祝，忙碌的工作节奏让白磊无法有高兴的心情，加班后拖着疲惫的身体躺在沙发上，刷着手机，他才想起这是一个该喝酒庆祝的日子，可一想到明天要早起去跟客户沟通科技项目成果，白磊只能早早睡了。

其实，等了太久之后，当那一刻到来时，已经没有了什么激情。大多数好事情都是在不那么期盼、不那么在意的时候悄悄来临的。

6月25日，终于到了要召开科技项目验收会的时间了，前一晚白磊直接熬了一个通宵，在开验收会的宾馆里面改材料。听到专家组宣布验收通过时，白磊如同卸下了一个重重的千斤顶。会议结束后，送走了领导，白磊特意叫了纪宁和几个这次项目验收会上真正帮过忙的同事留下一起喝酒。白磊这几个月确实是太累了，那一晚直接喝吐了。

这次验收会的会务工作，白磊做的是很成功的。由于验收会是在下午召开，有的评审专家上午到，有的中午到，还有的提前一天到。所有外地的评审专家，白磊都安排车辆去接站，北京的专家都提前询问是否需要车接，即使是中午到的，白磊也在宾馆开一个房间，以"午休房"的名义让专家休息，午餐自助白磊也都提前安排好了。每个专家到宾馆正门后，白磊都会亲自在门口等候迎接。这些招待方式都是以前在A分公司的市场支持中心工作时学来的。专家费白磊更是绝不拖欠，一早就发给专家们。验收材料该有的都有了，会务工作也做得体贴，这个科技项目才得以成功验收。

　　验收科技项目这一战役，彻底证明了白磊的实力，让其他人心服口服。白磊总结的经验是：任何工作，无论多么艰难，都是可以完成的。无论哪项工作，离开谁都能照样做。任何一个开端都会对应着一个结果，任何一个开始也都有一个结尾在等待着，因为工作中的事情生气、伤身、伤心简直太不值得了。无论什么时候都不要把自己看得太重，时势造英雄，无论是谁在那个位置、那个关键节点，都会有一样的结果。比如，早些年中国各大数字化公司，就是因为赶上了新时代，才能够快速地发展，那个时间点无论是谁看准机遇奋力拼搏，都会成功的。

24. 投标，真的尽力了

一天，白磊刚刚忙完采购和付款工作，还没来得及跟纪宁商讨投标的工作，黄佟打来电话，叮嘱白磊从现在开始要重点负责投标工作，北京有两个项目已经挂网招标。他特意交代白磊不仅要亲自参与报价的事情，还要参与标书制作工作，因为后续还有湖南的项目需要投标。当天晚上，白磊跟纪宁开会讨论完报价的事情后，突然发现部门做标书的两个同事竟然早早地一下班就走了，当时白磊有点不高兴，因为马上就要投标了，这么关键的时刻，他们竟然还一下班就走，标书肯定没完成。白磊跟纪宁讨论后，决定第二天一早召集部门所有同事开会，一起全力准备标书。

第二天一早，开完投标分析会后，大家都逐渐忙了起来。因为这次要同时准备三个项目的标书，所以制作技术标书的压力最大。纪宁亲自去技术部门协调，让技术部门来支持技术方案的撰写，白磊则主抓三个项目的报价和湖南项目的商务标书，其他两个同事负责北京两个项目的商务标书，以及三个项目技术标书的制作和技术方案的融合。经过一周的紧张加班，北京两个项目的标书总算拼拼凑凑地定稿了。制作过程中白磊发现，很多业绩证明材料都没有做过专人梳理和存档，是现凑的。白磊他们就跟挤牙膏一样，一点一点地跟各部门要各种证明材料。报价上，白磊和纪宁出了一个大概的版本，最终拍板还需要黄佟来做，可黄佟外出开会，直到晚上十点多才回到公司，白磊和纪宁一起在黄佟办公室讨论报价，其他同事则做最后的标书检查工作。经过三个多小时的模拟分析后，终于确定了价格。由于第二天一早9点就要开标，标书只能当晚连夜打印。纪宁已经提前联系好了24小时营业的复印部，在复印部打印时，由于是将原有的word文档转换为PDF格式再打印，转换的时候很多格式都错了，而且多了很多空白页，但由于标书内容太多，大家也没仔细检查，打印完拿回公司盖章时，才突然发现了这些问题。无奈之下，白磊只能重新检查标书。一开始白磊以为是负责做标书的同事马虎出的错误，后来仔细想想，这么简单的错误，应该不是故意犯的，核对后才发现，原来是在转换过程中出的问题。白磊用自己的电脑转换完格式后，发现没有问题，又去复印部重新打印，这时已经快凌晨4点了。等所有标书装订和盖章完成，已经快5点了。为了防止第二天早上交通不畅，白磊决定直接去开标地点附近找个酒店眯一会儿，8点半直接去交标书，纪宁则回家了，其他同事都住得比较远，就在公司附近找个酒店休息了。当白磊乘出租车到达开标地点时，路上打电话问的几个酒店都恰巧住满了，直到下车时他也没联系到合适的酒店。白磊背着电脑包，手里拎着两袋标书，满大街找宾馆，这时天都已经亮了，环卫工人已经在工作了。直到快6点，白磊终于在一个地下室小旅店找到了空房间，最终谈定200元睡2.5个小时。自2011年5月实习后，白磊这是第二次睡地下室，环境依旧很艰苦，又潮又脏，但白磊实在是太困了，把浴巾铺上，盖上被子，开着空调就睡下了。

虽然经过一顿折腾，好在北京项目正常开标了，随后白磊带领大家开始准备湖南项目的标书。虽然时间充裕了一些，但打印装订完成后，还是差一点出现致命的错误，标书中有一页招标编号竟然写错了，写的还是北京项目的招标编号，而且这页还要求单独盖章，内容非常关键，要不是白磊让大家多检查了两遍，恐怕要出大问题。面对这问题，白磊灵机一动，问了下复印部装订的人做没做过标书替页的工作。

"做过，可以做。"复印部的工作人员自信地看着白磊。

白磊一看他拿尺子的动作，就知道他很专业。替完页后，基本上看不出有什么问题，到底是专业的人干专业的事。因为有了教训，白磊这次让人直接带着投标专用章来复印部打印，现场盖章和修改。

湖南项目投标结束后，由于黄佟计划要做新业务，他又让纪宁和白磊连续搞了五次项目投标，但一次都没中标。每一次做标书的工作量都特别大，前两次都是通宵做标书。为了提高中标概率，每次技术方案都做得很仔细，所以工作量也就上来了。每次做报价模拟，都搞到后半夜，黄佟是越到后半夜越兴奋、越有感觉，大家无奈只能陪着。这五次投标下来，无论是身体、精神还是信心，大家都遭到了严重打击。也许是商务关系没有做到位，黄佟的商业伙伴不能影响项目的最终归属，黄佟的新业务没有开辟成功，成立分公司独立出去的梦想也就破碎了。

后期白磊总结，做标书的工作虽然不像销售或者开发工作那么重要，但也是项目成功落地的关键一步，必须由专业的人来负责，必须静下心来仔细做才行，疏忽一点都会导致项目投标失败或者废标。

25.代理主任的权力

这段时间，F分公司最大的项目意外地被一个友商抢走了，这属于反水加背后捅刀子。最严重的是，友商完全可以独立完成项目的交付，这个项目无论在项目运作还是核心技术层面，黄佟都出现了严重失误。此事不光惊动了分公司的刘刚，就连GD公司的杨总也亲自过问。几千万的项目，如果这次被人抢走，后面也就彻底丢了，问题的严重性不在于这次的几千万，而在于每年的几千万。

雪上加霜的是，正当黄佟拼命在外面跑其他几个项目的时候，纪宁突然提出要内部转岗，回到原来的C分公司。也许纪宁觉得F分公司走到了穷途末路，因为他负责F分公司的经营指标数据，知道分公司的经营情况，又或者是C分公司的领导给出了更优越的条件，无论哪种原因，这个消息对于黄佟来说都是一个严重的打击，就像前方战场失利，后方粮草也着火了一样。经过黄佟和白磊的分别挽留和劝说后，纪宁仍未留下。无奈之下，黄佟只能把纪宁的工作全部交给白磊负责。这样一来，白磊不仅是部门副经理，还肩负着事业部主任的职责，很多报销、采购和付款的签字事项都由白磊负责，这是白磊第一次感到权力越大，责任越大。按道理说，纪宁选择离开，白磊能更快地升职，但白磊毕竟还太年轻，突然间有了当家的权力，压力顿时就上来了。

由于分公司经营是要考核项目利润的，白磊第一次接触了事业部的运营成本，这才发现，光是每个月的工资，都快要发不出了。白磊只能跟黄佟协商，暂压所有报销事务，除了黄佟和核心人员的报销外，其他所有人的报销付款都暂停，采购项目的付款也尽量拖延和少付。白磊每次都给负责报销的助理单独找一个地方去统计和计算报销费用，优先把一些干部和重要员工的报销单，以及提交时间长的报销单报销了。到后期真的没有钱的时候，黄佟竟然让白磊去其他分公司借钱。

采购工作由于比较核心，黄佟直接全部交给了白磊，也算准了白磊在公司有人脉关系，一些采购流程上的事情能很快搞定。新招聘来负责采购的同事上手也比较快，是一点就透的人，所以采购这方面暂时没有太多压力。就是公司内部规定了几种采购流程，需要准备的材料各有不同，走过一遍之后负责的同事就都上手了，大部分时间都耗在细节和材料修改上，再就是找各个领导审批签字会花一些时间，因为有些领导一出差就是一个月。好在各个部门的行政助理建立了一个微信群，时刻关注着领导的一举一动，如此一来签字时间的把握上也基本没有问题了。每个项目背后的真实情况只有黄佟和白磊知道，白磊属于一点就透的人，能很准地猜出黄佟的一些心思，所以不少事务其实是按黄佟的意思办的，表面上却是白磊自己办的，这就是领导和下属的默契配合。

投标工作自从招聘了专人，白磊就不用太操心了，报销流程方面，之前白磊招聘的行政助理早已来实习了，实习期间白磊不让她做任何工作，只是跟在老同事后面看，跟一些职能部门和分公司的人混个脸熟。正式工作后，她上手速度挺快，很多工作一点就透，而且比较听话。平时白磊很照顾这个行政助理，实习期间午饭都是白磊给她刷的饭卡，但这个行政助理有个缺点，爱睡懒觉，早上天天迟到。刚开始白磊说过她几次，后来发现这个行政助理一是真起不来，二是住得确实远，等公交车耽误时间，白磊是个不爱计较的人,更何况是自己亲自招的部下,慢慢地就默许她迟到了,而且把大部分工作都放权给这个行政助理,工作上的自豪感让她很感激白磊。

这一年中秋节回家的路上,白磊正在卧铺车厢里午睡,电话突然响个不停。此时,黄佟无论是出去跑项目,还是在公司里,总把大大小小的事情全部甩给白磊,就连GD公司职能部门的几位领导都知道,即使去找黄佟,也会被他的"这事你直接找白磊就行"这句口头语给怼回来,所以各部门有事都直接找白磊。久而久之,白磊彻彻底底成了一个大管家。

白磊坐在车窗旁,看着匆匆飘过的景色。远处的山渐渐地淡出视线,他反思着自己现在的工作生活。自从纪宁走了之后,事业部的财务运营、采购、招标、预算和付款等各种工作都压在了自己的身上,每天有接不完的电话、写不完的材料、做不完的计划。突然,一个可怕的想法浮现在他脑海中:以后的工作是不是比现在还要忙?现在真是一点私生活也没有,没有时间、没有精力、没有心情去想个人感情的事情,能稍微有点空闲时间保持健身、跑步的习惯就知足了。最近的睡眠也总是不足,经常晚上出去喝完酒,回来还要写材料,晚上即使回到家了,也要打一个多小时的电话,简直不敢想象要是找了一个女朋友,之后的生活会是什么样子,自己还有没有精力和时间,在下班后与她一起生活。另外,白磊现在做的事情感觉也不是自己喜欢的,这么好的青春,把精力全都浪费在杂事上,值得吗?有几次找杨总签字,他不耐烦地对白磊说:"能不能干点正事。"白磊感觉特别不值,本想好好静下心来做点技术,做个重点工程项目,抓好客户关系,没想到却是越做越杂、越做越偏。他用余光看见同车厢有一个美女坐在窗旁,也望着远方发呆,或许她也在思考工作中的事情,也可能是个人情感问题。每个人生活节奏不同,各有各的烦恼。

白磊担心自己越陷越深。如果明年还是做这些事情,那么出路在哪里?看来自己有必要提早布局,提早准备新的方向了。

26.被绩效寒心了，被年终奖伤心了

临近年底，F分公司有了一个比较大的人事变动。刘刚突然辞职，分公司一把手的位置空缺，原本白磊以为黄佟这次可以直接高升了，结果最后把卓百里调过来做了分公司一把手。好在卓百里也是A分公司的老领导，这下刘刚原来的那些老部下多少可以收敛一些了，黄佟在分公司的地位也可以提高了。但卓百里过来后，从A分公司把工程部的周娜调了过来。估计是周娜在A分公司跟领导闹别扭了，他让周娜到F分公司来，负责综合管理部，部门没有人，只能从其他几个事业部给她调人用。起初白磊主动让自己部门的助理去帮忙，看在曾在一个分公司的情面上多次帮助周娜，万万没想到，最后年底调整组织机构，周娜升职为分公司副主任，主管综合管理和采购，白磊的部门却要被拆开，负责标书的人调到营销部，采购和运营方面的工作都由周娜负责。周娜特意从另一个分公司挖了一个人过来负责采购，并允诺给对方一个副经理职位，可能是担心管不了白磊手下负责采购的人，想用她自己的人逐步接手。任何领导都会培养自己的人，这就是所谓的一朝天子一朝臣，但这么一来，白磊算是被架空了。如果按照正常组织机构调整，白磊应当被划到综合管理部当部门副经理，因为副经理不满一年是不能直接提正经理的，可白磊一是不想在周娜手下工作，二是本来心

思也不在售前和采购工作上，比较想做工程，当初只是因为黄佟临时安排，才帮忙撑起了这个售前部门。理论上，白磊不会对周娜产生任何威胁。周娜刚过来时，白磊是毫无保留地指导她的工作，没想到周娜十分小心眼，后续工作中各种收权，有时候直接跳过白磊给下面的人安排工作和开会。白磊感觉越来越别扭，但苦于忙活手里的各种工作，没啥心思跟周娜掰扯。白磊不明白的是，黄佟为什么没有提前跟自己说组织机构调整的事情。按理说他应该提前问问白磊是想留在综合管理部还是去工程部，或者给白磊一些指示和安排，就算是为了支持卓百里开展工作，也犯不上牺牲白磊的利益，而且黄佟也没按当初的约定，给白磊安排工程部的岗位，这实在不合适。

年底的绩效考评结果彻底让白磊愣了，黄佟竟然没有给白磊优秀，而是给了一个良好。白磊实在是想不明白，自己这么辛苦地付出，为什么只换来一个良好？所有部门员工和其他部门的人都看着呢。在大家认知中，黄佟于公于私都会给白磊优秀，不光是年终奖多少的问题，更重要的是名分、是重视度。在假期接到年终奖的奖金短信后，白磊彻彻底底心碎了，原本还曾幻想黄佟能给自己多发点，没有了绩效上的优秀，多给点实惠的年终奖也可以，结果白磊实际拿到的年终奖比自己之前做普通员工时拿得都少。白磊思考了许久，也没有想明白，那么多优秀的名额，为什么不给自己一个，而且从工作表现上来说，这个优秀也应该属于自己。当时白磊真想年后一上班就找黄佟问个究竟，问问到底是为什么。但白磊想来想去，事情已尘埃落定，改变不了，拿到一个说法又有何用呢？

毕竟，白磊当初没有跟黄佟谈过明确的评优评奖要求和奖金数字，而自己这个副经理职务，也确实是黄佟一手提拔的，还是要心怀感激的。但如果一个领导不为自己手下的员工积极争取利益，那么谁会为他真心卖命呢？离开F分公司的决心，彻底地定了。大好的青春年华，没有必要浪费在这里，走是早晚的事情。何权前几天已经转岗到了B分公司，白磊主动找到何权，想跟他一起过去，何权说自己刚过去，可能需要点时间运作，白磊也只能再看看其他分公司的机会。

27.被房东赶走，第四次想离职

都说人要是不顺，喝凉水都能塞牙。前段时间，白磊好不容易咬牙下定决心，自己单独租了一个房间，这样能下班后安静地在家看看书，有个好的休息条件，毕竟两个人合租一个房间还是休息不好，而且合租房子的人多，上厕所、洗漱什么的也不方便。白磊很幸运地就在同一个小区租到了一个环境非常好的两居室，自己住主卧，把次卧转租给了一个女生，两个人虽然交流不是很多，但是都很安静，白磊既能自己安静地看看书，又可以安安静静地睡个无人打扰的懒觉。但是好景不长，房东突然提出来要回来住，让白磊赶紧找房子搬走。当初租房子的时候签的合同明明是两年，而且价格也是按两年谈的，结果临时来这么一出，催的时间比较急，且没有任何补偿。由于房东也算是GG集团的老前辈，白磊没过多纠缠，只能硬着头皮找房子，这也算是白磊第一次被房东赶走。再加上白磊近期的工作一地鸡毛，他无比的失落。在找房子租住的同时，白磊开始考虑看看周边的房子，直接买一套，省得到处搬家，弄得像丧家之犬。算上这次搬家，白磊来北京后已经搬家五次了。

之后几个周末，白磊从北京城区外的密云、良乡、昌平和平谷，到河北的涿州、廊坊、固安，可以说把房子看了个遍。仔细想想，房子还是不能买在河北，白磊只得咬牙再看北京郊区的。城里的肯定是买不起，看了几套郊区的房子后，一算钱，白磊感觉对自己来说同样是一个天文数字。如此，白磊第四次有了离开GD公司的想法，一方面是因为最近的工作情况对白磊打击很大，另一方面是因为白磊仔细算了一笔账，面对高昂的北京房价，自己根本无法靠眼前的工作来实现买房这个梦想。白磊甚至开始动摇：要继续留在北京生活吗？以后工作和定居到底该在哪里？

  白磊突然想起了一本书中说的话：在20岁到30岁这十年，我们都走过一样的路。觉得孤独就对了，那是让人认识自己的机会，觉得不被理解就对了，那是让人认清朋友的机会。觉得黑暗就对了，那样才分辨得出什么是光芒。觉得无助就对了，那样才明白谁是自己成长中能扶自己一把的人。觉得迷茫就对了，谁的青春不迷茫。

  为了解决眼前的问题，白磊只能回归现实，在同小区先租了一个三居室，再慢慢找合租的人，这样里外里至少又搭上了一个月的房租。这次白磊算是二房东，自己住主卧，可以把其他两个房间的价格定得高一点，这套房子刚装修不到一年，房东就出国了，看到白磊是一个挺爱干净的男孩，又不吸烟，才舍得把房子租给白磊。白磊这一住就是六年，这算是在北京住得最久的一套房子了。白磊特别感谢这位房东对自己的照顾，因为房租一直比市面上其他房子便宜。白磊唯一能报答的是经常打扫卫生，全力保持房间的干净整洁，阳台上房东留下的一盆花，白磊也一直精心照料。直到白磊北漂12年后，才有经济实力摆脱合租的生活，自己独立租了一套68平方米的精装修一居室。白磊临走前跟房东交接房子时，房东看到房子跟白磊租的时候一样干净整洁，非常高兴，称赞白磊住得干净。爱干净也算是白磊在北漂生活中养成的一个良好的习惯。他非常珍惜好的住宿环境，哪怕仅仅是一个房间。

28.第四次变动工作，终于可以出长差了

有一次在找杨宗政签字的时候，白磊看到办公室里没有其他人，直接跟杨总谈了谈自己的近期想法，抱怨了一下工作和年终奖。杨总这次放下了手中事，心平气和地跟白磊谈了谈，这份情谊很让白磊感动，两次找杨总，都感觉心里热乎乎的。杨总半开玩笑半说教地指出，白磊的这个选择是当初自己坚持的，如果继续留在A分公司可能年终奖会比在F分公司多，成年人要为自己的选择负责。最后他留了一句话，"先别着急，再等等"，白磊没太理解杨总最后这句话的意思，感觉可能杨总会对自己的工作有其他安排，也可能杨总想让自己继续留在F分公司，他有其他的布局。

年后各个分公司都在重新调整组织机构，白磊也找了几个分公司相应的领导，想要调岗，虽说都没有拒绝，但等了几周的时间，也都没有动静。可能纪宁也听说了F分公司的变动，知道白磊的处境不是很好，打电话主动问了问情况。当白磊说出想离职的想法时，纪宁有意让白磊到C分公司，目前正好有个交付项目缺项目经理，由于客户不好搞定，赶工期，去年一个女项目经理扛不住压力，已经撤下来了。马福（C分公司副总经理）被这个交付项目折磨得够呛，牵扯很大精力，一直想找个人帮他把这一摊子撑起来，纪宁几次跟马福打交道后，发现马福人挺仗义的，对自己人很照

顾，无论是分公司内部还是外部，对他的评价都很高。出于礼貌，过了几天，白磊又找了一下后乐正（C分公司总经理），向他打了声招呼，但后乐正没提交付项目的事情，对白磊有别的安排，所以谈完后，白磊立刻找了一下马福，询问情况。这时，白磊才得知，他们昨天刚开完会，沙秋（GD公司副总经理，分管C分公司）决定放弃正在交付项目的那块业务，认为一来这个项目不是C分公司的核心产品，二来投入和回报不成正比。交付项目做不了后，马福想了一下，说手里还有一个杭州项目缺少项目经理，干这个工作，要能在杭州本地拉一支本地化研发团队，长期驻扎在杭州现场，了解客户需求，寻找新的合作商机，他想征询一下白磊的意见。提起杭州，白磊正好在2015年的时候跑过一年杭州市场，对那边还是比较熟悉的，种种考虑之后，白磊感觉去杭州也可以，能从一线城市到二线城市生活。杭州算是二线城市中发展比较快的，这次过渡落差不会太大，也能为以后自己选择在哪儿发展做下铺垫。谈完此事后，白磊开始计算自己在杭州的资源，包括打听杭州现场的运维人员，评估自己在那边能利用的人脉关系等。

  清明假期回来后第一天，白磊找到了沙秋，跟沙总聊完后，发现她竟然有意让白磊去天津做项目，一是那边有个30人的本地化研发团队，二是那边需要一个在客户现场长期支持的人员，可以跟客户业务人员学习业务知识。她没有提及任何杭州的事情。跟沙总谈完后，白磊再一次找到了马福。马福告诉了白磊一个坏消息，前两天开领导班子会议，重新做了一下每个人的职责划分，马福不再负责以前的工程项目工作，去做新技术的研发探索了（看样子马福是不太愿意去的），现在天津的项目由后乐正亲自负责。原本白磊是奔着马福来的，现在突然换作后乐正，白磊有点担心，而且去天津做项目，很有可能撤不回来，那边客户的做事风格白磊之前有过了解，不太喜欢，不过天津距离北京近，也算可退可进。白磊当时没有立即跟马福表态，说再考虑考虑。

C分公司第二天又开了一次内部会议，把人员分配重新定了一下，会上直接把天津的负责人定了，不是白磊。沙总决定让白磊负责杭州项目，只是有点顾虑白磊能否把握住客户需求，将之转换为开发方案，说白了就是对白磊的能力有些质疑。

白磊思考几天后，先找到卓百里聊了聊自己的想法，是本着想做工程，冲在一线，遵循A分公司很多领导以往的成功经历，从重点网省项目经理做起，抓住客户关系，再一点点走市场营销和管理之路的想法谈的。卓百里是认同白磊的思路及选择的，并把选择权交给了白磊自己，表示无论白磊去做哪块业务他都支持，仅点出一句话："做什么都没有白做的。"

白磊跟卓百里谈完后，纪宁突然来了一个电话，说是C分公司的组织机构调整今天已经报上去了，技术部门的部门经理、副经理、经理助理都已经提拔完了，这次白磊应该是赶不上了，只能把白磊先挂在综合部做副经理。听到这个消息，白磊大脑顿时一片轰鸣，感觉又有点像刚到F分公司时的套路。

纠结了一晚上，第二天早上，白磊跟何权商量后，何权建议白磊第一时间找卓百里汇报此事，听取卓百里的意见。何权不太建议白磊去C分公司，感觉那边有点不好控盘，不知道以后会是什么样。卓百里这次说出了上次没有直接对白磊说的话，暗示白磊去C分公司不如去E分公司，至少分管领导还是A分公司出去的老人，组织机构都是可以调整的，人家那边这样安排，说句不好听的，就是不怎么欢迎白磊，他建议白磊如果不行就先留在F分公司，以后再找机会做别的工作。听到卓总这么说，白磊心里特别高兴，因为这话一出口，卓总已经把白磊当作自己人了，以后有工作肯定会优先考虑自己。现在的难题是怎么跟纪宁说。第二天，白磊约了纪宁到会议室，何权主动帮白磊辩解，说挂职在综合部不合适，白磊自己也说感觉有点怕，不想重走到F分公司时的老路。下午，白磊跟周娜提到此事，说暂时不去C分公司，周娜态度很强硬，表露出真是巴不得白磊立马就走的态度，找各种借口劝说白磊，说白了就是想让白磊把自己的职务让出来，因为只要白磊在，她挖过来的人就没办法升职。卓百里都没有批评白磊，万万没想到周娜来了这么一手。跟何权商量后，白磊无奈之下，只能再次找到卓百里，把问题抛给他，说自己听从他的安排。卓百里思考一段时间后，没有表露要找周娜谈话的意思，只是问白磊去不去营销中心，他可以打个招呼，估计卓百里也不想强压着周娜，以后还得指望她干活，甚至周娜有可能暗地里跟卓总说过白磊在这里她不好开展工作之类的话。由于白磊也没有彻底想好，只能先拖一下时间，说周末考虑一下，再给卓百里答复。

这回白磊彻底看清了周娜的真面目。自己这两个月，彻彻底底、毫无保留地把自己掌握的、了解到的全部都教给了周娜，现在她反过来这么对自己，真是够离谱的。晚上白磊想了想，觉得已经被逼上了梁山，只能找纪宁，去C分公司了。这一次，纪宁不敢轻易相信白磊了，彼此多少产生了一些隔阂，不过由于何权帮着说话，纪宁最终还是同意帮白磊一把。在F分公司共同奋斗了一年，多少还是有些感情的。转岗后，C分公司给了白磊工程部副经理的职务，估计纪宁还是帮着给沙总做了做工作。

白磊回顾这几年的工作调动，感觉刚毕业的这几年，重要的不是做了什么，而是在工作中养成了什么样的工作习惯。良好的工作习惯，包括认真踏实的工作作风，也包括能够用最快的时间接受新的事物，能够发现新事物的内在规律，以比别人更短的时间掌握规律并且处理好事务。具备了以上要素，就能成长为一个被人信任的工作者。

29.组建杭州嫡系团队

白磊正式调到C分公司，刚到岗位就开始着手了解杭州的项目情况。因为近期正好要给杭州客户汇报演示系统，借着这事，白磊直接充当了一号位。从熟悉杭州客户商务关系、杭州项目情况到熟悉演示系统，白磊仅仅用了两天时间，第三天就直接出差去杭州客户现场了。当时负责杭州项目的是一个研发人员，因为不想长期出差，所以不愿再继续负责杭州项目，但现场有些项目暂时还需要研发人员的技术支持，白磊只能尽快招人，好把工作移交过来。对于招聘，白磊这几年可算是有了丰富经验，一个月时间就在杭州本地招聘了四名研发人员，个个都是好手，其中有一个叫姚强的算是无意间从竞争对手单位招聘过来的，有一定的项目经验。看到现场的人员队伍越来越庞大，客户也比较高兴，因为感到了GD公司对杭州项目的重视。自从白磊到了现场后，工作开展得特别顺利，不光是对项目现场的支持力度大大增加，有些GG集团总部的事情，白磊凭借多年的工作经验，也能给客户帮上忙。由于刚过来，白磊知道不能急于要项目，处好客户关系是第一位，平时客户找白磊干活，无论是公的还是私的，白磊从来不提费用的事情，总是非常高效地完成，就连客户机房搬迁的苦力活，找到白磊，他也毫无怨言地积极完成。有付出就会有回报，白磊的工作能力和工作态度得到了客户的认可和赞扬，现场一些竞争对手公司在工作配合上也多少给他些面子。工作上白磊总是先礼后兵，如果有人故意使坏，白磊也绝不退让，慢慢地大家知道了白磊的工作作风，也就不敢轻易扎刺，工作上都能正常配合。

由于白磊和团队对大部分客户来说还是比较陌生的，白磊想了一个办法，来加快跟客户熟悉。为了保障各个项目的安全运维，提早发现问题，白磊要求项目组轮流值班，每天都要有一个人7点半左右到客户现场，提前看一遍所有项目系统，及时发现系统画面和数据的问题。白磊自己则是每天都早早到现场，看完系统情况后，再带着人一起去客户办公室转一圈，跟相应项目负责人打个招呼，看下是否有异常情况。白磊也找机会跟各个领导打招呼，希望可以多参加一些日会或者讨论会，这样能更好地了解现场问题和新的需求。就这样，白磊逐渐开始参加客户的各种大小会议，虽然发言机会不多，但实实在在地增加了跟各个领导碰面的机会，很快就跟各部门领导混了个脸熟，同时也能第一时间知道哪些领导在不在，有没有出差，最重要的是有机会了解杭州现场的一些核心情况。开会前后领导们的闲聊内容，是白磊最喜欢听的，因为都是领导比较关心或者比较重要的事情，这为白磊后续做项目打开了一些思路。白磊由此对杭州客户有了越来越深的了解。后来，白磊想到，自己这个举动有点像俞敏洪每周主动参加老师们的侃大山。

俗话说，树挪死，人挪活，远离自己的舒适区，确实可以静心做事。白磊在杭州除了高中同桌袁艺澄和几个大学同学外，没有其他朋友，在杭州的这些同学也都不爱运动，只是平时偶尔吃个饭，大部分时间，白磊除了工作就是健身和跑步。少了很多杂七杂八的聚会和酒局，白磊能把更多的时间和精力用在杭州的工作中。

由于跑现场的四个人都是白磊亲自招聘的，团队凝聚力没有问题，白磊经常带大家出去聚餐。工作中白磊基本都是大胆放权，因为研发方面深层面的内容白磊并不懂，还不如全部交给团队去负责。其中，姚强年龄稍微大几岁，又有项目经验，白磊准备培养他做杭州现场项目经理。技术层面上，对于新人来说，还是需要一段时间来磨合。刚开始的几个月里，每次升级和更新程序都会出问题，还好白磊就住在客户现场附近的宾馆，一有问题就立即跑到单位，把程序恢复到上一个版本。相关操作白磊提前让项目组写好了操作手册，自己就可以完成。技术不行靠服务来凑，是白磊多年的工作心得，世上没有完美的产品，但有完美的服务。每次出现问题，白磊不会立即就批评项目组，而是跟大家一起分析问题原因，避免下次再发生问题。每次有问题，都是白磊第一个到现场解决，项目组的几个小伙子有点不好意思，责任心和积极性逐渐加强了一些，差不多过了半年的时间，杭州现场基本稳定了。

　　沙总看到白磊的能力后，把华东地区的项目统一让白磊负责。白磊很快就帮着江苏现场项目组招了几个人，由于那边已经有了一个项目经理，所以团队组建完成后，基本就不用白磊盯着了，而上海和安徽的项目不多，以杭州项目组的人员为主，从北京调了一个研发人员，单独支持上海项目，没事的时候就到杭州项目组来，也由白磊统一负责管理，这样华东地区的项目基本上都能覆盖到了。碰上出差项目，白磊总鼓励大家顺带去出差地的景点走一走，看一看，因为白磊觉得只有玩好了，才能工作好。

30. 人情都是一点一点积攒的

　　白磊在杭州工作期间，有次在客户公司的大门口，竟然被客户公司的别克GL8给撞了。那一天，原本白磊是站在门口等出租车的，谁知一辆别克GL8倒车时，突然间撞向了白磊，虽说没把白磊撞倒，但猛然一下，也很疼。白磊一直望着司机，司机却没有停车，也没说声对不起，白磊一下子气火了，指着司机说："你怎么开车的，连句对不起也没有，下车！"
　　旁边副驾驶的人连忙说了句对不起，但司机还是没有开口，白磊用手机拍完车牌号后，就准备上前找司机，不料司机一个倒车甩头后，一脚油门冲进了客户公司院里。能进公司的车肯定是公司自己的车，白磊又拍了车牌号，这个人肯定是跑不了。正当白磊想追车时，白磊叫的出租车到了，白磊想了想，先上了出租车去办公事，路上让姚强查找客户公司车队电话，直接报车牌号找司机，并把这事的过程说了一下，让姚强吓唬车队的人，说白磊已经去医院了。不一会儿，车队队长和那个司机就给白磊打来电话赔礼道歉了，但白磊的怒气没消，扬言这事没完，第二天要当面调监控再处理。晚上白磊办完事，回到客户公司后，直接带着项目组的人到监控室调了当时的录像，整个事情过程都看得清清楚楚，全程司机都没有下车，就连监控室内的人都说司机太过分了，只要把所有人叫到监控室,一看就能有结论了,要是白磊把这个视频传到网上,或者报警,估计这个司机一时半会儿开不了车了。晚上,白磊刚回到宾馆,客户就打来电话,询问白磊被撞的事情。没想到这事传得这么快,白磊刚开始很吃惊,后来才得知,客户有一个朋友就在车队。还没等客户开口,白磊就知道了客户打电话的意思。为了卖个人情给客户,他说:"既然这事找到您这里了,我就不再追究了,明天叫车队队长一起到监控室看下录像,把事情说清楚了就行了。"白磊硬生生地咽下了这口气,无缘无故受了这么个大委屈,对方到底是自己的客户单位,事情闹大了对双方都没啥好影响,所以白磊只能大事化小了。

杭州的人脉、杭州的人情,是白磊一点一滴用心积累下来的。有一次周末,白磊刚走到健身房门口,客户打来电话,说系统有问题,让白磊过去一趟,无奈白磊只能穿着健身装备直接到了客户现场,还好算是个小问题,白磊当场就处理了。由于是周末,客户没那么忙,看着白磊的装备,也知道他是半路特意跑过来的,就不太好意思地跟白磊多聊了几句。如此,白磊跟客户有了工作之余深入聊天的机会,十分难得。事后白磊才得知,叫自己加班的这个客户就在一周前刚刚升职为副处长。白磊心想,这次加班真是值得。还是那句老话说得对,没有白吃的苦,没有白走的路,任何一步都算数。今天的一切,是由十年前甚至十五年前自己的努力决定的,现在的努力和准备,都是一种沉淀和积累,将来在某个特殊时间点到来时,能助自己爆发出强大的力量。随着时间的积累和一件事一件事的磨合,白磊在杭州一点点精心维系着客户关系。无论是安排饭局、报销、安排接送等琐事,还是各种项目上的事情,白磊都兢兢业业,服务好每一位客户。差不多用了一年半的时间,客户群体基本上算是稳固住了,白磊的现场服务团队在杭州争得了一席之地。

工作中,白磊与杭州团队中的同事建立了深厚的情谊。他真心希望，在杭州现场一起工作过、一起拼搏过的小伙伴们，既有前程可奔赴，也有岁月可回首。那些读过的书，写过的字，加过的班，无数次改过的PPT，都会化作彼此人生中最美的画卷。

31.越跑越野的逍遥生活

随着在杭州的工作生活慢慢展开，白磊结交了一些杭州的朋友，再加上几个大学同学、高中同桌和老乡，逐渐地开始有了自己的各种圈子。由于白磊喜欢运动，他认识了很多杭州本地跑马团、越野团和登山团的朋友，经常跟大家一起跑西湖，参加越野赛。白磊还跟着户外群一起爬了两天两夜的武功山，那次爬山经历让他结交了来自各行各业的朋友，从此大家的聚会和户外活动逐渐地多了起来。慢慢地，白磊越来越喜欢上杭州这座城市。24小时的乐刻健身房就是在杭州起家的，计划要在杭州开100家店，白磊有幸参加了乐刻的一周年店庆，认识了很多教练和健身爱好者朋友，逐渐地开始在健身圈里活跃，经常上完健身课，就跟教练们一起聚餐。当听到很多教练抱怨乐刻的管理有些问题时，白磊主动出面，找到了乐刻的首席执行官（CEO），一方面帮忙想了一些有益公司发展的好点子和建议，另一方面也帮教练和学员反馈了一些问题，白磊甚至还做了一个PPT。最初乐刻CEO以为白磊是想找工作，一聊才发现原来是一位铁杆粉丝。白磊跟CEO整整聊了一个多小时，他提的有些建议最后真的被采纳了。多年后白磊自己也反思，不知道当时自己为啥有那么大的勇气和动力，敢直接找乐刻的CEO去聊，实际上自己在工作中面对职位稍微高一点的领导时，就会有莫名的压力。

有时候白磊想，也许杭州时期的自己才是真正的自己，生活得很开心，也很真实。

在杭州遇到的一些朋友和合作伙伴，让白磊学到了很多工作以外的东西。曾经有个合作伙伴约白磊晚上11点见面，白磊以为肯定是去烧烤店或者酒吧，没想到却约在茶馆，没有过多的寒暄问候，直接聊工作，差不多四十分钟就聊完了。这种南北方的文化差异让白磊反思了很久。白磊认识的很多自己做生意或者开公司的朋友也都透露，其实一个人真正赚钱的机会就那么一两次，其余时间都是在维持，有时间要多看看书，多运动运动。

差不多一年半的时间，杭州和华东其他几个地区的项目工作，都有了一些起色和成绩，各个团队的成员都成长起来了。白磊每天基本上就是开会、健身、跑步和参加各种饭局，周末时间就租车到杭州周边转转。由于跟宾馆是直接谈的长期协议价，住房租金比较便宜，再加上每天的出差补助，这一年算是白磊在GD公司收入最多的一年，也是最轻松、最快乐、最健康的一年。后来，白磊再没有找到过在杭州工作时的感觉。白磊有时也反思，可能是自己身上背负了太多的压力，一个人能背负的压力是有一个临界值或者平衡值的，在杭州的工作压力对于白磊来说可能刚刚好，能应对自如，所以整个人都是一个放松的状态，呈现出的工作能力和工作效率也比较突出。一个人只有轻松了，有时间了，有空闲了，才会有闲心，才会有闲情，有了闲心才能放空心灵，装进去更多的东西，有了闲情才能够致远。一个人只有没有压力地放松了，才能够去思考一些重大的问题。现在职场中，越来越多的人被指标、利润压榨得没有一丝喘气的机会，更没有思考的机会，只能像一个麻木的机器一样不停地去运转，效率不高，价值不高，工作者心情也不愉悦。盲目地追求速度和数量，只会导致心灵的天平失衡，对工作并不好。

32.杭州稳定了,却要被调回北京

由于C分公司的领导们看到白磊在杭州和华东地区的项目开展得比较顺利,认可了白磊的能力。正好赶上北京项目的项目经理想退出,一方面被客户折磨得够呛,总被客户投诉,另一方面感觉自己不适合做项目经理,还是想干研发的工作,沙总跟几个分管领导讨论,想把白磊调到北京现场。几次开会时,总有领导跟白磊明里暗里地提北京的事,但白磊推托说杭州现场还不稳定。事实也是如此,毕竟团队刚搭建起来一年多,能有现在的效果,是因为白磊将自己所有的时间和精力都放在工作上。

在一次领导层的会议上,沙总直接给白磊安排了北京现场的工作,并提议先两边跑着,也算给白磊留了点面子,没有直接把白磊从杭州撤回来。无奈之下,白磊只好分出一部分时间和精力在北京。白磊心里也清楚,领导们其实不太关注杭州的项目,平时都不怎么去,客户关系也处得一般,而北京的客户关系处得比较好,项目也多,所以更希望能把北京项目做得扎实一些。白磊到了北京项目现场后,了解了一下实际情况,感觉北京项目组干得还可以,只是没有达到客户的预期,没维系好客户那边的关系,正常运转还是没有问题的,毕竟已经支撑了很多年,即使白磊不过去,也一样能运转,客户该给的项目还是会给。而杭州这边,刚刚建立起好的印象，白磊突然间走了，肯定会多少有点影响，毕竟白磊每天参加客户早会学到的东西和挖掘项目商机时受到的启发，是无法替代的。既然无法改变，那就只能说服自己接受，按照现实情况及时做出调整和改变。杭州这边肯定会损失一些东西，但去北京，付出更多，更加辛苦，肯定也会有另一番收获的。俗话说得好，多一分付出，就多一分收获。

北京现场的主要问题是，原定接任项目经理岗位的研发人员，从心里就不想接项目经理的工作，直接明说现在自己很不稳定，一直在看天津的房子，有可能明年老婆毕业后就回天津发展。C分公司内部几个领导，其实也建议不要让他当项目经理，压根就不看好他，感觉他有点滑头。白磊通过谈话，还得到了大家都不知道的信息：北京项目组福利待遇不太好，许多人一肚子怨气，心思不在工作上。白磊想了想，只能再另找项目经理了。白磊优先要干的是维持住客户，先跟客户尽快对接，处好关系，具体人员和工作不急于接管。白磊本身也没有太多的想法，志不在北京，更不愿开会给大家画饼和承诺什么，只想把握好客户，具体工作简单接触一点即可。

没想到，上班第一天，现场有个小客户，叫庞艳华，就给白磊来了一个下马威，当面趾高气扬地批评现场某个人的工作没有做好，一点面子都不留。这是个年纪轻轻刚毕业的小孩，没有礼貌，也不谦虚，原项目经理至少大她七八岁，在她眼里却像一个干活的下属，说急眼就急眼。她还来了一句"正好白磊也过来了，一起好好想想后面工作怎么做，怎样避免类似的事情发生"，白磊只好笑着，"卑微"地点头哈腰答应着。

看来北京项目组的问题是有点复杂的。第一，项目组内人员的工资待遇是硬伤，对白磊来说，工作路程远，吃饭极其不方便。第二，公司领导的态度让大家有点寒心。北京项目现场的客户也不好对付，现场工作量大，系统还总出现问题，到处都是麻烦。白磊的头有点大了，现在他彻底明白为啥原项目经理死活不愿意再干了。

由于白磊还没到北京项目现场前，就给几个主要客户邮寄了杭州特产，而且来之前公司领导也帮白磊做了一些铺垫，赞扬了一下白磊以前在GG集团总部的工作经历和近期在杭州的工作，到了北京现场后，客户一方面比较客气，另一方面也都很期待白磊的工作表现。

有一种管理叫作让下属忙起来，只要下属比自己还着急，自己就可以不着急，稳坐泰山，永远不要让自己比下属还忙。

白磊看到北京客户庞艳华，就仿佛看到了当年的自己，工作积极性特别高，自豪地感觉没有了自己工作就不能正常运转，离开了自己地球就不能转了。这有点像白磊当年搞装修时的状态，感觉温胜在装修方面什么都不懂，全靠自己一个人扛着，没有自己装修就不能往下干了。现在白磊已经明白了，永远不要高估自己的重要性，永远不要幻想地球离开自己就不能转了，无论什么工作，离开谁都一样，项目经理无论谁来做，都可以做下去，只是上手快慢、适应速度快慢、工作结果好坏（也就是客户是否满意）的问题。梳理工作，需要逻辑思维，要把职责梳理清楚，尤其是遇到跟其他部门协调配合的工作的时候，更需要负责人当面把工作任务分清、时间节点确定好。此外，还有怎么将工作成果以客户满意的方式交付给客户的问题。交接工作，要尽量避免二传手，在工作中要体现自己的价值。

为提高项目组人员的凝聚力，稳定人心，白磊除了正常的聚餐外，还特意组织了一次团建活动，到健身房一起上一次蹦床课，这样可以让大家多一个共同的话题。他还把照片发到了客户和公司领导群里，稍微做些互动和工作反馈。北京项目经理和现场人员的招聘工作，白磊也是高调展开，每天大量邀约人员到现场面试，面试中表现优秀的人，还会集中请客户再进行二轮面试，让客户也参与到人员招聘中来，毕竟现场工作主要是为他们服务。过了一周左右，基本选定了项目经理候选人和几个现场支撑的人员。

对于刺头庞艳华，白磊则是跟项目组团结一致对抗，有些工作自己先挡一下，尽量减少她直接找项目组其他人的机会，因为大家都有点讨厌她。白磊的策略是，刚来时尽量先顺着，先跟后带，有些工作慢慢开始抵制，划清工作界线，给她施加压力。只要是工作就肯定有冲突，需要多个公司配合的工作，更是肯定有扯皮的事情，白磊终于等到一次机会。那一次是其他公司的问题，对方把责任推到白磊公司，还恶人先告状，庞艳华暴脾气正好上来了，没有了解清楚具体情况，就趾高气扬地要求白磊解释一下，这次白磊当众给项目组上了一课，教大家怎么跟庞艳华打交道。白磊在不慌不忙地听完庞艳华发飙后，清晰地指出了三点问题和其原因，然后让现场同事操作，查找日志进行分析，有理有据地证明了责任不在白磊公司。但白磊也给了庞艳华一个台阶下，解释说现场工作有点多，这个问题发现后，无论是谁的问题，都应该第一时间反馈，并承诺明天可以派人配合友商单位整改。庞艳华也是聪明人，见好就收了。到了第二天帮忙整改时，白磊暗示大家优先完成自己手中的正常工作，不能立马听庞艳华的安排，做她要求做的事情，打乱自己的工作计划，有些工作即使完成了也晚点发给她，让子弹再飞一会，治治她急性子的毛病。

33.再次回到杭州

北京现场算是C分公司的老根据地,项目组的工作氛围也跟C分公司一样,大家每天都是忙忙碌碌地加班,战线耗得太久。正常情况下GD公司规定的下班时间是下午五点,可沙总非要求C分公司的同事下午六点才能下班,而且很少有人能六点走,都是干到晚上八九点。大家都不走,领导不走,下面的员工也不敢走,更不好意思走。久而久之,C分公司给大家灌输的思想就是加班得越晚,越能证明自己工作辛苦,越能证明自己努力,越有机会升职加薪。

在白磊看来,C分公司的人是靠加班时间来赢得机会,从上至下给大家营造加班的氛围,如果有人走得早,那肯定是工作不饱满,立马加活,各个领导都盲目地追着大家工作,追着大家加班,很少让员工有停下来思考的时间,这样一来,员工没时间静下心来看看书,换换思路,慢慢地把人才都变得麻木了。

工作中的量变,并不能引发质变。有些人其实是过于努力工作,想仅仅依靠时间上的增加和精力上的投入,来换取工作业绩的提升。例如,项目来了,每天加班到晚上十一二点,周末不休,这是工作时间的增加;为了使一件工作做得更完美,不断地修改、调整,这是精力投入的增加。白磊不是这种勤奋但不深度思考的人。在杭州的队伍里,白磊会给大家自由度,刚开始一段时间要求大家尽量跟现场其他几家单位的人上下班时间差不多，一是为了做给客户看，二是为了跟现场不同单位的人多些时间交流和熟悉，等到后期混熟，工作稳定开展后，白磊便会灵活安排大家的上下班时间，每天晚上会轮流让一个人在现场晚点走，以免有事找不到人，早上也是每天轮流让一个人早到，其余时间都充分给大家自由。但白磊也知道，自己的这套管理办法只有在杭州可以实行，北京毕竟是老项目现场，已经成了风俗了，不容易改变，何况还有一个每天拼命加班的刺头客户。白磊和现场项目组的人甚至都想赶紧找关系给庞艳华介绍一个对象，让她每天早点回家看个电影啥的，省得折磨大家。无奈之下，白磊只能每天陪大家耗着加班，根本没有时间健身运动。再加上北京这边客户现场距离白磊住的地方特别远，每天往返就得两个多小时，也没有杭州的各种补助，仔细算下来，白磊回北京根本是在赔钱。白磊每次最多在北京待一周时间，就跑回杭州现场躲躲。北京现场的遗留问题太多，虽说白磊过来待了一段时间，稍微有些改善，但是治标不治本。白磊清楚知道，如果要彻底改变北京的问题，是需要花费巨大的精力和时间的，他猜测分公司领导不一定会给自己这个权力，所以只能这么维系着。

而杭州那边，白磊离开没多久，那边现场就开始闹腾了。几家竞争对手在会上挑毛病，各种暗示项目组不配合，还有些人直接跟某些客户串通好抢项目，现场项目组的同事都是搞技术的，太老实了，总被竞争对手算计。相比北京而言，杭州是累心，勾心斗角，要权衡各家利益；而北京是累身体，日常工作繁重，消耗体力，时间长。

可能公司领导也看出白磊的心思不在北京，也可能是因为看到杭州情况不稳定，后乐正主动给白磊打电话，让他去杭州现场，北京暂时不需要他负责了，另做安排。白磊听到这个消息，先是有点失落，感觉可能是自己在北京工作没有干好，没有达到领导预期的目标，后来又想了想，杭州的生活舒服得多，早一天离开北京，早一天解脱。

34.企业的技术水平决定一切

白磊这次回到杭州后,项目组的人得知白磊后期不再负责北京项目了,都非常高兴,感觉又有了主心骨。这次,白磊也仔细思考了一下,为什么自己离开杭州现场后会出现这种情况。一方面是现场项目组的人来公司时间比较短,缺乏项目经验,另一方面是因为客户现场其他公司的人大都是势利眼,对白磊可以客客气气,对现场的其他员工就不一样了;最重要的一点就是,客户关系是建立在人与人之间,而不是建立在公司与公司之间的。渐渐地白磊更加清楚地知道了自己后期的工作重点——培养一下姚强的现场项目管理能力和维系客户关系的能力。

这几年GD公司的产品和技术发展遇到了一些瓶颈,问题越来越多。当初公司的第一代应用系统是公司创始人和现在的领导班子一行一行敲代码写的,这批人都是毕业于清华大学、北京大学的优秀人才。随着第一代应用系统成功,那批系统架构设计者和开创者都走上了仕途,留在GD公司的只是当时项目的一般参与者,资历没有那么深,能力没有那么强,比如当时的项目经理杨宗政、研发人员温胜和其他几个GD公司的领导等。开始研发第二代应用系统的时候,这些项目经理逐渐地都变成了主任和部门经理,开始走向管理和架构设计岗位,具体敲代码的变成了一些重点院校出身的员工。这批员工的学习能力不错，因此第二代应用系统的质量稳定性还有保障，至少技术上是在进步的。这个时候国企的福利和年终奖基本上跟民营的数字化公司差不多，当时几个数字化行业头部公司刚刚上市，大家还没有真正领到所谓的股票福利。到了第三代应用系统设计时，设计第二代应用系统的那批骨干也晋升为部门经理、副经理了，不会再亲自研发，结果，有些人在一些计算机培训机构学习几个月后，就开始给国企干活敲代码了。近几年搞"天计算"和"气数据"产品时，数字化行业大公司爱购公司花费了将近10年的时间和大量财力，才得以研发成功，用的基本上都是计算机专业的研究生或本科生。而国企这边做研发，团队中应届生、工作经验少的人偏多，且将大量工作委托给第三方公司来做，以至于GD公司做的"天计算"产品质量不够好。公司内部没有专门的测试机构，哪个现场第一个升级系统，就被当作小白鼠一样做测试，有些应用的核心代码和逻辑甚至可能就是现场人员直接写的。

杭州现场有个主要以word文档导入自动展示数据可视化功能的小应用项目，现场同事总是做不好，一尝试上传文档就会出现问题。有一次白磊实在受不了了，问技术负责人这个文档导入的逻辑判断是什么，虽然白磊不太懂程序，但看懂for循环和逻辑判断总还是可以做到的。当研发人员打开代码给他看逻辑架构时，白磊彻底傻眼了，原本一两个for循环就能搞定的事情，愣是写了七八个，而且很多逻辑判断有错误，导致文档识别判断总有失误。这个同事的技术水平，在当时还算是比较高的了，但毕竟是专科生，也并非出自计算机专业，白磊算是深刻地明白了，核心产品的代码一定要找高手写。

后期GG集团开始搞"天计算"，找了多个单位一起分模块搞，但内部各个支撑单位大量地使用技术水平低、能力差的第三方公司人员写代码，导致生产出来的软件产品问题层出不穷，业务部门根本没法使用，开发以失败告终。这提醒我们，企业家必须关注一个问题：自家企业的核心竞争力到底是什么？

35.生存还是生活，决心留在杭州

姥爷的去世，给了白磊沉重的打击。刚刚30岁的白磊，此时已经失去了三位长辈。当初，奶奶的离去是那么突然，就在过年放假前两天，父亲为了让白磊看奶奶最后一眼，延迟了出殡的日期。而姥姥离开几个月后，姥爷也走了。给姥爷守灵念佛的夜里，看着双眼紧闭安详躺着的姥爷，白磊想起了许多往事。印象最深的莫过于当年自己闹肚子，医院大夫差点当阑尾炎给自己做手术，姥爷坚持带白磊回家，还亲自开了几服汤药，姥姥和姥爷深夜给白磊熬汤药，吃完一服不起作用，姥爷又换药方，加了一些顺气的药。白磊整整一夜喝了两服汤药，白天终于慢慢地开始排气，肚子不疼了。直至今日，只要白磊听到《外婆的澎湖湾》就会落泪，就会想起姥姥和姥爷。

白磊自从读大学后，陪伴老人的时间就越来越少，尤其是工作后，在家里陪伴老人的时间就更少了，本想等自己事业有成，好好孝敬老人，可世上所有的事情都可以等，唯有尽孝不能等。都说三十而立，老人们一直都期盼着白磊能早日结婚生子，但为了工作，白磊一直没把个人的事情放在心上，总想等工作再稳定一点，等职位再升一级，等事业有成时再考虑成家的事情。

晚上跑步的时候，白磊仔细地思考着这几年的工作得失，尤其是近一两年北京和杭州的工作生活。白磊清晰地知道，靠在GD公司的工资，在北京买房子生活肯定是没有希望的，而且自己没有北京户口，即使留在北京，以后孩子上学也是一个难题。都说可以找个有北京户口的姑娘，但现实中哪有那么容易，哪有那么多好事。回想在北京负责项目现场的工作时，从每天出门挤上地铁的那一刻开始，白磊就感觉心情特别的不好，每天将近两个小时在路上奔波，感觉自己浪费了太多太多的时间，而个人能力上，感觉近两年也没什么提升，很少能接触到新的技术或者新的业务，苦于平时工作忙，也无法抽身去做其他事情，大多数的时间都是在消耗中度过的。而在杭州，随着接触的朋友越来越多，白磊总感觉自己有希望抓住机会。杭州地区做生意的人多，而且思路活跃，白磊感觉凭借自己的能力和眼界，一定能有所收获。没有足够好的工作平台，就只能自己寻找更好的平台。

杭州有着运动氛围、读书氛围和众多的风景名胜，让白磊即使工作再累，也有彻底放松的机会。白磊感觉，可能杭州才是适合自己生活的地方，唯独不确定，未来将与自己共度余生的那位佳人，是否也会在杭州？

总体比较之后，为了更好地生活，白磊十分希望自己能够留在杭州，大不了北京和杭州两边跑着，这样一来一线、二线城市的节奏可以兼顾，能寻找更多的机会，二来能避免自己太安逸或者太累，兼顾生存和生活。如果纯粹为了生存，那么感觉自己失去了人生的意义，不能享受生活是一种遗憾；如果纯粹为了生活，那么人生中总感觉缺少那么一点斗志、那么一点事业。因此，白磊选择三分之二时间留在杭州，三分之一时间留在北京。

白磊开始操办留在杭州的事情。首先，他把户口迁移到了杭州，并开始留意杭州周边的二手房和新房；其次，他尽量多结交一些杭州本地的朋友，多和他们互动和交往，了解当地的房地产政策和创业项目。与此同时，白磊开始主动地跟杭州小伙伴一起参加杭州举办的各种毅行、越野赛和户外活动，增加对杭州的了解，努力融入杭州生活圈。

36. 工作最快乐的时候就是搬砖

白磊有一次跟从 GD 公司离职的一个研发朋友一起喝酒，突然听对方说想回 GD 公司继续敲代码，虽然他现在的工作不用干具体活，挣的钱也比以前多，但回想起自己最快乐的时候，竟然是在 GD 公司敲代码的时候，没有任何的压力和负担，每天的工作可以一边干一边玩，累了就跟大家一起抽根烟，一天的工作拖到三天干，一句"你着急吗？要不着急就明天给你"，几乎可以阻挡一切工作。

白磊现在回想自己在 C 分公司的工作，也是越来越不顺心的，接二连三出现内部矛盾，还被后乐正一次又一次地挑毛病。有一次，眼看着一个科技项目就要验收了，研发部门那边吹嘘的高大上的技术根本落不了地。之前产品研发人员自己评估，要成功研发需要两周时间，结果他们连一周时间都抽不出来，都被领导安排了其他重要工作。C 分公司内部竞争激烈，能力强的人往往调到领导重视的项目中，杭州的这个项目是一个科技项目，现场的同事做不了，只能找北京调人支撑，调起来很费劲，眼看着项目就要验收了，还在扯人员协调的事情，白磊为此非常烦躁。每次出差来回，他都得收拾东西，再加上驻扎在现场，怎么说都是外人，很难跟其他公司的人员或者客户处成朋友，同时由于长期出差，本单位的同事也很少联系了，白磊备感冷落，觉得自己的朋友圈在缩小。

一天，酒醉后，白磊一个人漫步在北京大街上。不知怎么的，这次回北京前，在杭州收拾东西的那晚，白磊突然间有了想离职的感觉，倒不是因为眼前的事情，而是从内心里感觉应该走了。北漂了七年多，白磊感到自己最终还是会离开这里。想想离开北京的好友郭辉，总有那么一天，白磊也是要离开北京回到家乡，娶妻生子，接受现实的生活的，这种预感很真实又有点可怕。

37.终于下定决心离职

　　总有那么一个时间点,一个人会累,总有那么一个痛点,会让人做出选择,下定决心。有一次回到杭州后,白磊思索了几天,又起了离职的念头。回想自己这几年在GD公司,确实工作变动得有点多,一方面给人自己很不稳定的感觉,另一方面也没能有太多积累。七年多的时间,白磊竟然工作变动四次,换了工程、运维、装修、销售、采购、售前和项目经理等众多岗位,不过也锻炼出了快速适应的能力,这为后期白磊跳槽做了铺垫。

　　白磊有点犹豫是否换个行业试试,感觉自己现在的业务范围有点封闭。他疯狂向数字化行业的公司投简历,高中同桌袁艺澄也帮忙内部推荐,但一个打电话面试他的都没有,都因为他没有数字化行业的工作经验而拒绝了他。白磊思索,可能是因为自己在现有行业做得太深了,与数字化行业离得太遥远,身边大部分的朋友,包括老舅都建议他不要离开国企,不要离开自己熟悉的行业,即使去了数字化企业,白磊不懂核心技术,也只能在外部徘徊。白磊想让自己稳定下来,之后逐渐考虑未来的事,最好能留在杭州。那段时间,白磊工作不理想,项目闹心,连世界杯都没有心情去看。到了人生抉择的一个十字路口,到底该如何转弯,怎么走?

　　思想一次又一次地变动,朋友和亲戚多方劝解他。研究生同学曾劝白磊，要想明白自己现在最需要的是什么，是稳定还是金钱。想了很久之后，白磊意识到，自己有点着急了，想享受安逸的生活，以至于打乱了自己的人生节奏。没有稳定的收入来源，凭什么想要安稳下来？大不了别人两年赚的钱自己五年赚，别人现在买房子自己十年后买房子。这次的波折，让白磊看清了一个事实，一是圈子不能轻易换，二是确实该动动地方了，树挪死人挪活，身边就有很好的机会，有那么多友商公司，这些年为什么没有朝这个方向努力过、尝试过呢？目前的工作还是必须承担起来，不能后退，只有稳定住现在的工作，才有更多精力去寻找新的机会。应该在北京和杭州同时找机会，不一定非要留在杭州。哪里有好的机会就选择在哪里，随时做好说走就走的准备。

  白磊不曾想到，之前看过那么多人到中年跳槽转行难的信息，现在这事竟然发生在自己身上了。刚刚步入30岁，白磊就面临着跳槽，突然间发现自己工作这七年多下来，真的是没有一点技术的积累，样样通通，样样松松，简直比应届生找工作还要痛苦。至少应届生找工作，单位还会给一个学习的机会，有一个培养的过程，可是社会招聘基本不会有培训，企业招人的目的就是直接用人干活。白磊仍纠结着是否转行，离开现有行业，就只有步入数字化行业，才能满足自己的收入要求，但是自己的工作背景实在是差得太远，隔行如隔山，陆续投了一个月的简历，都石沉大海。多年后白磊总结，跳槽的时候在各大招聘平台上投递简历，是在浪费时间、浪费精力，自己当时有可能投了几百份简历，一个面试电话都没有。也许大多数职务压根就是虚构的，平台只是想收取更多的简历卖钱。白磊一直怀疑自己能否顺利转行，决定最终再尝试一次，如果没有机会就放弃。他感觉自己现在做的项目经理，跟数字化公司需要的产品经理也差不多，只不过没有那么专业而已，对比一番后，他决定找一个专业的产品经理问问情况。在深入了解产品经理的工作之后，白磊心中一阵惧怕：时常摸不清接下来的工作计划、想不出有用的产品、无法给公司带来盈利,这些问题都时刻威胁着产品经理的KPI。白磊利用周末时间去图书大厦看了《人人都是产品经理》这本书,算是从另一方面彻底了解了一下这个职位。总体来看,如果不是对某个方向或者某个行业特别感兴趣,是不可能设计出好的产品的,还是需要结合自己熟悉的领域和工作经验。

  杭州的房子白磊持续地看了几个月,有些房子明明知道买了就能涨价,核心问题是没有钱。借钱,说得容易,真正到那一刻,却难上加难。仔细想想,自己倒不是必须买房子,只是感觉身边的人都买了,自己也应该有一个而已。看着飞涨的房价,白磊也在动摇,但回归现实,还是要根据自己的经济实力来。说一千道一万,还是自己手里没有钱,在北京的这几年没有攒下什么积蓄,平时自己也确实贪玩了一些,没有静下来认真学一门技术、一个手艺,定一个方向,但现在从头开始,又害怕有点晚了。有次跟一个朋友聊天,他的一些话给了白磊一些鼓励,使白磊意识到无论什么时候开始学习都不晚。这个朋友三十多岁了,还在学习Python语言,准备换个数字化公司上班。同样的,如果白磊跨出现在的业务领域,步入数字化行业的大公司,学习做产品经理,应该还是有机会的。至少,尝试过就不会后悔,就算输了时间,总还能得到钱。

  追梦,任何时候都不晚。
  不念过去,不惧未来。
  欲达顶峰,必忍其痛。
  不忘初心,方得始终。
  世界没给的,我们自己给。
  没有退路时,往哪走都是前进的方向。
  从此,路叫作远方。

  白磊迷茫的时候经常会一个人静静地看电影。他看了电影《一一》之后,又得到了一些新的启发,"也许只有在人生被突然事件阻滞的时候,人们才会停下来思考人生意义的问题,衡量自己最初的目标和现在的处境"，影片中这句话一直冲击着白磊。现在白磊的困境就是工作上的瓶颈和生活上的艰难抉择，这段时间他总在回顾这些年的工作，想着公司未来的发展和自己的规划目标，突然间感觉很奇怪，这么多年里，为什么自己始终没有咬牙离开GD公司呢？自己一直这么老老实实地干了七年多，虽然在公司内部变动了几次岗位，但是应了电影的那句主题词"原来什么都没改变"。在GD公司虽然稳定，但很难有创造性的改变，如果有机会进入一个更有前景的行业，那么实现人生价值的概率会大很多。单纯地追求稳定，就会像温水里的青蛙，待得越久，跳出来的概率越小。最好的人才和资本会涌向前景最好的行业，现阶段数字化行业发展潜力巨大，无论是资本还是人才都集中涌向了数字化行业，不同的精神食粮滋养出来的认知和思维，一定是不一样的。数字化行业中的人不断地探索前沿知识、技术，不断地追求创新和改变，这也是白磊想要做的。

正所谓，小富靠勤，大富靠势，想要找到适合自己实际情况的工作，就要紧紧抓住时代大势。每个人的财富积累在很大程度上不是来自个人的努力，而是来自经济形势给出的机会。迷茫的时候，白磊给自己定了一个方向，就是想办法赚到足够自己稳定生活的钱，很多梦想是需要花钱去实现的。输不丢人，怕才丢人。只有敢于走出去，敢于尝试，才能有机会改变命运。

这个世界上有三种人：

一种是造就历史的人。

一种是亲历历史，看着它发生的人。

一种是连发生了什么都不知道，任历史宰割的人。

38.突然被调回北京,打个措手不及

这一年,白磊在回北京开年中会前,跟杭州的几个东北老乡聚了聚,其中一个老乡准备把自己的博士生学姐介绍给白磊,说是人非常好,白磊看完照片后,有点动心,准备开会回来后就见一见,顺便租个车看看最近要摇号的房子,看看能不能逐渐在杭州稳定下来。但白磊到北京总部跟后乐正汇报杭州工作时,意外地听到了自己下半年的工作安排。

"这次年中会主要是讨论你的工作安排,你马上准备交接杭州工作,撤回北京,这次也不征求你的意见了,领导们直接商量好了,你就直接服从安排,回来后到售前技术部门。"后乐正坚定地说,紧接着又给白磊画了一个"大饼"。

晴天霹雳,白磊万万没想到这一天会来得这么快,本以为还能有半年的时间,谁知调动竟然提前降临了,看这次后乐正的架势,自己只有痛快接受,服从安排了。

"一周的交接估计就足够了,不能再跟上次去北京现场似的。现在两个领导都有点不太满意你在杭州的工作,说是总飘着,不出成绩。"后乐正补充道。

其实白磊也知道,很多领导对杭州的项目根本就不怎么重视,拿不来大项目,费用给得又很费劲,也就不想再投入了。但从客观

角度来讲，任何地方一年时间也不可能出太多成绩，更何况是在竞争对手的大本营，且不愿意投太多资源支持。白磊清楚，如果想有发展，还是得做领导看重的事情。白磊回想起在GD公司的工作经历，也就是黄佟比较赏识自己、信得过自己，给自己提了一个副经理的职务，还把最重要的签字授权工作交给了自己，只可惜自己没有处理好后续的关系。无论如何，白磊在走之前一定要请这位老领导吃个饭，表示一下感谢。

下午在北京，白磊去了友商单位面试，由于之前跟面试官认识，他也没有太具体地说什么，只是在工作上和项目上随便聊了聊。白磊心里清楚，面试官的态度算是委婉地拒绝了。

为期三天的年中会，白磊感觉自己就像局外人一样，这次领导特意安排让白磊辅助姚强汇报工作，整整三天白磊几乎没有一句发言。另一方面，有个科技项目突然间被抽中要进行预验收，一大堆的材料需要准备，还要做汇报PPT，白磊找了好几个领导协调资源，希望能得到足够重视，但他们一个个都冷淡得毫不关心，无奈之下白磊跟姚强只能白天一起开会，晚上加班写材料，每天晚上都写到后半夜两三点。虽说领导已经明确说让白磊支持完此次会议即可，但白磊一方面为了兄弟情义，另一方面为了个人信誉，也为了公司荣辱，还是一直支持姚强工作，直到预验收会通过。交接工作的这几天，白磊更多的是跟杭州客户打打招呼，并带姚强认识一下他们，晚上则安排杭州朋友的一些饭局，与此同时白磊拼命投简历，联系工作，找朋友对接资源。

白磊找人帮忙向几家数字化公司做内部推荐，但都被拒绝了。偶然间白磊得知一个GG集团内的人成功跳槽到了数字化行业三大公司之一的爱购公司，便立即找到高中同桌袁艺澄，拜托他从内部通讯录上联系了一下这个人，简单介绍白磊的情况。几经周折后，白磊认识了这个叫阮丰竺的人，他明确告诉白磊，以白磊现在的经历和情况，大概率去不了爱购公司。他推荐白磊先去一个爱购公司投资的公司——杭州小风算据科技公司试试，这个公司也是做"天计算"方向的。

得到消息后白磊又从其他朋友那里打听这个杭州小风算据科技公司，正巧这个朋友还真认识公司里的一个项目经理，直接就把白磊的简历推荐给他。第二天白磊就接到了项目经理邓凯的电话，这时白磊才得知杭州小风算据科技公司原来跟GD公司有过合作。聊完后，邓凯把白磊的简历推荐给了他的领导缑单于。第二天一早7点多，缑单于就打电话来面试，当时白磊还没有起床，第一印象是这个领导很勤奋，至少起床很早。他们简单聊了一下白磊以前的工作经历。白磊感觉缑单于应该挺认同白磊的工作背景的，虽然想让白磊做市场方面的工作，但白磊提出想做项目经理，他也同意了。唯一让白磊感到不安的是待遇的问题，感觉有点太低了，每月税前15000元，市场费用8000元。无奈之下，白磊请阮丰竺帮忙打听一下杭州小风算据科技公司的待遇，谁知他也认识缑单于，直接一个电话打过去了，从询问结果来看应该是谈不上去，最终还得白磊自己来跟缑单于谈。于是，白磊又给缑单于打了一个电话，唯一的想法就是争取一下待遇，没想到缑单于不耐烦地来了一句"不要跟我讨价还价，现在公司就是这个标准"。听语气，白磊能感觉到，这个薪资是不能再变了。缑单于还暗示白磊，他没有"天计算"的技术背景和工作经验，这一下让白磊没法再接话了，且感觉这个人有那么一点冷酷无情。如果他换一个委婉的方式说出来，也许能让白磊更好地接受。白磊第一次感到了私企的冷漠。为了采取迂回拖延战术，白磊约缑单于回北京后再面谈一次。

39.为什么没有咬牙留在杭州的决心呢

2018年7月27日,白磊为杭州项目奉献完最后的心血后,匆匆忙忙地见了两个朋友,就奔向了火车站。在杭州的最后几天,白磊连西湖都没看到,与几个同学和朋友也未能见一面。前一晚跟高中同桌袁艺澄倒是聚餐了,但间接带着工作的事情,时间太短,事情太多,变化太快。阮丰竺比白磊想象中要实在一点,偏向技术人员,也算是给了白磊很中肯的建议。白磊想,后续如果真去了杭州小风算据科技公司,应该还会跟他有直接的项目合作关系,如果白磊工作调动或者去爱购公司,也有可能需要他帮忙。这次跳槽,白磊最犹豫、最纠结、最害怕的就是民营企业没有安全感,待遇不高,看不太清未来的发展,而且不用想,肯定要加班,这一切都让他迷茫。但如果希望后期有机会杀回杭州,这也许是当前最适合白磊的一个工作,毕竟杭州小风算据科技公司的总部在杭州。如果去友商公司,几乎跟现在待遇差不多,未来人生平稳,还是没有太大的转变,还是买不起房子,还是漂泊。风险与机会永远都是成正比的,趁着现在一个人,还能输得起,拼一把,搏一下,又能怎么样?白磊时常想起那句话:"做你没做过的事情,叫作成熟;做你不想做的事情,叫作改变;做你不敢做的事情,叫作突破。"难得有符合自己业务经验的切入口,可以步入数字化行业,自己真的应该把握住机会，试一试。仔细想想，白磊最担心的不是待遇如何、不是需不需要加班，而是自己能不能胜任这个岗位。一点技术基础都没有，这是白磊最不自信之处。

　　路上，白磊看着窗外的景色，也在反思：自己既然那么喜欢杭州，为什么没有足够的勇气和决心，死心塌地地在杭州找一个工作呢？一方面是没有找到合适的工作，大部分工作的工资待遇不够高，即使留在杭州，也买不起房子；另一方面，就算杭州小风算据科技公司直接给白磊安排到杭州工作，白磊现在也不能回去。为什么呢？因为在杭州，除了户口以外，白磊没有其他优势资源。自己之所以喜欢杭州，无非就是喜欢那里的山山水水，喜欢那里到处可以奔跑，喜欢那里的景色。在杭州的这一年，白磊玩心稍微有点重了，认识的大部分朋友都是驴友、跑友和健身圈的，只有玩的时候才能聚集到一起，如果现在就开始享受美好的生活，还是有点太早了。在北京再奋斗几年吧，北京的工作机会多，事业型的朋友多，而自己想做的一些事情，也只有在北京才更容易找到市场，好不容易有了点这方面的积累，一定要牢牢地把握住。白磊想找一份工资高的工作，去杭州小风算据科技公司，有可能一箭双雕，不仅工资上来了，还有机会杀回杭州。白磊主要是担心适应不了民营企业的工作节奏和氛围。白磊心里一直都有一种面对未知的恐惧感，但更强烈的情绪还是不甘心、不服输，就想走出去试一试，哪怕撞到南墙了也心甘情愿。

　　人生的选择只有那么几次，这次的选择决定了后面的人生，慎重，慎重，慎重！

　　白磊这几天一直在为工作的事情犹豫不决，于是找了几个大学同学聚了聚，发现各自的生活都没有想象中那么好，结婚的有结婚的苦，工作的也有自己的困惑和艰难。白磊诉说了这段时间工作的经历后，大家感觉彼此真的都很艰辛、很不容易。白磊又跟表哥打电话聊天，表哥分析说，无论是北京还是杭州，白磊选择的这两个地方的房价都不是一般家庭可以承受得住的，他暗示白磊还是选择国企，去杭州小风算据科技公司风险太大了。而白磊老舅给的意见是，"应该找那么一个方向、一个点，是属于自己赖以生存，有自己的核心竞争力的，而不能再是万金油，来回飘荡了"。白磊这次被临时调离杭州也是件好事，他有机会提前思考以后的人生和方向，脱离安逸的、琐碎的工作节奏。核心问题是，到了杭州小风算据科技公司，自己能不能熬得住，能不能专心把技术和业务搞得足够深，私企是否会给自己时间，培养自己？一切的一切都是未知数。

过了几天，白磊到达杭州小风算据科技公司北京分公司的面试地点。没想到，他先见到的是一位特别漂亮的美女，既有气质又很好交流。随后技术专家也来了，简单跟白磊聊了聊杭州小风算据科技公司的情况。其实白磊还是有点心里没底。最后，阮丰竺到了，很客气地过来握手，简单看了看白磊的简历。

"过来吧，跟我们一起干，还有什么顾虑吗？"缑单于直截了当地看着白磊说。

"我主要是还想再详细地了解一下，我过来主要做什么工作，担心过来后咱们这边的工作我胜任不了。"白磊很谦虚地说。

"未来我们会主打几条业务线，你来后以项目经理身份先跟着参与进去。"缑单于详细地介绍了一下他这个部门的情况，一听到有阮丰竺提到的项目，白磊心里有了底。因为人多，白磊没有再问待遇的问题。看缑单于对其他两位同事的态度，白磊能感觉到这个团队的氛围应该是很融洽的，那两个员工应该是缑单于的心腹。以茶代酒，白磊当面就答应了缑单于尽快入职。

40.收起那颗去野的心

随着崇礼越野赛的结束,白磊的户外活动暂时告一段落,是时候收收心,准备在工作上再拼一把了。跳槽去工资低、没有食堂、路程远的民营企业,有太多太多的不确定因素,白磊真的决然做出选择了吗?

这段日子白磊工作一直不在状态,感觉自己的灵魂每天都在漂泊,不知道是突然间闲置下来的原因,还是新工作内容闹心的原因。前一天刚结束杭州小风算据科技公司副总裁的面试,越发接近终点,心里却越来越没底。白磊担心待遇没有谈上去,自己漂泊的人生,依然是那么的不稳定,什么事情都定不了。期盼已久的爱情,也只能随风而去。新的工作、新的生活,到底该怎么办?

白磊感觉自己对人生充满了迷茫。30岁的迷茫,很沉重,很复杂,需要考虑的事情太多太多,背上背负的压力也太大太大,回过头看看自己走过的路,感觉自己是那么的年轻,那么的不成熟。工作中的快乐时光,都是用自己的青春、自己的时间换的。想想未来要走的路,白磊真是不知所措,有时候甚至不知道自己是选错了位置还是选错了城市,抑或是选错了人生。也许表哥说得对,白磊选择在北京和杭州这两个地方打拼,太艰难了,可能自己想要的生活品质太高,想要赚的钱太多。到底哪条路才是适合自己走的路呢?

七年多的青春岁月转眼即逝，人生能有几个七年呢？致敬美好的七年，致敬美好的青春。敢问谁的青春不迷茫？

白磊周末在家待着实在是闹心，背起书包就去人大自习室坐了坐，看了会儿《大秦帝国》，正好看到一代名将白起的落幕惨状，想想自己也是，能打江山，但未必能有机会守江山。《琅琊榜》剧中的一个镜头也总在白磊脑海中飘荡，当蔺晨问苏哲去京城谋划需要多长时间时，他说了一句"两年"，感觉这与自己谋划的时间差不多：去杭州小风算据科技公司工作两年，然后找机会跳槽到爱购公司。唯一不同的是白磊没有做层层的铺垫，不能算是准备完全，才刚认识了一个爱购公司的朋友。白磊又反思，两年之后自己能做什么呢？结果无非有三种情况，第一种是继续在杭州小风算据科技公司工作下去，在北京或者杭州；第二种是离开杭州小风算据科技公司回GG集团；第三种是去爱购公司。再回GG集团是白磊内心最不想做但又极可能做的一种选择，民营企业的节奏确实不好把控，未知的事情太多了。无论到哪儿，无论做什么，身边一定要有自己的人，他想，自己最终要选择一个企业，把自己的人都带过去，这样才能稳稳扎根。到杭州小风算据科技公司努力拼搏，白磊总有种一定能开花结果的预感，必须坚持拼命地学习业务知识，尽可能多地结交朋友。刚起步的公司，机会应该还是有很多的，抓准一个方向，就一定要牢牢把握住，不能再犹豫不定了。工资低就低吧，就权当是交学费了。白磊在便笺纸上写下了能时时提醒自己的警句，"在杭州小风算据科技公司的每一天，都是用钱和时间换来的，都是在花自己的真金白银，绝对不能荒废任何一天。"白磊告诫自己，必须一步一步按部就班地走下去。

白磊自己也没有想明白，究竟自己为什么要走跳槽到杭州小风算据科技公司这一步，为什么非要跨出熟悉的领域去外面看看呢？有句话说得对，如果自己知道了未来的路怎么走，那人生就不叫人生了，叫认命。

还需要一个月的准备时间,白磊想,跟友商公司那边的人也要铺垫一下,为后续新业务线的展开做个储备。

人的一生应当这样度过,当他回首往事时,不因虚度年华而悔恨,也不因碌碌无为而羞愧。

41.提离职，你只需要一分钟

　　一天，后乐正又提出要听白磊的工作汇报。C分公司的领导动不动就要听汇报，在北京有那么几个搞技术的人，每天的主要工作就是自己研究点新技术，然后一遍一遍地给沙秋汇报，直到把沙秋讲明白了，沙秋再给客户讲。各个省的项目经理，沙秋总担心他们在地方上时间久了，不服从管理，于是经常折腾大家回北京开会汇报，每次开会总是不停地敲打、贬低和挑毛病。白磊在C分公司这一年多时间，做的PPT汇报比之前的五六年加起来还多，实在是受够了这种毫无意义的工作汇报。这一回，后乐正准备拿工作给白磊压点什么事时，白磊实在忍受不了了，虽然还没有收到确定的offer，但毅然决然地正式提出了离职。没有想象中那么复杂，简简单单的一分钟就结束了，后乐正也没有挽留和拖延。

　　从后乐正的办公室走出来后，白磊感觉浑身变得轻盈了很多，再也没有了任何顾虑，没有任何的负担。简单跟C分公司里的几个关系比较好的人打了招呼，离职手续比想象中办得要快一些，就是在杨总那里卡了一周。杨总到底是A分公司的老领导，还是希望白磊能够考虑清楚，继续留在公司，暗示外面的公司不好混，并列举出很多出去的人又回到GD公司的案例。白磊只好接受杨总的好意，也算是给老领导一个面子，暂时又等了一周，但这个时候，白磊已经决心要走，不再有犹豫了。

白磊总结，其实离职就像去健身房，最痛苦的事情是做出锻炼身体的决定，一旦过了这一关，以后的事情就好办了。

不知为什么，这次离职也没有让白磊非常开心，他反而感觉沉重和迷茫，也许是因为新工作待遇没达到预期，几乎跟现在一样，没有太多涨幅，离开GD公司还损失了一笔年终奖；也许是因为去了一个民营企业；也许是因为家里不理解他，总而言之，一切的一切，没有以前想象中那么轰轰烈烈，那么激情昂扬，反而让他有那么一丝恐惧和担心。白磊本想借着离职的时间去西藏走一走，换个心情，放松一下，但这次工作变动后实在是没有那份心情，他跟杭州小风算据科技公司的人事约定离职后的第二天就入职。

有些黑暗只能独自穿过，有些寒冷只有一个人懂得。不少成就一番事业的人，都是在知识不多时，就直接对准了目标，然后在创业的过程中，根据需要补充知识。比尔·盖茨哈佛没有毕业就去创业了，假如他等到学完所有知识再去创办微软，他还会成为世界首富吗？梦想不能等，因为人生不同的阶段，会有不同的想法。老想等到所有条件都成熟再去行动，那么也许得永远等下去。在追求成功的过程中，行动要大于空想，即使周围环境和自身的条件还不是非常完备，也要勇于去尝试。

这段时间，随着离职日期的接近，白磊越发感觉心里没底。不过，虽然自己没有把GD公司的业务了解得更深刻就走了，但如果再等半年，自己每天就真的能好好钻研核心业务吗？自己就一定能找到一个十分满意的工作吗？也许有句话说得对，永远没有准备好的时候。这两年随着谭明书（A分公司原研发部经理）从A分公司调到其他分公司，白磊跟他走得越来越近。决定去杭州小风算据科技公司前，白磊跟老谭聊了很多。老谭很欣赏白磊的为人，因为白磊从黄佟那边离开后没有说过黄佟一句坏话，反而还是记着黄佟的好，感激黄佟提拔自己，传递的都是正能量。同时老谭对白磊的评价也很准，知道白磊是一个想干事的人，所以他建议白磊大胆放心地去杭州小风算据科技公司，虽然现在去薪资待遇不是很高，但两三年后肯定可以翻倍，不要计较眼前的得失。白磊正是因为跟老谭的这次谈话，稍微坚定了自己的决心。老谭很高兴白磊临走前能过来找他寻求意见，建议白磊赶紧弥补一下之前业务和技术方面的欠缺，并且把"天计算"的基础知识提前学一下。与此同时，老谭把自己总结的"天计算"知识点发给了白磊，当白磊收到名字为"我的总结"的PPT时，看到里面全是满满的干货，那份感激之情无以言表。白磊决定以后一定要找机会报答老谭。在此期间，很多GD公司业务和"天计算"方面不懂的地方，白磊都会找老谭请教，每次老谭都很耐心地给白磊讲解，可以说白磊"天计算"的知识都是老谭教的。后续白磊在学到新知识和技术时，也会效仿老谭，做一个单独的文档或者PPT作为个人总结，因为一是材料太多，二是很多东西即使这段时间明白，过一个月或几个月就会忘了，自己一点点总结下来，一方面可以加深印象，另一方面可以有个方便查找的版本，方便自己复习。随着白磊后期在数字化公司工作的展开，白磊认识到，别人给自己讲明白了，那是别人的能力；只有自己能给别人讲明白，才是自己的能力。很多知识和技术，仅仅能够总结，还不能算是你的，唯有能把内容脱口讲出来，而且张口就来，才证明真的掌握了这些知识。

42.临走前的饭局

临走之前的饭局,白磊算了算,多少还是得安排几场,第一顿请的是黄佟,老领导没有挽留,只是发自内心地说了一些事情,点出了这几年白磊走的弯路。白磊知道欣赏过自己的领导,确实只有黄佟,自己的这个职务是他亲自提拔的,在国企想从普通员工提拔到领导干部很难,很多跟白磊同年入职的人,此时依旧是普通员工,这份情谊白磊会铭记一辈子。

黄佟借着酒意点了点白磊的一些问题,说白磊凡事都吃不了亏,且缺乏向前看一到两年的意识,这点其实白磊自己也非常清楚,自己的眼光确确实实很短浅,只顾着眼前。当初去F分公司,就是奔着职位和发展去的,但有一点不好,便忍不了。到C分公司,也是奔着出差做项目,本以为能干个两三年,可一旦把自己撤回来,又忍受不了,所以又走了……工作得有长期计划,然后一步一步去实行,黄佟能忍得了刘刚,能熬得住时间,所以几年以后,卓百里调走后,他便坐上了F分公司总经理的职位。这种韧性是白磊最欠缺的。

此时,白磊还没收到杭州小风算据科技公司HR的正式offer。离职的时间越来越近了,白磊突然间感觉还有好多人要请,时间却已经来不及了。毕竟白磊在这个单位待了七年多,如果走前不跟大家吃一顿饭，感觉有点不太好意思，万一以后真的有些事情还需要再回头找这帮朋友帮忙呢。但算来算去，白磊感觉现在大家都四分五裂，很多人聚不到一起，有些局攒起来甚至可能会有点尴尬，唉……思来想去，白磊感觉有些人连打招呼都不用打了，其实真的没有必要看得那么重。人走茶凉，在单位的时候都没什么交情，都不能帮什么忙，何况人离开之后呢？没想到的是，在最终录用之前，白磊又被安排了一轮面试，据说杭州小风算据科技公司招聘项目经理还挺严格的，需要再面试一轮。也不知道为什么白磊的面试总是这么复杂，也许就像他之前的人生路一样，每走一步都坎坷，想跟别人得到同样的结果，总要比别人付出更多的努力。终于，在经历了六轮面试后，白磊成功拿到了杭州小风算据科技公司的录用offer。

　　临走前，白磊还是请了刚开始工作就玩得比较好的几个同事，即使后期因为种种原因，大家交集少了，不怎么联系了，这几个老朋友还是挺给面子，如约而来了，酒桌上也说了一些交心的话。苏南宫感叹道，"你终于在呐喊了第N次离职后，真的离职了"。一方面是因为时间原因，另一方面也是因为白磊这两天感冒的原因，有些人只是简单打了个招呼，没有一起吃饭。临走前，有些领导也看出了白磊的不舍和无奈，跟白磊聊了很多，算是开导他，给予他鼓励。还有一位GG集团总部的客户，是白磊坚持一定要去见面打个招呼的，没想到，白磊在电话中一提到要拜访，对方竟然猜出来白磊可能要离职，而且还记得很多年前在办公室跟白磊聊过一次工作的事情，他也很赞同白磊离开GD公司，并给了白磊一些鼓励和祝福，这让白磊有了很大的自信。最后一天的早餐和午餐白磊都是在公司吃的，午餐时候正好跟以前的几个老领导一桌，大家聊了聊白磊的变动，纷纷表示感到吃惊。晚餐白磊原本想特意找几个人单独吃，留作最后的纪念，可不巧的是白磊想找的那几个人都不在，因此晚餐是白磊一个人默默吃的。下班后，白磊约了马清雪一起逛了一下超市，买了点日用品。这个相交六年的女人，跟白磊最后的结局到底会是什么样的呢？白磊现在工作变动，没法拿出太多的精力去考虑感情方面的事情，只是感觉马清雪陪自己一会儿，自己能稍微好受点。

晚上回家后，白磊彻底地收拾了一下房间，把以往的工作资料和能用到的材料都整理出来，该扔的扔，该销毁的销毁，谁知一晚上下来就扔了一小箱东西，不少材料怕后期会用到，准备再放一年。七年多的旅程到此就终止了，全新的征程即将开启，前途风景如何，一切皆是未知，无论狂风暴雨，白磊都得走下去，自己选的路，跪着也要走完。

离开并没有让白磊轻松很多，晚上也是很晚才睡着，睡前他发了一个时间状态，铭记一下时间。因为新工作的薪资待遇没有谈上去，外加对民企的恐惧，白磊越想越迷茫，越想心里越乱……

43.杭州小风算据科技公司的打拼

人的一生总会面临很多机遇，但机遇都是有代价的。有没有勇气迈出第一步，往往是人生的分水岭。

白磊清晰地认识到，来到杭州小风算据科技公司的每一天都是用钱换来的，所以到岗后每天都拼命地学习。毕竟是爱购公司投资的公司，杭州小风算据科技公司的学习资源很多，无论是"天计算"还是"气数据"方面，爱购公司这么多年沉淀下来的技术绝对都是顶尖的。不管自己以后是留在杭州小风算据科技公司，还是去爱购公司，或者再回传统行业，一身的本事永远都是自己的，所以白磊尽可能地抓紧时间学习，从不荒废任何一天。

与此同时，白磊尝试做的另一件事情是早起，趁着这次工作变动，白磊想尝试坚持早起的习惯，并一天一天练习加强记忆力。由于创业公司没有食堂，白磊逐渐习惯吃自己做的饭菜了，跟表弟学了做鸡蛋饼之后，经常早上自己做着吃，慢慢周末也开始在家里烧菜吃。通过一点点积累和改变，白磊的厨艺开始熟能生巧了。薪资待遇方面，民营企业是干得多，得到的就多，招待费报销是白磊目前唯一能节省下来的钱。

杭州小风算据科技公司新员工培训结束那一天，白磊坐在高铁上，看着窗外雨中的路面，又陷入了悠远的思绪。刚刚结束的新员工培训，相比七年前GD公司的培训少了很多激情，多了很多折磨，数字化公司纯粹填鸭式的培训，跟国企的培训确实不太一样，这次培训也不像想象中那样能结交很多朋友。创业公司培训，比较注重节俭，既不管三餐，又没有最后的聚餐，新同事大部分都有工作经验，不像刚毕业的新员工那么单纯，一起培训也没有那么多的激情。也许很多人都跟白磊一样，是有目的、有警惕地来参加培训，到这个公司只当一个过渡，再加上考试压力比较大，大家自然就少了一份交流的心思。

有时候白磊希望自己可以像《大秦帝国》里的嬴渠梁一样，在杭州小风算据科技公司重开新气象，打下一片属于自己的天下。白磊把这次变动当作重新读研究生一样，自己就是一个新同学，来到这里就是过来学本事，其他什么事情都不考虑，放下姿态，放平心态，同时也要改掉自己身上的不足和缺点。比如，自己说话语速快，但未来一定是要走到领导面前做汇报、做介绍的，所以在生活中要克制自己说话的速度，突破自己。

白磊有时感觉这次工作转型没有理想中那么成功，正常在这个年龄、这个阶段换工作，至少应该能在工资收入上有一个巨大的提升转变，或者获得某个坚定的事业目标，但白磊现在两者都没有，所以白磊感到迷茫和困惑，也常会担心和忧虑，只是要尝试转行，唯有走这条路，换句话说，能有单位接收就不错了，毕竟自己没有数字化公司的工作经验。一般换工作的几种理由，一是钱没给到位；二是伤心了，对领导不满；三是感觉自己没有发展前景，不太看好原有公司未来的发展；四是想转行，看好某一个方向或领域。综合想想，这几点在自己的身上都有体现，只是自己找工作有点急，去之前考虑得少，了解得少，主要是怕自己总犹犹豫豫，不能下狠心决定，又拖拉一年时间。既然已经选择了，就只能奋力拼搏。

十一假期，看着朋友圈里的各种景点照片，白磊默默地在10

月5日便赶回来看书，生活中跑步、越野、参与户外活动的圈子也都安静下来，白磊只能在朋友圈中默默地给大家点赞，幻想着自己有一天可以重出江湖。白磊当时唯一坚持的就是健身，只是次数不能达到以前那么多，还好自己也发现了一个小圈子，找到了一个可以上空中瑜伽的地方，希望自己可以把这个习惯坚持下来。周末里白磊又重新背起书包来到了清华自习室，坚持多年的上自习的习惯又回来了，可惜表弟已经离校，再也不能随意吃到清华食堂的美味了，只好自己带点干粮以备充饥。在杭州小风算据科技公司待的这两年，绝对不能荒废。

　　白磊曾看到很多人的人生之路败在了身体上，所以无论多忙，都会坚持锻炼身体；因为看到很多家庭在金钱上吵架，所以认为必须拥有一定的经济基础再谈感情；因为看到很多人拥有爱情、家庭后，就停止了学习，所以选择先修身再成家，给以后打下更强的基础；因为看到很多人一时冲动步入婚姻，而后又离婚，所以选择慢慢地等待、慢慢地观察，彻底了解自己想要的生活和想要的那个人是什么样的，再出动。白磊想，也许自己生来就比别人发展慢，得到同样的结果总需要比别人付出更多的努力、经历更多的磨难，自己也习惯了这种人生节奏。这样其实能让自己走得更踏实、更稳。笑到最后的才是赢家！

44.甲方乙方丙方丁方

这几年数字化行业普及了"天计算"技术,高调提倡万物皆需"上天",越来越多央企和国企也与时俱进,开始将所有业务系统"上天"迁移。杭州小风算据科技公司作为"天计算"技术领先的爱购公司的生态合作伙伴,参与了GG集团的试点项目。随着集中办公的正式启动会召开,白磊有了一个新的身份。之前在GD公司是服务于GG集团总部项目的总集方,即乙方,现在爱购公司变成了GD公司的乙方,而杭州小风算据科技公司则是爱购公司的乙方,这么算下来,杭州小风算据科技公司成了GG集团总部的丁方。白磊不但没有离开之前的业务圈子,竟然离开GD公司还不到两周,便又重新回到GD公司集中工作上班,多么戏剧性的人生啊,折腾一圈还是没跑得了,又回来了。不知道以前的同事怎么看待白磊,也不知道GD公司的老领导会怎么想,想必大多是一笑而过。虽说不上是瞎折腾,但如果大家知道白磊的待遇,估计很多人不会赞同白磊的这一步。白磊却深刻知道,圈子不同,领域不同,接触的人也不同。在杭州小风算据科技公司,白磊接触了太多厉害人物,爱购公司每个技术"大牛"都不是吃干饭的,无论是经验还是能力,白磊确实找到了与他们的差距,自己虽说不一定能达到那么高的高度,但是与高手过招,总会有一些收获,可以学习他们的工作方式、学习方法和做事习惯，逐步完善自己。杭州小风算据科技公司绝对不是白磊的最终归宿，但是唯有通过杭州小风算据科技公司，先接触到"天计算"的高端大项目，才能慢慢积累自己的经验。爱购公司在项目中只是打个前站，不能支持后面的跟进和驻场，唯有在杭州小风算据科技公司的白磊能弥补这一块儿的需求。白磊这个项目经理当得说大不大，说小不小，背后有一群爱购公司的V10项目组成员来支持，前端客户一个是自己的老东家，一个是GG集团总部，前后左右的级别都可以。唯一有点遗憾的就是白磊目前的待遇，收到工资的那一刻，白磊确实很痛心，但是，风水轮流转，白磊相信，只要能做到一定的高度，收入高是早晚的事情。每个人都有自己的峰谷期，适当地沉淀，可以让自己放低姿态，更能抓紧时间，更加珍惜时间，眼光要放得长远，一时的得失并不会有什么影响，唯一困难的是日复一日的坚持。有句话是这么说的："每一天都很辛苦，可是每一年却过得越来越容易；每一天都觉得很容易，可是每一年却会过得越来越难。"

有时候白磊自己也反思，也许命中注定，自己就要在这个行业一直打拼下去，在这些项目中折腾。那么，自己最终的归宿是哪里呢？对比爱购公司的高端人士，找过差距后，白磊感觉自己可能还是适合做销售，比如找到国外的某个产品，拿到中国代理权，或者某个省的代理权，之后代理销售，这种工作也许会适合自己。再就是自己在人员招聘方面还是有一些资源和经验积累的，这么多年也就是这方面能给自己带来一些额外的收益。也许自己适合弄个猎头公司，专做这一行。以后的路到底该怎么走呢？有时很想安稳下来，但又害怕安稳下来，几年的安稳和永远的幸福之间肯定要有所取舍，现在就是一个关键时期，必须得把自己的基础、自己的各种能力扩展到最大，给自己留出充足的后路。再坚持两年！

45. 第N次失眠,关于爱情

人生中,总有那么几百天会失眠,无非是无意间想起了以前的生活,回忆过去的人和物,感慨过去的点点滴滴,大部分失眠总的来说都是因为想爱情、想事业、想自己未知的人生。白磊在感情方面,这些年始终没有遇到太称心如意的人,一方面确实是因为自己工作一波三折,没有心思想这事,总想等自己事业有成,工作稳定了再好好思考;另一方面也是因为白磊心里始终放不下赵玄奇,偶尔会在教师节或者赵玄奇生日的时候给她发个信息,但都是简简单单地收到"谢谢"。这年教师节,已经很晚了,赵玄奇却回了白磊一条短信,说闹心失眠了。看到短信之后,白磊也失眠了……

白磊很想问问赵玄奇的状况,但苦于自己的状况也不太好,还没有资本,只能默默地为她祝福。白磊在北京漂泊这些年,也逐渐认清了,对于自己来说,如果要在爱情与面包之间做出选择,只能选择面包。白磊一直都在坚持做自己想做的事情,估计自己肯定是晚结婚那一拨的了,一是自己玩心比较重,二是自己看了太多现实的结果,明白没有经济基础的爱情都是短暂和没有结果的,太多太多的人谈了一个又一个对象,双方都不太清楚自己想要什么样的人,想过什么样的生活,甚至有些人结婚而又离婚。与其浪费精力,不如提升自己,等待那个最完美的她。

对于赵玄奇，白磊之前是真考虑过结婚在一起的，那种跟赵玄奇在一起的甜蜜感是无人能取代的，就像吃了一颗甜心的糖一样。但白磊清楚知道，爱情和婚姻是不一样的，他们两个家庭的背景，还有赵玄奇的性格和生活习惯，与自己太不同了。除非自己有一天变得特别有钱、有能力，可以养得起赵玄奇，否则他们的关系必然会因为生活的柴米油盐，平平淡淡地回归现实。

白磊最终没有追问赵玄奇的状况，而是选择默默地努力，默默地变强，默默地成长。

46.项目经理的工作总结

在杭州小风算据科技公司工作一段时间后,大家都发现白磊的综合能力比较强,作为项目经理,把架构师和销售的工作都干得差不多了。白磊在现场基本上能搞定80%的工作,而且面对的是自己的老东家,很多同事跟白磊配合起来非常舒服。这也许就是GG集团深耕的GG行业跟数字化行业的不同,GG行业的项目经理都是全才、复合型人才,几乎都八面玲珑,既能快速学习、搞技术、写方案、做汇报,又能喝酒、聊天、陪客户。其实,一个优秀的项目经理不仅要能搞定当年的项目交付,还要能搞定项目二期,并挖掘新的项目,这是GG行业项目经理的基本要求。

对于数字化行业项目经理的辛苦,白磊是深有感触的。

数字化行业的项目经理是一个有责无权的岗位,看似权力很大,负责整个项目,实际上项目经理下面没有属于自己的团队,也没有实质性的权力。为了项目能顺利交付,项目经理需要争取调动任何可调动的资源,组织大家协同工作,确保项目能交付,所以项目经理在前期需要和每个同事都处理好关系,方便后面办事。在整个过程中,项目经理需要做整体的把控,除了要判断标准产品是否符合合同内容之外,还需要严格把控项目的成本,因为多一点成本,就意味着项目的利润会变少。项目经理的岗位职责,可以总结如下：拉通前端销售和后端交付实施环节，保障合同与交付质量。合理有效地运用项目管理知识、工具和技能，制订项目管理计划，协调、管理和控制内部及周边资源，保障项目高效交付，提升客户满意度。比起GG行业的项目经理，数字化行业的大部分项目经理仅仅是一个批流程、组织开会的角色。白磊目前只能占着数字化公司中有责无权的岗位，履行GG行业项目经理的本职工作，干得异常辛苦。

多年后，白磊曾总结自己做项目经理时的真实生活写照：

天天填坑，填各种相关方面挖下的坑；天天背锅，背各种相关方面甩来的锅；身板不能太瘦，心脏不能太脆弱，工作能力必须特别强，要全年365天，全天24小时工作，精通每一项必备技能，如PMP中项目管理工具模板、十大知识体系等，除了必须把时间、成本和质量这三边弄平衡，还要具备喝酒、应酬、算账等软实力，每天游刃有余，并且不断更新技能包；沟通能力必须特别强，做项目经理，靠的主要就是这张嘴，什么铁齿铜牙纪晓岚，什么快嘴李翠莲，跟项目经理比都不算啥；跟销售、客户、老板、开发、设计、供应商等打交道都得不在话下。项目经理的颜值和智商普遍特别高，基本实力至少得能拿下PMP证书，实力更强者甚至能付出高考冲刺的努力，拿下软考高级证书。

做项目经理，还需要能吃苦，没有哪个项目不会变需求，没有哪个项目交付团队能够准时完成工作，项目经理面临范围变大、交付时间拖延等问题，不得不经常加班、整改、熬夜、汇报等，所以项目经理慢慢都熬成了既能吃苦又能拼搏的战斗英雄。

做项目经理，需具有大局意识。每次做项目，项目经理就是那个火车头，火车跑得快，全凭车头带，火车去哪里，全靠车头拐，所以项目经理从接手项目开始，就需要发挥自己出色的大局观，制订出完美的项目计划，把控全局，保证项目范围不扩大，保证项目能按时交付，大局意识绝对强。

做项目经理，往往很有定力，一个项目周期往往是几个月甚至一年，改一个需求有时候需要随同改很多东西，做一个计划往往需要斟酌好几个小时，跨部门沟通每次得跑好多趟，还要满足预算、利润和验收等的要求，要是没有良好的定力，早跑了。

做项目经理的，脾气都特别好，脾气要不好，早干不下去了，背锅、改需求、开会、要预算等，哪个不需要特别好的脾气和坚强的内心？所以项目经理个个练得脾气特别好。

做项目经理，背后需要有强大团队的支撑，团队中的大家胜似一起扛过枪的战友。大家会一起经历很多日夜的加班，会一起改很多的需求，会一起改PPT，会一起被甲方骂，感情是随着时间逐渐积累的。团队成员打不走，骂不跑，还时不时地气气人，但是所有的项目都是靠这群兄弟支撑，才能做到最后，顺利交付，其中虽然有苦，但是也有很多的甜。也是因为有组织，有团队，项目经理才能完成一个个难于上青天的项目。应该向所有背后的团队成员致敬！

项目经理虽然没有人们想象中那么风光，却比人们想象中还要坚强。哪位女生有一个做项目经理的老公，回家偷着乐吧。

47.最艰难的一年，不同的人生轨迹

在这世界上，每个人的节奏都是不同的。身边有些人看似走在前面，也有些人看似走在后面，其实每个人都有自己的步子。不用嫉妒或嘲笑他们，他们都在自己的时区，而你在你的时区里。不要着急也不要放松，在命运为你安排的属于你自己的时区里，一切都非常准时。

好，别忘了危机与奋斗！

难，别忘了梦想与坚持！

忙，别忘了读书与锻炼！

人生，就是一场长跑。真爱的出现没有固定的时间地点。爱是偶然发生的，可能就在一次心跳中，或在一个眨眼间。

看着身边的同学陆续结婚生子，买房买车，白磊确实有一点着急，但每个人都有各自难念的经，白磊知道很多家庭都是不稳定的，很多事情都存在某种程度上的隐患。为了不走其他人的弯路，白磊必须每件事情都考虑长远、考虑清楚。留在北京，没有稳定的基础和环境，如果随便找个人结婚生子，未来那么漫长的时间，有一天后悔了，该怎么办呢……比如，这次的工作调动，看似很艰难，没有以前的单位名称好听，工作舒适，但只是临时的，每个人都会面对人生的峰谷，能笑到最后的才是赢家，自己一个人，输赢

都没有什么关系，如果拖家带口，那就必须赢了！

在杭州小风算据科技公司，白磊工作得有些疲惫，一连串倒霉的事情接二连三地发生，好一个艰难。

有一天，白磊无意间在客户大厅踢了一下正在检修的大屏显示器，谁知一脚踢出去了一万多，显示器坏了。好在自己之前做过采购，明白里面的弯弯绕绕。这是GG集团通过GD公司采购的大屏，中间GD公司又经过代理商公司倒了一手，才跟原厂商采购。白磊跟原厂商的工程师直接联系上，给了他们一些辛苦费，两个工程师内部走了一单，价格降到4500元，为了交个朋友，白磊给了他们5500元，并跟客户解释了采购方面的事情。由于是白磊自己赔钱，换上了原厂家的产品，客户没太追究采购过程，白磊为了维护GD公司的利益，没有跟客户说出最终的采购价。这事一下子让白磊在客户那边小火了一次，又多认识了客户单位一个副处长，还是白磊的老乡。

在维修好大屏，回公司加班的路上，白磊查了一下自己的"天计算"考试成绩，晴空霹雳：考了57分，竟然又没过，就差三分。明明感觉自己答得还可以，结果却差那么一点点，白磊有一种想哭的感觉，不知道是考试前一天郁闷的心情导致的，还是老天爷跟白磊开了一个玩笑。临近考试时，杨宗政非要弄出点事情，让GD公司的人找到白磊，劝他退出现在合作的项目组，担心他在这里会影响GD公司其他人员的稳定性。人走茶凉，没有永远的情谊，再加上这几天项目投标，供应商那边利益关系也不好处理，突然间，白磊感觉自己身边的朋友越来越少了。晚上回家电动车走一半又没电了，这一连串的厄运，简直要把白磊逼疯了……

由于工作压力有点大，白磊感觉自己的生活中少了很多色彩，收起了那颗去野的心，减少了健身和读书时间，减少了往日把酒言欢的时间，更加没有了出去看世界的那份激情，至于想碰又不敢碰的爱情，自己只能深埋在心里，祈求那个合适的人晚一点出现。表面上看起来，白磊把大部分时间都用在了工作上，可是效果并没有想象中那么好，考试没过，自己对于产品的理解还是不深，闭上眼睛，脑海中还是什么都记不住，在众人面前还是什么都说不出，金钱上没有改变，事业上没有进步，反而丧失了生活的快乐！这难道真的是自己想要的生活吗？这么坚持下去，真的就能在两年之内有巨大的转变吗？白磊有时候感觉自己的目的性太强了，自己想在两年内有变化，真的可能吗？换句话说，就算自己两年后顺利进入爱购公司，真的能干长吗？即使又回到GG集团，能保证未来不再有变故吗？未来有太多的变数无法掌控，而现在自己压力这么大，真的幸福吗？何时才能稳定下来？为什么不能边奋斗边稳定呢？自己考研时，就是劳逸结合的，自己绝对不适合那种压抑的生活，不适合死学，那会丧失真实的自我。生活中，一个人会变得越来越了解自己，越来越懂得生活，不能被外界所影响，要做真实的自己。白磊有时候也想劝自己，放下一切吧，身上背的包袱太多了，要打开心扉，随时做好迎接一切结果的准备，考试过不过真的无所谓，还是过好每一天才最真实、最重要。不要活在别人眼里，不要活得那么累，只有自己才真正了解自己。

这段日子里，有一个销售人员的岳母住院，临时让白磊帮忙做一份标书，白磊看了一下招标文件，原来是GG集团的标。专业盖章20年的底气，一下子上来了。在杭州小风算据科技公司杭州总部盖完章的那一刻，白磊特意拍了一下照片，附加"专业盖章20年"的自夸。此事让同事们第一次认识到了白磊的专业性。通过这次投标，白磊一方面收集了杭州小风算据科技公司的一些资质情况和信息，另一方面更加深刻地知道了自己的价值所在：还是得在GG行业内才有价值，出了这个圈，连标书都不会写，没有任何竞争力。白磊之前做的很多工作和学到的本领，真的不是白付出，说不定哪一天就会派上用场。

白磊这段时间也在反思，自己现在的角色还是一个张罗协调事务的项目经理，没有像自己之前想的那样，成为学习和掌握"天计算"技术的角色，感觉自己没有静下心来。一天晚上在老舅家里吃饭，老舅说的一句话让白磊感觉很对：也许事与愿违地做协调沟通的工作，会有别的收获和结果，顺其自然就好。同时，老舅也点出了白磊的人生目标——两年之后要稳定下来。这跟白磊自己的谋划是一致的，这两年一个人，可以集中一切精力再拼一把，多学一些，多尝试一些。

慢慢地，静下来，别着急，只要坚持，只要每天有一点点进步，就是在走上坡路。白磊，加油！

48.在数字化公司的第一个通宵

白磊近期连续两天在GG集团总部开会,每天都是五点多就起床,本身已经很疲惫,谁知又迎来一个不眠之夜。为了能在项目中卖更多的产品,很多公司都是想尽一切办法早早地参与到项目之中,在最初的项目需求、可行性研究报告和设计等阶段,就紧紧跟进,尤其是申报项目需求和预算阶段,恨不得将所有项目申报材料都直接帮客户写好了。这一晚白磊团队就是要为项目中软硬件产品的申报而奋斗。令白磊不爽的不是加班的辛苦,而是团队中的某些"老油条",团队中的副组长是老员工,虽然参与项目比较多,但这个人的做事风格令人烦,怪不得爱购公司那边的人都对他评价不高。他整个晚上跟客户一顿瞎聊,一点实事都不干。白磊新来不久,如果这个副组长能亲自帮忙梳理一些材料,肯定不至于通宵,可他却在一边玩手机或躺着睡觉,就是不伸手干活。白磊心想,没有职位没有团队的人,赚的就是辛苦钱。也许除了销售工作能为自己实际攒下点人脉关系,其他工作所谓的技术也都只是体力活而已。经过一晚的呕心沥血,白磊又开始考虑未来了,开始考虑是否要再干回乙方。如果下一个工作还是没有职位,是否值得跳槽呢?白磊想过正常的家庭生活,平衡工作与家庭,这是一个需要做选择的问题,该如何去选?

没想到离开GD公司后，白磊竟然又一次在GG集团总部干了一个通宵，而且是以非GG集团内部员工的身份。通过这次通宵，一方面客户对白磊有了认可，知道白磊是干实事的人，另一方面白磊也了解到数字化公司做项目的方法，只有在项目立项和申请预算的时候就参与进去，才有机会把自己想卖的产品放进去。这一夜，也算是为白磊后期自己拓展项目做了一个稳固的铺垫。

第二天晚上跑步时，白磊再次反思昨晚自己的工作状态和工作表现。自己多少是带了点情绪，而从项目组另一个老大哥的表现来看，人家是毫无怨言地认真工作。一点一点梳理思路，没有一点消极的表现的，这也许就是白磊跟他的差别。带着情绪工作是不成熟的表现，虽然副组长比较烦人，但是他身上还是有优点的，他做事情前能冷静地思考，虽然是很粗犷的一个人，干活却很细致，做表格认真、清晰、明了，都有表头，这些地方绝对是值得白磊去学习的。身边的每一个人都有自己的长处，一定要善于学习别人的长处。

铁打的营盘流水的兵，白磊这些年跟过好多领导，也亲自拉过几支队伍，领导的变动，确实会给很多人带来不确定性和不安全感，新来的领导不一定能跟自己对脾气，做事风格也不一定相符，还很有可能不信任外人。白磊由于工作变动，离开了自己在杭州亲自培养的团队，那支团队最终也解散了，其中有些人离职是由于个人原因，有些是被迫。白磊非常清楚其他人绝对不可能像自己一样照顾自己招的这些人。白磊想，如果以后自己能有机会遇到好的客户关系，一定要抓紧这一两年的时间，多研究点项目，同时做好随时失去客户关系的准备，在不在那个位置，很重要！

49. 项目交付的难题，每家公司都解不开

白磊跟GD公司合作的GG集团"天计算"试点项目慢慢进入了设计阶段，此时，GD公司的项目负责人想随便应付一下就行了，而爱购公司的主要目的是卖点产品，其他的事情也没打算参与太深。慢慢地，白磊发现这个项目GD公司可能会做砸，但爱购公司这边考虑性价比，只想卖点产品应付一下，配合配合就行了，不打算挑明这件事。

这种预感让白磊很失望，原本是想出来做点实事，学点真本事，做点真真正正有意义的项目，谁知弄了一圈，大部分精力还是花在项目管理上，没有机会和时间静下心学习更多的技术。就跟之前做科技项目一样，原本一心想把科技项目做好，研究出点成果，弄个二期或者申请个奖项之类的，谁知领导不重视。再看数字化公司的这些人，总是把说服客户放在第一位，无论他们说什么、做什么，能跟客户说明白就是胜利，提出的许多高端的方法论，却根本落不了地，高高地飘在天上。然而，摆正自己的身份，自己是一个卖产品的，项目做好做坏又跟自己有什么关系呢？

白磊做事总是追求完美，过于认真，总想为后面的事情做铺垫，留下一个好的印象，可世界变化这么快，即使留下好的印象又能如何呢？后期的事情后期再考虑，没必要把自己弄得那么累。

白磊来到杭州小风算据科技公司的第三个月，跟梁永强一起游泳后喝了点酒，梁永强感觉白磊有点走下坡路了，所以从各个方面帮着白磊分析了一下白磊走过的路。他给白磊总结出很重要的一条教训：白磊在GD公司的时候没有跟对人，跟过的领导太多了，导致所有人都觉得白磊没定性。这个问题其实白磊之前也曾想过，总感觉没有遇到一位跟自己对脾气的领导，每个领导都交不透。黄佟倒是很欣赏白磊，但白磊也没有跟住。离职前跟黄佟一起吃饭时，他也说过白磊缺乏耐性，如果能在F分公司再忍一年，那么境遇会慢慢好起来。梁永强在GD公司虽然不求什么，但确实能忍，安徽市场说放手就放手，没有太多工作就做让自己开心的事情；让跑重庆市场，就慢慢跑出成绩，让做就做好，如此就渐渐有了施展才华的机会了。白磊之前总说自己想离开GG行业圈子，梁永强却说，白磊自始至终都没有真正进入圈里。

　　无论在哪儿工作，跟对人真的很重要，如果能遇到欣赏自己、诚心带自己的领导，更是比多学几项技术还重要。白磊暗想，以后的工作中，一定要跟对人，进入核心圈！

50.那份没有勇气开始的恋情

白磊在一次考企业培训师的考试中，偶然遇到一个北京女孩，无意间的交谈中，他发现一方面两个人竟然是校友，另一方面这个北京女孩竟然很上进，跟白磊有很多共同语言。他们越聊越投缘，自然地就坐在了一起，后面又同去山东参加考试。晚上吃饭的时候，这个北京女孩换了一个发型，把头发扎了起来，那种气质棒极了（至少白磊是这么认为的），她完全是白磊喜欢的类型。在后来的慢慢接触中，白磊发现，这个北京女孩比自己大五岁，而且一直单身，在央企做人事工作，可以算得上是一个典型的北京大妞，不愁吃喝。与其他北京女孩不同的是，她非常上进，经常考一些证书，喜欢看书、写毛笔字和刺绣。每次跟她聊天的时候，白磊都能有所收获，得到启发，而且每次都越聊越有话题，以至于有段时间，白磊得知这个北京女孩在国家图书馆附近学习刺绣，竟主动在她上课那天去国图看书，为的就是能有机会遇到她。

随着慢慢接触，白磊发现这个北京女孩的脾气很大，在感情方面始终没有了解到她的深入信息。女孩最大的缺点是很自我，经常不回微信。一开始白磊以为她只对自己这样，后来才知道她对身边的人都是这样，不发朋友圈也不爱回别人的微信，除非她想跟人聊天才说话。她也有个优点，对自己的奶奶非常孝顺，每周都去看奶奶，这一点是白磊比较欣赏的。

虽然接触了一段时间，但可能是因为见面次数太少，两个人始终是朋友之交，偶尔发个信息之类的。白磊当初曾冲动地给这个女孩写了一封表白情书，但最终没鼓足勇气送出去。白磊深知，年龄的差距是个需要考虑的问题，别的不说，生孩子的问题就很现实，况且对方的身体还特别虚弱。白磊很惆怅，为什么每次自己遇到喜欢的人，不是脾气不好，就是身体不好。此外，还有家庭背景的问题。老北京人虽说不一定特别富有，但几套房子下来，也是将近千万，而白磊一个北漂"三无"人员，估计这个女孩家里人不一定乐意。白磊综合考虑，还是随缘了，最多也就偶尔一起吃个饭聊聊天什么的。有一次，白磊请这个北京女孩到鸟巢看中国新歌声的决赛，还特意借朋友的车过去接送，但始终没能鼓足勇气把爱说出口。

又有一次，白磊在杭州出差做项目，无意间聊天，得知北京女孩休年假，正带她母亲在南浔古镇旅游，正好当天是七夕，冲动之下，白磊吃完午饭就直奔了古镇。他想做最后一次尝试，看看这次能不能有什么进展和机会。白磊当天晚上请她们母女吃了一顿饭，聊得还比较开心，自己也算是过了一个难忘而又有意义的情人节。第二天，这个女孩想让白磊跟她们一起去莫干山。白磊是想去的，又怕她母亲在不方便，在两个人都盛情邀请后，白磊以"是不是缺一个司机"为借口，陪她们到莫干山玩了一天，可惜感情方面没有什么进展。又过了很久的一段时间，在一次打电话聊天时，白磊得知女孩要结婚了，这一切最终还是没有结果。

多少年后，白磊慢慢总结出来，看一个人对自己有没有意思，最简单的办法就是看她回信息的速度，看她是否经常主动跟你聊天，在你的朋友圈点赞，其他的事情都是次要的。一个从不主动跟你聊天的人，怎么可能把你放在心上，怎么可能喜欢你，怎么可能对你有意思呢？这是多么简单而又多么痛的一个事实啊！白磊有时感觉，身边能聊天的异性朋友越来越少了，命中注定的她怎么还不出现呢？

白磊在影视作品中看到过一个又一个完美女孩，对自己心中那个"她"反而越来越摸不准了，标准总是那么高高地挂着，有时候白磊也担心，那么高的标准可能自己都够不到。可仔细想想，毕竟是一辈子的事，宁缺毋滥，一定不能将就。白磊身边早早结婚而又离婚的人太多太多，对于那些外表漂亮却从来不看一本书、从来不锻炼、不爱收拾屋、没有任何特长和个人爱好的人，白磊清晰地知道，自己与她们绝对不会相处得太久。都说"另一半决定你的高度"，最重要的还是上进心，一颗向上的心，才是白磊最看重的，其次则是人品、脾气、爱好等。白磊坚信，在世界的某个地方，一定有一个女孩也在等着自己。

仔细想想，对于这次这份爱情，白磊可能缺少的主要是那么一份勇气，没有把自己内心最真的想法说出来，还是太在乎面子了。很多年之后，白磊才明白，喜欢一个人就要直接、大胆、勇敢地说出来，真心实意地喜欢一个人是没有错的，若不直接说出来，对方是无法猜出你的想法的。说出来后，会少很多猜测和顾虑，多尝试，才有机会成功。

后来，白磊跟这个北京女孩还是时断时续地联系，渐渐地，自己也清楚了跟她之间的距离。多年后，白磊无意间发现女孩将微信背景图片换成了结婚照片。白磊知道这段缘分到此结束了，就再也没有主动给她发过信息。

51.异地工作也是常态

来到杭州小风算据科技公司之后,白磊发现好几个同事都是家不在北京,自己一个人在北京工作,差不多每两周回家一次。之前GD公司的很多领导,也是家在东北,自己常年在北京出差,后期白磊认识的一个爱购公司的老乡也是如此,家在东北,自己一个人在北京工作,再结合白磊老舅经常出国工作的事,白磊对于工作有了另一种思考。其实安家的地方和工作地点也没必要一定在一起,像白磊父亲早期的工作是在家所在的城市,但后期随着工作变动,也为了能有更好发展,就一直在外地,一周回家一次或者两次,直到临近退休那几年才又调回家里这边。白磊虽然人在北京,其实并不喜欢北京这个城市,感觉天天面对无法停下的工作节奏、拥挤的交通和卷不到尽头的教育和医疗等,没有一丝幸福感,这里仅仅是一个谋生存和赚钱的地方,并不适合生活。白磊没有想好最终留在哪个城市,感情的事情也一直无法有个明确的目标,但白磊也想开了,其实不用考虑那么多,如果爱情来了,就应该勇敢放手去爱,如果好的工作来了,就去抓住机会。不能总想得太多,只有走出去,在路上才知道是否可行,也只有人爱上了,工作干上了,才知道合不合适。白磊思考着,先在杭州小风算据科技公司干完第一年,等干完GD公司这个项目,再看看其他的工作机会,平时也得观望着，积累着。

白磊之所以来到杭州小风算据科技公司，还有一个原因是杭州小风算据科技公司总部在杭州。白磊曾经想留在杭州生活，无奈没有合适的工作，房价又虚高，而且在杭州也没有遇到那个可以让白磊放弃一切，决心留在杭州的她。如果能遇到命中的那个她，白磊相信自己一定会接受异地奔波的。有些人非常幸运，可以在自己所生活的城市中工作，每天可以享受家庭的温暖，享受天伦之乐；而有些人为了能多赚点钱或者能拥有一个相对适合自己的工作，不得不抛妻舍子地奔赴异地，远离父母亲人。如果综合算一下性价比，白磊感觉这种长时间的异地生活并不是最优解，一个人为了工作事业的发展，离开了父母和家人，虽说经济条件有所改善，但是年迈的父母需要陪伴，成长的孩子需要父爱，苦苦支撑家庭的妻子，更是需要一个安全可靠的肩膀。有些公司的老板对于人性拿捏得非常准，为了能让员工斩断家庭的顾虑，愣是要求员工必须异地工作，并且不能在自己的户籍地和大学所在地工作，为的就是把员工孤零零地放在一个陌生的城市，没有熟人，只能把所有的精力和时间用在工作中。如果一个人生活中只有工作、只有赚钱，盲目地工作会把一个人彻底地变为不会思考的赚钱工具。人生就这几十年，还是要珍惜生活的。白磊结合自己的经历和思考认为，短时间的异地工作，为了发展和积蓄是可以理解乃至有必要坚持的，但是太长时间的异地工作绝对是性价比较低的选择。对于白磊来说，只能趁现在单身一个人的时候，尽情地折腾工作和打拼，一旦有了家庭，还是要多少兼顾一些，才能对得起家人。

52.总有那么一个时刻会把你推上去

在GG集团试点项目为期10天的集中封闭工作中,根据爱购公司刚给客户培训完的方法论,客户要求项目组输出一个适用于GG集团试点项目的方法论。最终的方案汇报工作,项目组一致决定让白磊来做。平时就有点恐惧宣讲的白磊,感到害怕和没底,因为这个方法论自己也是刚刚学会,底气还不是很足,何况这么多客户领导在现场,很容易就能把自己问住。"早晚有一天你得独立做项目,需要挑大梁。"副组长劝说白磊。行不行都得上,有问题爱购公司的专家会在后面坐镇帮忙解答。这让白磊想起了高中同桌袁艺澄说的那句话:在数字化行业工作,早晚会有那么一个时刻,让你直接上战场,说你行就肯定行。没想到白磊的这个时刻来得这么快。无奈之下,白磊只好熬夜准备,10多页的PPT练习了一遍又一遍,第二天汇报临时改在下午,中午吃完饭,白磊没有休息,独自一个人在会议室练习。下午的汇报总体还算顺利,白磊中间也紧张过,嘴都讲干巴了,主要问题是介绍的速度有点太快了,不到20分钟就介绍完了,好不容易召集了这么多人,没想到这么短时间就结束了。还好后面客户又请爱购公司专家再介绍一下其他方面的数字化技术。有了这第一次的汇报,加上项目组其他人陆续撤出,几个同事调去其他项目组,副组长又离职了,后期白磊再回到北京开会时，不知道从什么时候开始，很多工作由他来给领导汇报。不少时候白磊也没有特意准备，却不再有以前的那种压力了，这个过渡就在悄无声息中很自然地完成了。后续项目申报方案及讨论全部都由白磊独立完成，向数字化行业的转型基本步入正轨。在有些重要的会议中，白磊会拉爱购公司的专家出来站台，其实很多汇报内容和要点阐述都是白磊事先根据现场情况写好的，但通过爱购公司专家之口说出来，效果就不一样了，可信度和说服力会变得更高。慢慢地，白磊掌握了这个规律。每次爱购公司的专家都能说点新鲜的概念、技术和其他行业的项目信息等，这也都是客户感兴趣的。白磊尽量争取时间跟爱购公司各位专家大佬学习各种技术和方法论，有好几次都是直接打车把爱购公司的专家送到机场休息室，为的就是能抓住机会和时间多跟爱购公司的专家请教。白磊的这份主动性和勤奋，赢得了爱购公司所有人的认可，为白磊后期跳槽到爱购公司奠定了基础。

随着项目的发展，白磊迎来了一个新的挑战。爱购公司的某些产品在其他项目里已经卖过，价格也都透明，但爱购公司的人为了能在这个项目上多赚点钱，除了卖新产品，还想把老产品变个产品名称，再编一个方法论和故事，改头换面重新卖一次。这事白磊感觉有点太不厚道了，但这是数字化公司惯用的打法和套路。更改汇报方案的艰巨任务又落在了白磊身上，爱购公司的人坚定地对白磊说，"你自己一定要说服自己，你卖的是新产品，不是旧产品"，白磊虽然很不情愿，但也只能硬着头皮现编新的产品名称和方法论。最终白磊咬着牙，做了汇报。过程是那么的艰苦，不过汇报结果还算满意，客户不但没有产生怀疑，还自然地接受和认可了这个方案。

从为人处世和混的圈子来说，白磊以后还是要在GG行业待的，不像爱购公司一些人，做完GG集团的项目就去做其他行业的项目了。要是让客户知道白磊这么忽悠他们，白磊以后的名声可想而知。这一次，白磊也算看清了数字化行业的真面目，很多高深的方法论和架构设计，根本是落不了地的，很多产品功能也没有那么好。GG集团的这个试点项目，白磊可以说是从头到尾参与了全流程，还是作为第一项目负责人参与的，无论是爱购公司的产品方案还是项目流程，白磊都了解得更深了。

某个会议期间，客户曾直言不讳地提及，GD公司需要学习爱购公司的画饼能力，要多讲未来的展望和蓝图，而不是局限于现在手中的项目和系统，这一点也是白磊突然间学习到的。

慢慢地，白磊适应了新的工作内容和节奏，也找到了自己的发力点。GG集团的项目，杭州小风算据科技公司已经完全授权给自己了，爱购公司那边需要的就是白磊在现场盯住项目，随时反馈重要的信息，如果项目遇到什么意外问题，或是有重要的会议，白磊需要准确判断出问题所在，提出初步解决办法，然后再叫爱购公司的人出面撑场或是解决。爱购公司的人不会干具体的脏活累活，比如说写个材料或者报告方案之类的，最多甩过来一些技术文档和其他项目的案例，其他的都得白磊自己写。白磊渐渐掌握了这些工作配合的细节。随着配合上的一点点磨合，白磊跟爱购公司的人配合得越来越默契，爱购公司那边的人很认可白磊的能力。

白磊通过自己以前在GG集团的人脉关系，可以轻松进入GG集团总部大门，不用每天很早来等着客户接。爱购公司这帮人大部分时间都是着急忙慌地踩点乃至迟到的，有了白磊这个随时出入的"门童"，来回进出能够节省一个多小时的时间。时间就是金钱，尤其是对于爱购公司这些大佬来说，最宝贵的就是时间，无论是他们，还是缑单于，都非常赞赏白磊这个可以随时出入客户现场的能力。此外，白磊每次都能准确判断出会议的重要性和爱购公司的人什么时间过来参会比较合适，能发挥什么作用。正常情况下开一天会议，上午基本上都是领导讲话，爱购公司的人只要下午到，做个发言或者最后总结一下就可以。即使是上午开半天会，白磊也能根据会议安排判断出爱购公司的人员到达的合适时间，这样就能帮助爱购公司的人节省三分之二的时间，这一点是其他合作伙伴做不到的。白磊一直希望能找到一位像当初的自己一样既负责又有能力的合作伙伴，但跳槽到数字化公司后，始终没有找到。

对于试点项目业务的发展情况和存在的问题，白磊其实是最清楚的，毕竟跟着项目组天天在现场，有些问题白磊能够清晰地指出来，但毕竟外来的和尚会念经，即使是一样的话，从爱购公司的人口中说出来还是更能得到客户认同。白磊后期也总结过，为什么自己说出来的话没有影响力和说服力，一方面是因为白磊没有很强的自信，从气势和语调上就输了，让人感觉可信度不高；另一方面是因为白磊只能说出结论，说不出论述过程，无法换句话解释，宏观的套话说不了太多。渐渐地白磊明白了道理，认清了规律，每次爱购公司的专家过来开会前，白磊都会提前把需要说的内容和现场存在的问题跟爱购公司的专家说一遍。开会的时候，他们基于白磊总结的内容发言并稍作展开即可，这种默契的配合，让白磊跟爱购公司项目组的人保持了很好的关系。

此时，国企开始实行改革，允许部分员工持股，GG集团首先做试点，虽然股票份额不是很多，但也算是一小笔补助。一个在GG集团旗下一家子公司工作的朋友来找白磊，想让白磊过去工作，计划安排白磊到GG集团总部借调一年，服务的还是白磊最初借调时候的那些老客户，白磊的命运可能又一次面临着改变。白磊陷入了沉思……

53.真正适应了数字化行业的节奏

　　三个月试用期顺利通过了，虽然白磊的工资待遇和福利没有太大变化，但也算是里程碑式地完成了一个任务。由于白磊之前跟杭州小风算据科技公司总部人事部的同事关系还可以，转正时少了许多不必要的烦琐条件，就连转正答辩也给免了，白磊更加明白跟人事部门处好关系的必要性了。一直压在白磊心中的"天计算"考试，也终于在第二次考试后，顺利通过了。平安夜那天，白磊跟杭州小风算据科技公司里几个要好的同事一起出去庆祝，一连玩了三场，从密室逃脱到韩国料理，一直到最后的KTV。对于白磊来说，确实很久没有连玩三场了。从这一刻起，他在新的公司又加入了一个新的朋友圈——"一直聚会小分队"。随着同事关系慢慢地熟悉和融洽起来，白磊也逐渐变得积极。年会的节目表演中自然少不了要露一手，白磊不仅在团拜中录了一个简短的魔术表演视频，反响很是热烈，而且在年会上报名了魔术表演，可以说是重操旧业。他还特意到魔术学校租了一个道具，准备大显身手。元旦三天假期正好给了他充足的时间练习，为了能让杭州小风算据科技公司CEO认识自己，白磊特意安排了一个跟CEO互动的环节，让她帮着挑选一位随机观众。年会当天魔术表演非常成功，从此白磊在北京分公司也算小有名气了。

年底在杭州总部的运动会，白磊更是积极报名参加，一来可以去杭州玩，二来也可以认识更多的同事。看完比赛项目，白磊告诉同事，"从第一项到最后一项都可以，哪个项目没人报名，我都可以参加"。到了现场，白磊表现活跃，在趣味游戏中积极思考策略，在体力游戏中各种卖力，在团队比赛中还获得了几项名次。最惹人注目的还是他跟CEO一起进行的平板支撑比赛。赛前白磊只知道北京部长参加这次运动会，不知道CEO也参加，而且运动会时CEO跟白磊在同一个战队，平板支撑比赛中跟白磊竟然在同一组。比赛前，白磊特意跟北京部长说，她快坚持不住的时候告诉白磊一声，自己会在她倒下前先趴下，这回多了CEO，白磊看来只能得第三名了。比赛排位时，白磊一不小心被排在了CEO和北京部长两个人的中间，公司的摄影师以各种角度给CEO拍照片，由于白磊就在旁边，借机蹭了很多张跟CEO的合影。比赛开始后，白磊万万没有想到，两位领导还挺厉害，都轻松地坚持到了三分钟以上，其他人陆续倒下了，白磊两边来回看，发现北京部长那边已经开始哆嗦了，再看看CEO，还在苦苦挣扎。就在白磊回头时，北京部长也趴下了，全场就剩下白磊和CEO了。越来越多的目光关注在CEO和白磊的身上，甚至有人疯狂拍照发朋友圈。在差不多四分钟的时候，白磊看CEO有点支撑不住了，自己抢先趴下了，没过五秒钟CEO也趴下了，如果白磊不倒下，相信CEO最后还会再坚挺一会儿。运动会就是一个游戏，大家开心就好。从后续的事来看，白磊是做对了的。

此时，白磊渐渐适应了杭州小风算据科技公司的弹性工作时间，每周周一上午十点在茶馆边喝茶边开周会，中午部门聚餐，其余时间自己安排，缑单于的管理风格完全适合白磊。白磊很享受这个弹性的工作时间，累了就睡懒觉，有时间就去游泳，或者去健身房锻炼，在忙碌的时候，白磊会带着电脑去健身房，也算乐在其中。还有一件事让白磊很高兴：通过各种关系，白磊在公司弄了一个七成新的苹果电脑。这一直是白磊想要的：闲暇时间感受慢节奏的生活，喝着咖啡，敲打着苹果笔记本的键盘，坐在清华大学的自习室，惬意地写自己的生活日志。

对于白磊来说，此刻他开始享受数字化行业的生活节奏了，但也开始担心自己会不舍得离开，毕竟任何盛开的花朵都有凋谢的时刻，天下没有不散的筵席，越是舍不得，越是感觉幸福快乐时，白磊越会有一种即将失去的不安感，只能珍惜好当下。不管今后的路如何变化，在数字化行业工作的这段经历会永远刻骨铭心，因为从第一天开始，白磊就没有浪费过一分钟，每天的平均工作时间都是以前的两倍。白磊全身心投入工作，时刻铭记着那句"每一天都是用钱换来的"。适应了工作节奏之后，更应该继续努力，不辜负在数字化行业的每一天。白磊知道这个工作最多干两年，所以特别清楚每一天需要做什么，每一分钟都不会浪费。

54. 不得不转型，忍住

最近杭州小风算据科技公司管理层要求所有员工转型，主打年初定的"气数据"主航道，很多"天计算"相关产品部门和交付部门都拆分到了"气数据"中心。公司逼迫白磊所在的GG行业团队转行，强行让大家卖公司那些非常不成熟的"气数据"产品。起初白磊很反感，后来想想也没有办法，既来之则安之。杭州小风算据科技公司强制所有销售、售前和项目经理等参加公司"气数据"的技术培训，并且还得考试，白磊看了一下培训课件，感觉讲得很深入，自己对"气数据"虽说是外行，但还能看进去。正好现在主流的数字化行业圈子中，真正做"气数据"的公司没几家，既然公司借着爱购公司的方法论自研出对标产品，又有一些在央企、国企行业应用的案例，也许能在"气数据"领域杀出一条血路来，反正多学学技术也不是什么坏事。白磊用了一周的时间在公司深入地学习相关知识并上机实操。

这段时间，爱购公司的朋友托白磊打听GD公司的一个销售人员，白磊猜测爱购公司应该是在招聘人员，但想了想自身情况，感觉在数字化行业时间还是太短，学的东西太少，如果能去爱购公司那边，即使不碰技术，做销售，基础也还是差了一些。在打听完人员情况后，白磊反馈了一下，"做过一点开发，水平很差，现在跑市场也就是个流程手，没有什么客户关系和运作项目的能力"，爱购公司的朋友还真问了白磊一下："有想法过来吗？"白磊直接回绝了，解释道："感觉自己后期无论是在数字化行业还是在GG行业领域内，可能都得做市场方面的工作，技术应该干不了太久，但现阶段想着先干完这个试点项目，杭州小风算据科技公司最近在转型做'气数据'，力度还挺大，很多部门都拆分了，我也准备学习学习。"

下午一个朋友发来GG集团其他公司的项目经理招聘信息，跟白磊情况特别吻合，据说待遇还挺高，但白磊毫不心动地拒绝了，也不打算先聊聊。自从上次跟想让白磊去的那个GG集团子公司的人简单聊完后，白磊感觉自己很清楚地知道了自己未来要走的路，趁着年轻再学两年技术，这会儿没有成家，还能静下心来，等学有所成之后再出去，起点和机会应该会更好。

白磊有时会以《大秦帝国》中的故事情节来对比自己的处境和未来。比如，嬴异人步入秦国时，吕不韦跟他说："目下秦国一王两储三代国君，及公子执掌公器，十年二十年未可料也。如此漫漫长途，心浮气躁，可能随时铸成大错，非步步踏实不能走到最后，虽则如此，秦国后继大势已明，只要公子沉住气，无事不成。"剧中，吕不韦本人更是忍字当先，宁愿效仿白起，为了巩固自己在秦国的发展基础，从太子府丞做起。在一家企业中工作也是同样道理，一定要懂得谋划和忍耐。

55.总要面对那突如其来的不安全感

白磊刚下定决心跟着公司战略走,好好学习"气数据",几天后,緱单于就在部门群里发了一条噩耗,让所有人都为之一颤。"技术人员每月8000元的日常业务费取消了,销售人员尽量控制预算额度"。说是近两个月公司要控制预算,但大家都清晰地认识到,公司要么就是支撑不住了,要么就是开始收拾白磊所在的团队了。仔细想想公司状况,刚成立不到四年时间,融资的上千万美金竟然要花光了,之前还有传言说要进行B轮融资呢,看来估计是融不到了。现在的投资人都不是傻子,大致看看公司财务状况和发展情况,就知道公司的真实水平了。一个所谓的数字化公司,如果没有自己独特的产品,没有任何创新项目,只是一个代理商或服务商,那么维持生存、产生微薄利润是没有问题的,但是要融巨资上市,就没那么容易了,毕竟吹牛仅是一时的。杭州小风算据科技公司此时的发展战略,无非是自己把自己逼上了一条绝路。在"气数据"发展十多年后,才提出要走"气数据"路线,开始自研"气数据"产品,最重要的是没有自己独特的产品和方向,也没有特别强的研发队伍,还是一味地效仿大公司的"气数据"产品,这怎么可能会有生存空间呢?

就目前的状况来看,公司里的很多人都开始为自己准备后路了。白磊决定在公司参加完"气数据"产品培训，趁热打铁考完几个证，之后就去西藏休个年假，先好好放空一下，顺便思考一下未来的路，再做打算。

果然不出所料，就在端午节假期的前一天，缑单于打来电话说，公司领导想把白磊借调给其他项目中心，一起过去的还有部门其他几个人。预料中的事情终于发生了，不在公司主航道的部门和人员，肯定要拆散、边缘化甚至是辞退。就像"天计算"部门一样，当初公司战略主打"天计算"，部门快速发展壮大，如今"天计算"项目做得差不多了，说砍掉就砍掉，这就是民营企业的特点，所有事情都是老板一个人说了算。

缑单于也气得够呛，自己手下的人被抽走借调只是第一步，后期公司肯定会想尽各种办法把人都弄走，人如果都调走了，队伍也就没了。缑单于是聪明人，这点估计他早就料到了。但令所有人吃惊的是，缑单于竟然没有挣扎和反抗，而是直接提了离职。白磊所在部门的人都知道，他们的方向不在公司的主航道，之所以还能存活，是因为有GG集团的几个大项目养着，一旦没有了项目，没有了利润，公司肯定会收拾白磊所在的团队的，不料部门还在创造利润，公司就向白磊他们动手了。

之前缑单于一直想成立一个GG行业研发中心，培养一批专业的研发队伍，能承接一些GG集团的开发项目，做点跟客户有黏性的产品，但公司领导不想前期投入，他们了解GG集团的实情，虽然有钱，但项目要求比较高，需要先投入再拿项目，付款周期长。最重要的一点是，GG行业不是杭州小风算据科技公司的主航道。这件事让白磊看清了杭州小风算据科技公司领导的心思和格局，这个公司注定不会在GG行业有太大的投入和发展。

随着"气数据"考试的结束，白磊越来越确定，缑单于真的是铁了心要离职了。在跟爱购公司那边的朋友聊找工作的事情的时候，这件事再次得到证明。没想到自己在数字化公司的第一段奋斗生涯这么快就结束了。这次确实跟自己的能力和工作没有关系，只是数字化行业小公司战略调整的问题，再加上部门领导跟大领导不和，白磊慢慢清晰地认识到在核心业务发展部门工作是多么的重要，就像当年自己在GD公司中的A分公司工作一样。如果再出去找工作，去一个数字化行业巨头公司的话，也许GG行业在那里同样不会是主航道。但杭州小风算据科技公司对于白磊来说，只是一个跳板和过渡，所以还是要跳槽的！

缑单于离职没有提前跟大家（尤其是白磊他们几个他亲自招来的人）打招呼，感觉稍微差了点意思，但毕竟谁遇到这种工作变动心情都不好，而且还要挖空心思去找新工作，因此可以理解。这事也让白磊体会到了当初自己离开杭州那帮兄弟时他们的感受，真的是新换一个领导就完全没有了安全感，没有了信心，没有了那份踏实和稳定的依赖感。想到这里，白磊越来越感觉有点对不起自己以前带过的那帮兄弟，特别想再回到杭州，请兄弟们一起吃个饭，敬杯酒，致个歉。多年以后，白磊确实在杭州亲自补上了这顿酒，跟大家很真诚地致了歉，也很理解兄弟们在白磊离职后的失落感，以至于之后没多久，他们就都陆续地离开了。虽然杭州项目比较独立，白磊又提拔了姚强为项目经理，但毕竟没有自己为杭州团队遮挡一切，大家还是不安心。就像姚强说的，感觉有点孤单，再加上跟分管领导不和，陆续地大家都走了；其他人则说，看着战友陆续离职，自己心里也不好受，感觉没啥意思。最初一起入职的人没了，自己也很没意思，这个心情白磊此时才深刻体会到。白磊为人的特点是重情义，无论何时何地，只要是自己带过的人都会关照，这是白磊赢得大家信任的重要原因。看到大家目前发展都还挺好，白磊心里多少有了些安慰。

其实白磊在GD公司真正带过的只有三支队伍，大部分人都是自己亲自招聘的。虽然其他两支队伍都在北京，后面白磊仅是在公司内部调动了部门，但只要员工的直属领导更换了，尤其是半路新换了领导，多半处不到很深的感情，至少信任度就没有了。有次白磊在电话中，跟高中同桌袁艺澄闲聊彼此的工作，发现他也面临着工作不顺心的状况，直属领导转岗了，跟新领导处不到一块儿，因为不是他一手带的，所以总感觉跟他隔了一层，干得很不开心。原本以为只有国企这种现象明显，没想到数字化行业也一样。这个问题，是工作中每个人都会面临的一个常见而又重要的问题。领导换届是很频繁的，有的公司一年一换，有的公司两年，有的公司五年或者十年，终将会更换一批。但有那么一句话说得好，风水轮流转，其实工作生涯中每个人辉煌的时期，也就那么两三年，其余的时间大多数都是平平淡淡，就像股票涨幅一样，最高点永远只有一个，而且停留时间短暂，所以在工作顺风顺水的时候不要太得意、不要太嘚瑟，说不好哪一天就一落千丈；而在工作不顺、得不到重视时也不要着急，毕竟人生都是起起伏伏的，总有一天会雄起，关键是自己的心态，是如何坚持度过平稳期或者低谷期。

  对于缑单于，毕竟一起共事了一年多，白磊特意带了压箱底的好酒给缑单于送行，每人都单独整整喝了一斤。白磊想问问缑单于对自己今后的发展规划有什么建议，请他帮忙评估一下自己是否适合转行做销售。当天两个人聊得比较多，缑单于很感激白磊能亲自送他，把白磊当作了自己兄弟，帮忙给白磊推荐了一个他有点股份的小公司，卖点硬件产品。缑单于的建议是，想赚钱就去做销售，他推荐的这个硬件公司他还有点股份，白磊去那里不会被人欺负。但白磊不甘心，这个公司有点太小了，甚至比杭州小风算据科技公司还小。销售的KPI指标压力，白磊也担心自己够呛能扛得住。喝完酒后，白磊陷入了深思中……

56. 面试的成败就在那么一瞬间、一个问题、一个坚持

缑单于推荐的小硬件公司，白磊仅面试了第一次，第二次面试迟迟没有进展，说好二轮面试会由公司大领导亲自面试，对方却一直没有联系白磊。另外，白磊总感觉有点不甘心，感觉这个公司还是太小了，白磊打心底里想有机会去大公司看看，所以也在准备其他公司的面试。爱购公司那边的人太了解自己了，技术上肯定过不去，销售也没有招人的职位；博查公司那边，白磊同学之前找的HR回复说北京职位满了，但简历筛选通过了。阮丰竺有一天直接发给白磊一个通聊公司HR的邮箱号，让白磊试试，白磊抱着试试看的心理，直接投递了简历，没想到，HR回复还挺快，并说这是她收到的第一份直接投递到她邮箱的简历，她感到非常高兴，感觉白磊的履历特别符合他们行业的需求，所以很快安排上了后面的面试。由于当时通聊公司最需要人的部门是销售部门，白磊先面试了销售部门。

第一次现场面试，白磊竟然被销售主管带进了宾馆房间，刚聊一会儿白磊就感到，自己不是他们最需要的那种有大客户关系，能立马成单的销售，所以白磊聊得也比较实在和直接，说自己没有特别过硬的高层客户关系，并不能很快就签单，而GG行业的特性，也不适合单打独斗，是需要上下一起配合做项目的。不知什么原

因，这个销售主管跟白磊聊了很久，问了很多问题，还当面给下面一个销售组长打电话，想直接问问她那边的意愿，但没联系上，所以便暂时结束了面试。从谈话中，白磊能感觉到，自己不是他们急于招聘的人，因为白磊面试的时候聊得比较实事求是，承认如果单纯靠自己目前的客户关系，是无法单独完成规定销售指标的，一是由于现在企业的项目决策链太长，二是自己没有接触到那么高层的领导。意想不到的是，还真来了"二面"电话，但非常不赶巧，正好赶上白磊在高铁站，还有半个小时就发车了，面试环境不是很好，有些嘈杂。面试过程中面试官问了一个稍微绕了一个弯的问题，她本人后期说是想考察白磊的随机应变能力，而白磊没有听出她的重点和面试问题的真正内涵，保守地回答了一个无法确定的内容。当面试官问白磊需要多长时间可以拿到某个客户的项目信息时，白磊没有明确给出一个时间，实事求是地解释说不好评估，有可能很简单，也有可能真就拿不到。白磊对这个问题很反感，既不想夸大自己能力欺骗面试官，又无法回答出具体需要多少时间，这僵局让两个人都很不愉快。白磊有点反感对方的小聪明，这个面试官也很傲气，没有听到自己想听到的答案，结果自然不会太好。面试最后，两个人的语气和情绪都不太友好，可想而知，白磊没有被认可。

惊喜的是，销售主管直接把白磊的简历推荐给了业务部门，产品经理部门负责人阙菁菁看了白磊的简历后很满意，只是白磊和阙菁菁都赶上出差，面试的时间约了好多次都没定。有了高铁站面试的教训，白磊坚持一定要选择一个双方都合适且周围安静的时间，事实证明在一个好的环境和好的心情下面试，还是很重要的。白磊跟阙菁菁在面试中聊得确实比较好，感觉她应该是懂GG行业的。无意间，白磊还给她画了一个饼。得知她会是自己后面的主管，白磊心里稍微有了点底，简单说了说以后的工作规划和产品方向。

通聊公司的面试流程真的是出乎意料的长，前面三轮面试后，第四轮面试已经过去一个月了，还是没有动静，HR也帮忙催了几次面试官，总是一周推一周，等得白磊有点心慌，甚至准备另做打算。突然有一天，白磊去广州出差乘坐地铁时，面试电话意外地打来了。白磊首先回复自己在地铁里，信号不好，想换个时间，但面试官说后面还有会，而且听口气感觉如果错过这次，后面的时间又没谱了，询问过对方是否能听清楚后，白磊只好在地铁里面试了。在面试过程中，当面试官问到"天计算"方面的某个技术问题时，白磊担心面试官会追问得很细，就实在地说自己"天计算"方面只是简单了解一些，毕竟接触的时间只有一年，工作还是偏业务方面的，但面试官仍坚持问某个产品的具体实现细节和功能方面的问题，白磊没能很清晰地把这个产品讲透，当时确实缺少灵活的意识。如果白磊当时能侧面回答说自己考过"天计算"的一些认证证书，来暗示自己的技术能力，也许会更好一些，可能面试官就不会问具体技术问题了，这是白磊挂断电话后才想到的。就这么一秒钟的时间，这么一个问题，让白磊被面试官拒绝了。接到HR反馈时，白磊十分心碎，万分自责，感觉在地铁里面试绝对是自己的一个失败之处，而且当时确实忽略了面试官的级别，以为是平行部门的领导，没想到竟然是阚菁菁的老板，早知道肯定是直接走出地铁站，找个安静的地方，打开电脑好好面试。这件事给了白磊一个严重的教训，真的不能在双方都不合适的时间谈事情，尤其是自己不方便、环境不安静时。等接到HR的正式邮件反馈后，白磊赶紧给阚菁菁发信息，她跟HR沟通后，得知白磊是因为技术问题被领导拒绝了，便直接指出了白磊的沟通方式不对，恰恰暴露了自己的弱点。如果白磊能入职，阚菁菁本就没有打算让白磊做"天计算"这方面的工作。再三协商后，阚菁菁决定亲自出面再跟她领导谈一次，争取一下，并让白磊总结自己的三个优点。白磊当天立马想出了几点：

第一，学习和适应能力比较强，能够在较短的时间内快速掌握学习内容，适应新环境，经常主动考取一些资质证书（"天计算"和"气数据"等资质认证、信息系统高级项目管理师、PMP等），每次转变工作岗位都能够快速适应（工程、运维、项目经理、部门经理等）。

第二，沟通协调能力比较强，有丰富的面向企业的客户对接经验，能与客户充分沟通并敏锐把握客户需求，善于组织协调多方资源进行项目实施，拥有多项目并行管理经验（多单位配合协调工作）。

第三，做事有毅力，一旦决心要做一件事，一定会坚持到底，如坚持健身十年、跑步六年、周末上自习六年等。

第四，熟悉GG行业项目运作流程，熟悉GG行业领域的核心业务。借调至GG集团总部两年，参与A系统的工程实施和切主上线工程；全程参与GG集团"天计算"试点项目建设，为项目建设管控组成员之一；了解GG集团信息化项目技术路线和发展架构，熟悉GG集团的"天计算"发展历程。

后来，阙菁菁反馈，她只把最后一条发给领导了，并说白磊还是年轻。白磊听后一直带着疑问，直到多年以后，再看这四点内容，白磊才笑着发现自己当年的青涩。

在阙菁菁的努力争取下，她的领导最终同意给白磊通过面试。但当晚白磊竟然做了一个可怕的梦，梦到第五轮面试的电话也是在外面接到的，第一个问题问了GG业务，还算是应付得了，第二个问题问了一个技术细节参数问题，白磊不太确定地回答是十个或八个，这时面试官说白磊业务掌握不严谨，应该准确回答出到底是几个。后面面试官好像又问了一个什么问题，白磊没有听清楚，以为面试官没说话，就一直等对方说话，过了一会儿，面试官说'想好了吗'，白磊这才发现是自己没听清楚，让面试官重复一下问题。面试官很生气，说白磊面试没通过，耽误了领导那么长的宝贵时间，换作谁都会生气。懊悔中，白磊惊醒了，慢慢地又陷入了深思。

经过几番周折，白磊终于在周日晚上11点30分等来了通聊公司副总裁的面试，白磊整整准备了一天，晚上聊到二十分钟时，中间中断了一次语音，后来接上，又聊了三十多分钟。白磊总体感觉还是没有什么底气，因为没有聊得很尽兴，感觉这个副总裁不懂GG行业，还有一点高傲的姿态，总说通聊公司能做什么，为什么通聊公司要和爱购公司学等。只有白磊提到对阙菁菁的某些想法很认同时，副总裁表现出了满意、认同和高兴的态度，白磊立即顺着这个方向说，两人总算有了一个共鸣点。挂掉电话后，白磊还是久久不能入睡，一直在反思自己面试的整个过程，认为自己在自我介绍中没有说出亮点，没有明确突出自己在杭州小风算据科技公司一年的工作特色，谈及GG项目时思路没那么清晰，不知道自己描绘的内容，副总裁是否能够听懂？

第三天晚上，白磊终于接到阙菁菁的信息，面试通过了，这就意味着如果不出意外，白磊真的可以去通聊公司了。白磊当时没有之前预想的那么激动，也没有急于告诉身边的人，他突然间发现，等到"那一刻"真的到来的时候，就是那么简简单单。正巧白磊看了一期《明日之子》，结束后白磊很想一个人静静，无意间走到了奋斗的起点——GD公司楼下，白磊在院里一个人静静地走了几圈。白磊回想自己这将近九年的奋斗历程，在GG行业领域的足迹，永远无法磨灭，也许自己以后真的不会离开这个行业圈了，自己最美好的青春都留在了GD公司里。他真的很感谢GD公司，感谢当初的这个起点。回想起2011年刚来北京实习的情景，刚开始在后面的旧楼办公，五层没有电梯，自己憧憬着到前面的高层新大楼办公。等到入职的时候，自己真的搬到了前面的新高楼。参观了GG集团总部后，白磊梦想什么时候可以去总部工作就好了，结果还真意外地被公司选派到总部借调了两年，这一切的一切真的太戏剧化了。白磊曾断定自己不会在GD公司工作一辈子，前年还真离开了。

曾经梦想着打进数字化行业的TAB公司,今天这一愿望也真的即将实现了。再回想自己这九年的生活,几乎大部分周末的时间都是在学习、看书、坚持上自习和考证,这样能够让自己浮躁的心慢慢地静下来,虽然少了些享受,但一切的一切都是值得的。《明日之子》中有个学员坚持上了十年舞校,没有一点童年娱乐生活;那些很早就成为童星的艺人,更是早早就失去了本该属于他们的快乐、闲暇、青春,相比而言,自己损失的这些周末算什么呢?

然而,世事难料。就在白磊轻松通过后面一轮交叉面试和一轮HR的谈薪面试,成功接到通聊公司正式offer第二天的晚上,GG集团"天计算"、"气数据"和"雷智能"项目的集招结果出来了,只有爱购公司、华广公司和博查公司入围了,通聊公司竟然全部出局,这真是老天爷跟白磊开了一个大大的玩笑,谁能想到测试时排名第二的通聊公司会出局?如果通聊公司出局了,白磊再去通聊公司又有什么意义呢?如果通聊公司放弃做GG行业项目,如果……这一夜白磊又陷入了沉思。

57.人们不会渴望他生活以外的东西

从杭州小风算据科技公司离职前,白磊在广州出差了一个多月,在本地拉了一个项目组。这次出差,白磊跟希尔顿酒店的经理谈了一个协议价,正好在公司出差住宿标准之内,从而如愿以偿地享受到了曾经梦想的出差生活——住着五星级酒店,享受着安稳舒适的住宿环境、丰盛的早餐,尤其是梦寐以求的游泳馆和健身房。每天晚上下班后,在游泳池里放松地游几圈,一身的炎热和疲惫便都悄然散去。这种生活曾经是白磊梦寐以求的,早就听说TAB公司和一些知名外企出差住宿都是五星级的,坐的都是头等舱,这次仅仅享受到了希尔顿,头等舱还没体验过,希望以后的工作中能有机会体验到。

都说人们不会渴望他自己生活以外的东西,因为有些东西、有些生活只有看到过、经历过,才会渴望得到它、拥有它。在希尔顿住的这些天,白磊终于享受到了梦寐以求的工作生活,白天在宾馆里办公,有老板椅、行政桌、台灯,累了就在舒服的床上午睡,每天下午或者晚上可以去健身房或者游泳馆,早上在酒店后山公园跑步,回来洗漱完吃丰盛的早餐,遇到的服务人员既有礼貌,素质又高,吃完早饭还能要一杯现磨咖啡,这生活水准简直爽得不能再爽的。为了能对起这早餐、这酒店,白磊只有更加努力地工作、写方案,为了能长期拥有这种高品质的工作生活,白磊唯有奋斗奋斗再奋斗!

在广州的这一个月,白磊尽到了项目经理的责任,完成了项目现场的各种接洽工作,新招聘的几个同事已经到位,可以说是在现场全新拉了一支队伍。按照白磊以往的惯例,为了更好稳固项目组成员关系,自然少不了一次正式的聚餐,一方面欢迎新同事,另一方增加团队集体活动,鼓舞团队士气。最重要的是,白磊想把这最后的饭局作为自己的散伙饭。聚会当天白磊邀请了自己的新任主管和技术团队领导,还特意邀请了广州办事处的同事,一切都进行得非常融洽,大家边吃边喝,非常开心,白磊更是用尽全力拼命敬酒,在卫生间吐了几个来回。最后散场之前,白磊跟新任主管正式提出了离职,虽说新主管很意外,但想必他也能猜得出,白磊应该是早就决心离职了,只是没有像其他人一样浑浑噩噩,而是坚守到了最后一天,临走前还帮助他建立了广州项目组,可谓是情深义重。令白磊稍微有点意外的是,没有任何人单独挽留白磊,更没有人提出涨薪之类的。之前部门里熊洋要去通聊公司的消息一不小心泄露了,根据公司竞业协议,刚离职是不允许去通聊公司的,至少离职手续不能办得那么顺利,因此领导一直卡着不批熊洋的离职手续。鉴于这种情况,白磊这次对谁都没有说自己的去向,对外只说是要回GG集团,离职手续审批得特别快,白磊按原计划在10月1日前顺利地拿到了离职证明。这么做是对的,早入职早拿到高工资不说,通聊公司当年股票大涨,给在10月1日前入职的所有员工各发了一部苹果手机,白磊早了五天入职,而熊洋由于离职证明办得慢,是在国庆假期后入职的,就没有得到手机。

离职前,杭州小风算据科技公司北京部长对白磊有一丝挽留之情,为了感谢部长的看重,白磊本想特意请她一起吃个饭,以表感谢,但由于各种事情没能约到合适时间,走前仅仅是跟部长正式聊了一次。谈话中,白磊也跟部长学到了很多,请教了部长来杭州小风算据科技公司的原因和对以后发展的看法，以及后续的工作规划。部长给白磊提出了一些宝贵的意见。其他的几个饭局，白磊都是简简单单地邀请了几个比较要好的朋友。就这么悄悄地、静静地，白磊又一次离职了。

没想到，通聊公司入职前的背景调查和入职材料审核那么慢，之前白磊估计在入职前一天才能办完所有手续，结果真的和他预想的一样。

拿到杭州小风算据科技公司离职证明第二天，白磊主动参加了GG集团的最后一次周会，私下单独见了一些客户，将自己的离职情况跟客户说了一下，也解释了由于竞业协议的缘由没有提前打招呼的事，这点客户都能理解。最后一个周会开到晚上八点多，想到第二天就要去通聊公司上班，得不到一丝的休息，白磊很心疼自己，但为了以后能够发展得更好，这一切付出都是值得的。

58. 成功步入TAB头部大公司

历经一年多的艰辛奋斗，白磊终于成功杀进数字化行业的TAB公司，这是每一个在数字化行业奋斗打拼的人的最终梦想，就如同每个人都有清华梦和北大梦一样。走进了TAB公司，意味着财力、生活彻底步入了新的阶梯。都说爱情和事业双丰收，有了一定的经济基础，自己才能变得有条件、有底气，在感情方面的竞争力也会自然而然地增加。

白磊永远无法忘记在通聊公司第一天入职时发生的事，先是跑错办公地点，然后发现忘记带离职证明，几经周折后总算刚刚赶上时间办理入职手续，赶得那么紧张，却又都是刚刚好。令人吃惊的是，入职通聊公司竟然需要跑三个不同的办公地点，幸亏白磊有摩托车。令白磊有点小失望的是自己的办公地点不在通聊公司北京总部办公区，是在遥远的北四环，办公桌是直板桌，比杭州小风算据科技公司好点的是至少有了自己的固定工位，但白磊总感觉比不上之前在GD公司的那种固定L形工位。在杭州小风算据科技公司办理入职时是全程自动化线上办理，第二天公司配发的笔记本电脑就到了，第三天工卡就从杭州寄来，这让白磊感到了数字化行业的速度。来到通聊公司，还没报到，工卡、笔记本电脑就已经准备好了，自己只需要去指定区域领取就行。白磊还没到自己工位，就接到行政同事的消息，说笔记本电脑已经被送到工位上了，这个速度、这个感觉，让白磊觉得太爽了。在国企，入职手续、签字流程都很烦琐，尤其是笔记本电脑和工作证，都得入职后一段时间才能下发。来到数字化公司，白磊算是涨了见识，知道了什么叫作高效。

一切终于办好时，白磊彻底松了一口气，主动问主管阙菁菁自己的工作安排，谁知她上来就让白磊提交产品方案，并让他准备好宣讲的PPT，把公司相关制度和所有产品视频看一遍，简直恨不得白磊是带着项目、产品和技术来上班的。没有办法，白磊硬着头皮一点点地看材料。由于阙菁菁和部门其他几个同事办公地都不在北京，全程没有一个熟悉的人，都是线上请教，无意间一丝孤独涌上白磊心头。

直到第二天中午，跟大团队其他部门的人一起吃饭，白磊才找到了一点组织的感觉。后来听蔻财（架构师团队主管）的建议，白磊换了工位，搬进了一个小屋里办公，因为同团队的人都在这里办公。阙菁菁远在南京，看来自己得跟小屋里这帮人好好处，未来的路还得靠自己去打拼。

刚入职一周，就是国庆七天假期，由于白磊之前没有做产品经理的工作经验，对产品经理这份工作心里是很没有底的，担心自己不能胜任，假期七天都在公司加班，一方面拼命地找通聊公司内部学习平台上一些有关产品经理的经验分享和培训，另一方面跟同事要了一些学习资料包，趁着假期恶补了一下。这应该是白磊在北京度过的第二个辛苦的十一假期，上一次在北京过十一假期是因为要在清华大学自习室复习，备战考研，这次是为了疯狂弥补自己做产品经理的短板。其实白磊之所以选择十一假期前入职，就是为了假期里能有个小的缓冲期。

59. 当你没那么看重收入了

此时，白磊发现自己对工资看得不那么重了。以前工资少，几乎都是精打细算，每个月下来剩不了几个钱，到了通聊公司后，虽说工资没有太大涨幅，但每个月确实不用太计算花销了，只要不太出格，每个月总能剩一些钱。以前总听一些厉害的人说，人的收入到了一定数目后，再增加金钱收入时是无感的，不会有那么多的情绪波动，之前白磊完全不相信，以为是说大话，这段时间有几件事突然发生后，他却发现这是真的。入职前白磊跟通聊公司HR谈薪资，其实没有达到自己期望的那么高，主要是没有分到股票，但他没感觉多么不开心。提前给通聊公司打工时，白磊也没有那么在意提前付出，因为白磊清楚，去通聊公司更多的是为了做事、打天下、学习数字化技术，工资只要够用就可以。换句话说，以目前白磊的实力和经验，再多要又能要多少呢？还不如把精力放在事业上，看淡所有外物，关系处好后，有的是机会。

每个人的背景、生活、经历和期望是不一样的。比如，对于一个准备把生活重心放在家庭上的妇女来说，到收入过万的时候，可能就没那么在意钱了。只要有一份稳定的收入，能支持家里日常消费，又有时间照顾好孩子，也许对她来说就可以了。但如果孩子上学后，教育投资逐年递增，这个收入远远不够了，那么这个妇女又会重新开始向着心中理想的那个数字奋斗。这就是为什么好多全职在家带孩子的妈妈，等孩子上幼儿园之后，又会重新拼命地杀入职场。当下，白磊没有买房子的压力，也没有家庭的压力，这个收入他暂时是满足了，可以把全部的精力用在事业奋斗上。

60. 不要过早地暴露自己的所有才能

对于换工作的人来说，都想早早展露自己的所有能力，让领导、同事认可，这样在新公司能很快立足，证明自己的价值。殊不知，过早地展露自己的所有能力，并不是一件好事，因为换工作后大部分靠的还是之前的工作经验和能力，若过早地展露或者用尽所能，会让领导感觉你的能力也就如此而已。人们的期望值总是过高的，领导都希望你能一次一次地给他惊喜。让新公司或者新领导感觉你没有什么价值，那是很危险的。最好的做法就是慢慢地展现才能，同时尽快学习新的东西，这样才能持续地给领导创造惊喜，提升自己的能力和价值，有些人甚至是现学现卖，因为只要不和盘托出，大家永远不知道你的上限在哪里。白磊原本想多帮助通聊公司拿项目或拓展市场，这纯粹是出于好心，但又担心一方面可能会令销售同事不满意，另一方面，若过早地将自己的人脉资源和能力全部展现出来，后期一旦领导有新要求，自己无法满足，效果反而不好。之前在GD公司做杭州项目时，自己就是干得太快了，类似的事情绝不能再发生第二次。白磊认为，要让领导慢慢地认可自己，离不开自己，知道事情的艰难性，摸不清自己的底细，这样才能在公司中生存下去，才有价值。给别人打工，一定要让别人感觉自己有价值，最好是让别人摸不到自己的底细，感到自己有长期价值。

白磊身边的人曾好心劝他"不要用力过猛",其中的真正内涵,只有慢慢经历一些事,才能明白和掌握。总而言之,一定要找到自己在工作岗位中的真正价值所在,必须得有让别人无法取代自己的能力。

61.有一种同事关系叫作网友

白磊入职通聊公司后,最不适应的就是很多事情无法当面沟通,得打电话。以前的工作习惯,是有什么事情当面沟通,很快就解决了,可是数字化公司中大家经常不在一个城市办公,白磊的直属领导跟白磊也不在一个城市办公,其他工作中有交集的同事来自不同的团队,都很难见面。以前听爱购公司的人说跟某个业务部门的同事没见过面,都是网友,白磊还不太理解,现在他也真正体会到了这种感觉。就连白磊的直属领导阙菁菁也是在白磊入职一个月之后才跟白磊见了一面。本以为入职后会很快见到领导,聊聊天,叙叙旧,套套近乎,谁知一个月之后才见第一面。当阙菁菁坐在白磊对面问蔻财白磊在哪儿时,真像网友见面,大家彼此一笑而过,碰头会也是开得匆匆忙忙,只做正常的工作交代,没有机会私聊。晚上阙菁菁又匆匆忙忙赶车离开了。都说距离产生美,但这种同事关系真的很难产生感情。同事感情都是平时一点一滴积累起来的,一起吃个饭、一起团建什么的,只有彼此当面看着对方沟通和讨论问题时,才能产生共鸣和理解,这样不仅效率高,还能聊出更多的问题。目前的情况,白磊只能慢慢适应。都说数字化行业人情淡,不经常见面、不一起吃饭交流应该是主要原因。

在数字化行业工作,有些人电话沟通了一两年,直到离职时都没见过面。在数字化公司中,看似大家都很忙,每天有开不完的线上会和培训,其实都是形式上的忙碌,效率和性价比真的不高。线上培训效果对比线下的培训效果至少要差一半。明明当面几分钟就能说明白的事情,非要线上吵半个多小时。最要命的就是把三个以上的人同时拉上开会,浪费的沟通时间和精力有时候比讨论的事情还多。白磊在数字化行业里工作很多年以后,慢慢地领悟到,最好能跟自己的直属领导在同一个城市办公。如果真的被分在了不同城市,要尽量主动多创造见面沟通的机会。切记一定要多创造机会,因为不在一个城市,很难做到一个月见一面,如此会慢慢疏远,共同语言越来越少。

62.核心竞争力就是自学能力

入职通聊公司后,白磊晚上躺下,总是很久才能入睡,总是反思自己这几年走的路。无论是在GD公司还是出来后的这两年,频繁的波折变动,让白磊走得有点累了,几乎每一年都在拼搏,都在适应新环境,都在从头开始,说好等稳定之后就专心找个对象,可是一年又一年,这计划不断推迟。从GD公司的A分公司到F分公司,到C分公司,再到离开GD公司,跳槽去杭州小风算据科技公司,这三次变动,白磊几乎在每个地方工作都不到两年。这次跳槽到通聊公司,白磊是拼尽了全力。

在杭州小风算据科技公司那段时间,白磊拼命地自学和拼搏,常常熬夜到后半夜,就连培训,都要慢慢地适应远程视频培训中模糊不清的语音内容,只能靠自己悟。以前在国企,有些领导或前辈会主动教白磊一些技术,或者主动发给白磊一些工作资料包和学习材料,但到了数字化公司,主动跟别人要学习资料后,如果对方能在一个小时内发给你,那是真心帮你的人,值得深交;如果能在24小时内发你资料,那是愿意帮助你的人,值得铭记;如果你要了两次才发你,那可能他是真的比较忙,重要的事情太多,值得你说一声谢谢;如果你发了信息都不回你,或者不给你发资料,对这样的人,也不要记恨,因为这很正常,就像匆匆路过一个乞讨的人时不搭理对方一样，很多人只想做好自己，不想管其他闲事。数字化行业里的人的时间早就被榨干了，根本没有多余的水分帮助其他人，所以无人相助时，也没有必要去埋怨和嫉恨，如果能争取到或者赢得他人的帮助，那是你的本事。

在数字化行业的公司中还有一个现象，让白磊很不适应。白磊发现，问问题时，经常被其他同事一个接一个传球，常常一个简单的问题要追问至少四五个人才能知道答案。其实很多人虽然现阶段不负责相关工作了，但还是知道答案的，只不过不愿意说而已，怕给自己增加其他负担；还有一些人一看是新来的同事，直接把几十页的操作文档和流程手册甩过来，感觉自己已经帮忙了，明明五秒钟就能告诉对方答案，非得让新同事自己翻看那写得特别不清晰的流程手册，新同事本就很蒙，看完之后更蒙了。如果真想帮忙，正确做法是告诉新同事问题的答案，再发一个文档，告诉对方这个答案在文档中哪个部分，以及后期哪些操作或者文档第几部分是重要的，需要平时多看看、多查找。

数字化公司内部的流程，那叫一个复杂和漫长，主要原因可能是大家都不想承担责任，一个推给另一个，一个逼另一个做出承诺，直到最着急的那个人跳出来承担一切后果。而那厚厚的操作手册，浪费了大量的人力和时间去编写、校对，其实却没什么用，根本不会有人去看。数字化公司中的一些流程规则和人员总频繁变动，加上手册更新不及时，手册中很多内容对于新同事来说都是无用的，比如找了半天发现负责人离职了，摸索半天发现操作规则变了，这些问题常会发生。白磊犯了几次错误之后，只要是流程上的问题，都会找时间当面跟老同事请教，很多时候也就一分钟的时间就能学会，不但提高了效率，也增进了同事感情，比线上问的效果要好。线上问问题时，很多人都是同时在处理许多事情，精力和时间都不足，而且对问问题的消息，大家天生多少有点反感，算是给自己增加格外的工作量，正常要紧的工作通知和邮件每天都看不完呢。这就是数字化行业的真实写照：不是大家不想帮你，而是真没时间和精力帮你，所以想要学习只能靠自己。

反思后，白磊还发现，自己这几年确实是一年比一年进步，一天比一天成长，每次都是付出全部的努力，无论是在精力上还是在时间上的投入，都可以说是以前的双倍。以前也听爱购公司的大佬聊过，入职第一天晚上给一个材料，第二天就要去做PPT展示，这种快速学习和知识总结的能力，无论去哪工作都是需要的。更重要的是时间和效率，数字化行业就是一个字——快！想到这里，白磊突然发现，应该感谢前几年的辛苦和磨难，让自己现在能顺利过渡，能很好适应新工作。

每一次的付出，都是值得的。唯有肯放弃大家都沉迷的夜夜笙箫的快乐，才能换来现在工作的稳定和自己的进步。当时看着沉迷在爱情里的室友，白磊打心底里知道室友的工作基本上换不了，因为他没有白磊的这份狠心。白磊只能更加清醒地告诫自己，一定要暂时耐得住寂寞，才能守得住繁华，绝不能在自己最适合打拼的时候选择安逸。后来证明，白磊的决定是正确的，室友跟对象热乎了将近两年，最后还是以分手告终，室友也因此错失了跳槽的最好时机，随着年龄越来越大，在原公司资历越来越老，就更舍不得放弃，不敢尝试迈出离开的那一步了。

63. TAB公司不给你学习的机会

入职通聊公司两个多月后,白磊越来越感到数字化行业内的残酷。之前感觉没有扫盲培训、没有专业培训非常不正规,实际上数字化公司就是不给人学习的机会,也不会给人学习的时间,不会培养员工,需要的是员工入职后就能立马开工干活,晚上看下产品,第二天就能出去讲方案、介绍产品,几个月就能出单创造业绩,甚至马上凭借自己之前的积累设计出一个产品。说得简单直接一点,就是入职后就要马上创造价值,马上为公司奉献自己的心血。数字化公司给高薪,就是为了花钱买员工的时间和经验,这样才能高速发展,远超其他竞争对手。

无论是对于产品经理岗位的职责,还是对现在各种产品技术,白磊其实都需要一个学习、缓冲和适应的过程,可公司不给白磊这个时间。白磊只能起早贪黑地挤时间学习,到处请教,但由于平日的工作太繁杂,每天公司正常安排的各种培训和各种会议就基本把时间占满了,要想挤出点时间多学习额外的知识,真的是太难了。白磊不得不一点点减少自己的睡眠时间。

作为产品经理的白磊,一方面需要猜通聊公司的产研到底有什么真正产品,另一方面需要猜客户需要什么,还得自己跑市场,实在是太难了。劳累过度,白磊甚至有点头疼,每天海量的产品看得是云里雾里，问后端研发也只能问个大概，具体细节还是不理解，身边的人也都是自己琢磨、自己编PPT。白磊感到越来越虚，如果自己将来也变成只会讲PPT，没有真本事，没有真产品，做不了实实在在的项目的人，白磊是不乐意的，毕竟做行业还是要混口碑，需要真真正正做一些实事和有意义的重点项目。

数字化公司的各种培训，真的是永远学不完。除了技术培训，还有产品培训、法律道德培训、合规培训和一些综合能力培训等，有些培训是有强制性要求的，并且培训结束要考试。应付这些毫无意义的培训，必须采取一些措施才行。白磊发现，对于一些不太重要的宣讲会或者产品培训，最好不要当时参加，而是过后看回放，这样既可以在白天集中精力处理自己重要的事情，又可以在晚上倍速播放，节省一大半的时间；针对一些不重要的考试，可以等其他同事考完后，参考对方的经验应付一下，这样至少能节省出一半的时间和精力。

多年以后，白磊转行做了销售，想了解和学习新的产品和新的方案时，都是在客户交流的现场跟客户一起学，因为架构师资源比较紧缺，他们每天都忙碌到后半夜，很少有时间单独给白磊讲，而白磊平时忙碌于各种销售本职工作，也很难有时间静下来仔细学习，只能在客户交流中现学。这就是数字化行业的真实节奏。

64. 团建之后才算真正地融入团队

入职通聊公司后，部门团建安排在了差不多三个月后。团建时，分散在全国各地的同事都聚集到北京，找了一个轰趴馆，大家热热闹闹地玩了一天。不过，有些人毕竟是第一次见面，感觉还是有点生疏，彼此还没有太了解，就一起玩桌游，稍微有那么一丝不太融洽。其实大家最希望的，还是能安安静静地坐在一起，好好聊聊天，了解一下彼此的过去和现在的工作情况，这就是为什么团建中流行狼人杀，这种活动总是能聚集到一群人，大家默默培养感情、培养默契，也得到一个记住团队中成员名字的好机会。在团建过程中，大家能慢慢地展示出自己的另一面，彼此寻找到更多的共同语言和兴趣爱好。这次部门团建，由于大部分人是正常出差来北京，晚饭后大家就纷纷离开了，其实玩得还是差了那么一点意思，没有彻底尽兴。效果最好的团建，至少得一起在外面住个一两天，才能有充分的时间进行沟通和娱乐。

至于通聊公司北京分中心的团建活动，是到临近年底才组织的一波扫尾团。平时大家都在出差和跑项目，之前组织的几次团建活动有些人没能赶上，但公司给每人的福利团建费是要在当年花掉的，所以临近年底又组织了一次温泉水疗（SPA）扫尾团，周六出发到北京郊区的一个露天温泉，当天晚上住一夜，第二天中午返回，算是一个休闲老年式扫尾团。这次人比较多，能遇到其他部门的同事。白磊在途中不仅结识了几个其他部门的同事，还认识了一个美女。到了酒店后，白磊跟大家一起泡温泉，露天的温泉数量有十多个，各个池子大小不同，最大的可以容纳20人，小的也就四五个人，正好白磊路上认识了三五个人，大家一起相约泡温泉，还能一起帮美女拍拍照片，聊聊天。这个团建活动算是清闲的了。到了晚上，能把大家聚在一起的，仍然是狼人杀，这样玩能加深彼此的友情。酒店里晚上和早上都有免费瑜伽课，跟白磊同住一屋的同事是其他部门的，刚好和白磊一样喜欢瑜伽，两个人一起彻彻底底地体验了一番，意外发现还是外国老师上课，真是精神和身体双放松。周日上午，几个人又约着一起在酒店后山爬山，正好有个同事带着无人机，一路大片式跟拍。这次团建后，白磊才真正地感觉到组织的一丝温暖，也慢慢认识了一些部门之外的朋友。

白磊由于入职时间不是很长，手中的项目不是很多，这次团建时基本上没什么工作打扰，但白磊这两天发现，很多人在团建中都是换个地方办公而已，有开不完的会、打不完的电话和写不完的方案，数字化行业的快节奏真是让人没有办法。很多年后，有些人吐槽，自己在海边休年假，就是穿着比基尼在海边打了一周的电话，还有些人吐槽自己没有时间休年假，休假时跟没有休假一样，电话不断，工作不断，打车还不能报销，索性就不休年假了。在数字化行业工作的大部分人，可能最大的愿望就是休一个假期，不接电话的那种，但是很少有人能达成这个愿望。

65.对时间的理解越早建立越好

团建期间，跟白磊同住一屋的同事，曾给白磊推荐了一个乔布斯的经典演讲视频。过了一段时间，白磊认真地学习了一番，感觉受益匪浅。乔布斯用自身经历，告诉大家要珍惜时间，要换一种思考方式，假如把每一天都当作生命中最后一天去生活，那么这一天的工作和生活安排，绝对会变得不一样，会优先做那些特别重要的事情，见那些特别重要的人，绝对不会在床上躺着睡懒觉，也不会刷一些看过很多遍的短视频，更不会为一些鸡毛蒜皮的事情，跟别人吵架或者大打出手。白磊想：我们可以经常反问自己，如果今天是生命中的最后一天，会不会完成今天将要做的事情呢？如果连续很多天，答案都是"否"，那就应该清醒地知道自己需要改变一些事情了。

"记住我即将死去"是乔布斯生命中最重要的箴言，它帮乔布斯做出了生命中重要的选择。几乎所有的事情，包括外部的期待，所有的荣耀，所有的尴尬或失败，在死亡面前都会失去意义，留下的只有真正重要的。有时候人们会思考自己将会失去什么东西，但在面临"我将死去"时，其实已经赤身裸体了，只有追随本心，才是最好的选择。

来到通聊公司之后，白磊发现，自己最宝贵的、最稀缺的就是时间。怎么样合理安排时间，成了白磊每天都要考虑的事情，真的是没有一丝空闲时间。好不容易有那么一点点时间，白磊肯定会用来锻炼身体，或者去图书馆提升自我，没有意义的社交、看电视剧、看电影等统统都放弃了，就连杭州小风算据科技公司最漂亮的同事约白磊去欢乐谷玩一天，白磊都狠心拒绝了，毕竟工作的压力大，确实没有一整天时间，且白磊此时也没有那份娱乐的心思。白磊当时由于十分忙碌，真的是连吵架的时间都没有。一天，白磊的摩托车在楼下被停汽车的人挪动了，好像是硬生生拖了一段距离，感觉车闸不太好用了。如果是以前，白磊肯定要在车上贴个条骂一顿，或者让对方赔礼赔钱，但白磊仔细想了想，这么做无非是想出口气，结果肯定弄得两个人心情都不好，耽误时间，还不如自己迅速去修车店看看，大家都省时间，也花不了多少钱。白磊慢慢发现，当一个人把时间看得很重的时候，一些生活琐事就变得毫无意义了。

对于一些公司安排的培训和会议，白磊刚开始每一个都积极参加学习，生怕自己错过什么重要的。可后来白磊发现，有些产品跟自己暂时不相关，培训内容听完，过一段时间就都忘记了，等要再找这个产品看功能时，还得重新看回放或者问人。还有些文化培训毫无意义，暂时用不上。每天应付这些培训，就足足耗费了白磊一半的精力和时间，后来慢慢地，白磊逐渐放弃了一些培训，有些则通过后期倍速回放的方式，大致了解一下，这样既节省了时间，又能合理安排自己的精力。对于时间的把控和分配能力，真的是一步一步被逼出来的。白磊听说有些成功人士几乎每天争分夺秒，还有些人因为自己时间不够用，花钱买别人的时间，来帮自己做事，这其实就是一个公司运转的根本。老板要做的事情太多，只好花钱买大家的时间，来帮忙一起工作。对时间的分配，往往决定着一件事的成败。

66. PPT宣讲的挑战

　　白磊以前在工作中很少做介绍产品的PPT，大部分时候都是做工作汇报，但在通聊公司，作为产品经理，是必须面对客户宣讲产品的。白磊只好跟身边通聊公司的高手们请教，一点一点地练习。这确实是通聊公司平台的独有资源和隐性福利，周围的人都是各类"大牛"，可以随时请教，与他们为伍，自己怎能不牛？

　　有些高手不但技术很牛，而且随便一个PPT看一晚上，第二天就能侃侃而谈。一些顶级高手遇到自己不懂的技术和产品，只要晚上提前研究一下，第二天就能讲，而且讲得那么自信。

　　白磊练习展示PPT的路走得异常艰难，因为要面对自己一个很难改变的缺点——语速太快。白磊这30多年说话一直是快语速，一下子要慢下来，还真是十分不好改。此外，白磊讲东西比较干，缺少那种有感情的抑扬顿挫。这可能跟上学的时候不愿意读语文课文，尤其是有感情地朗读课文有关。直到有一天，遇到一个特别厉害的培训老师，说自己在上学期间，感觉就把所有能朗读的东西都读完了，无论课上还是课下都经常进行朗读，白磊才意识到，这是自己年轻时候欠下的账。还有一个原因，是白磊在宣讲方面信心不足，之前曾彻彻底底地受过挫折。从前跟爱购公司一些人在一起工作，白磊见识到了他们强大的宣讲能力，明明是白磊做的PPT，他们讲得却比白磊还要好。来通聊公司后,白磊一直跟着蔻财出去交流,身边都是顶尖的架构师,白磊越发没有信心。慢慢地白磊意识到,练习PPT宣讲最好的办法就是不停地讲,不仅自己一个人要多练,也需要在人更多的场合中练习,这样才能把自己的胆识、自信和经验练出来,没有别的办法,只能练习,挺过这个过程就可以。白磊只好拼命地练习。

白磊有时候突然间感觉讲PPT就像歌手唱歌一样。明星歌手出去参加歌唱节目,一般唱一两首就走,知名歌手也就那么几首歌到处唱,就跟产品经理到处宣讲PPT一样。歌手需要背歌词、背旋律,产品经理也需要对着PPT聊一些不显示的内容。歌手自己进行创作,编曲编词,产品经理也需要自己创制PPT,完成独有的话术编排。白磊越对比,越感觉真就跟唱歌一样。正常歌手可以很轻松地四处演出,每次还有时间和精力认识同台演出的人,只要音乐一响起,他们就进入了状态,这就跟优秀的产品经理和架构师一样,他们到处参加会议,交谈时都比较轻松,但一讲起PPT,那个自信的状态,马上就变得不一样了。这种感觉白磊一直没有找到。牛一点的歌星,一生总能有几十首佳作,跟优秀的架构师或产品经理可以讲很多方案和很多产品的PPT一样。白磊记得,以前GD公司的某些领导,能够讲一整个领域的专业知识,优秀的架构师和产品经理,也是随便拿过来一个PPT,看一下就可以讲,甚至可以在此基础上添砖加瓦,融会贯通,各种展开讲解。

慢慢地,白磊从改变做PPT的风格,到改变自己的讲话方式。为了控制语速,使讲话增加感染力,矫正自己的发音,白磊还特意花钱找了播音专业的人辅导自己。后期,白磊接触了一个培训机构,真正完成了当众讲话方面的蜕变。做自己不想做的事情叫成熟,做自己不愿意做的事情叫改变,做自己没做过的事情叫突破。

67. 世界安静下来，你才能听到心跳的声音

2020年春节，所有人都放了一个很长很长的假期，随着疫情发展，对于广大人民来说，"足不出户，在家躺着睡大觉，就是为祖国做贡献了"。几乎所有人这个春节都休了一个月的长假。这个假期，给了所有人一个静心反思的机会。白磊深夜思考，觉得之前的路走得确实太快了，那些年失去的睡眠，仿佛在这个假期里都补了回来。这段时间里，白磊还鼓足勇气跟马清雪谈了谈自己心里的想法，看看彼此还有没有机会再向前发展一步，虽说被拒绝了，但至少自己迈出了一步。白磊知道，他不能把精力再放在一些没有结果的事情上了，感情方面的事情越早说清越好，大多数人拒绝自己是正常的，毕竟最后只会有一个人是陪自己到老的。

疫情这段时间，白磊学会了做菜，食堂不开，外卖有限制，只能自己学习做菜。意想不到的是，网上可以说是什么视频都有，三五分钟就能看完一道菜的视频教学。如此，白磊每天都学习一个新菜，渐渐地做菜的感觉上来了，也习惯了吃自己做的饭菜。这段时期，大家纷纷在朋友圈给各自做的美食点赞。

世界安静下来，才能听得到自己心跳的声音。人们只有在经历过生死与突如其来的变故后，才能体会生活的真相。白磊在家里待了差不多一个月，这是工作后在家陪伴父母最久的一次。每天白磊

自己一个人出去散步，走在家乡的环形路上，感觉格外的清冷和孤单，不知道疫情还要持续多久，不知道未来的路在哪里。

如果说灾难无法避免，白磊唯一遗憾的就是没能遇到那个命中注定的她，未能完成自己这一代的传宗接代。如果能顺利度过疫情，白磊下定决心，一定要抓紧时间解决个人问题，尽早有一个完整的家。如果疫情在家期间，能够跟老婆和孩子在一起，那么该是多么的幸福和谐？

这次疫情也让人们深刻认识到了健康的重要性。这些年经济飞速发展，所有人都在拼命地加班加点，数字化公司更是强压式地疯狂加班，因为只有这样才能抢占先机，只有24小时都在拼命，才能追上世界。但长期的加班熬夜，也导致身体情况越来越差，高度紧张的节奏导致人们变得越来越浮躁，越来越充满抱怨。之前在数字化行业内流传着这么一个玩笑：第一年公司体检时，医生建议员工加强锻炼；第二年公司体检时，医生建议员工再复查一下；第三年公司体检时，医生直接问家属在哪儿。虽然是玩笑，可也侧面反映出了一些问题。健康，不仅是指体格足够棒，还包含心理健康、道德健康。只有身心健康，才能不轻易被病毒感染。只有道德健康，社会才能安定。一个人只有同时拥有身心与道德上的健康，才能在所有的风波里安然无恙。在寻常日子里，也许我们会听到许多自称能让人通往光鲜、升级生活的所谓大道理。但度尽劫波，就会发现，健康的身体，才是最颠扑不破的硬实力。

68.都想空手套白狼

一次，白磊在部门群里跟大家讨论"雷智能"技术在GG行业的应用。白磊根据对GG行业的理解和之前探索过的方向，建议如果想做深GG行业领域的项目，至少要投入两个算法研发工程师，并且前期投入不能太计较成本，因为正常来讲，在没有真实急迫的应用场景、对数字化技术和产品没有需求、没有特别强的客户关系时，GG集团是不会让数字化公司的人参与核心项目的。假如双方真的找到了结合点，GG集团允许通聊公司参与项目，那么第一，这个方向肯定是其他公司搞不定的方向，GG集团想利用通聊公司的核心能力来搞，比如说某个算法或者数据之类；第二，是需要通聊公司提前投入，GG集团正常情况下都是第二年补第一年已经完成的项目，有可能还需要做一些特殊定制化的工作，不会先给通聊公司项目。所以说，通聊公司要想参与GG集团的项目，一是要做一些其他单位做不了的事情，二是要做一些其他数字化行业的公司不愿意做的事情，三是必须真正投入，真真实实地做些工作和研究，四是前期不要太计较成本，因为只要支撑上了GG集团总部的项目，参与了某个方向的研究，后面GG集团全国各地的几十家子公司都会跟上给项目，这才是赚钱的机会。谁知，白磊一番真实诚恳的建议，招来了部门所有人的反对。他们都想轻投入，用通聊公司现有的一些产品简单应付一下，或者用一个还在PPT规划阶段的产品把项目忽悠过来，而不是真正投入通聊公司"雷智能"实验室的人（因为根本叫不动），且投入前必须把预计收益或者项目合同谈好。这完全就是想空手套白狼。白磊太了解GG集团了，业务部门讲究的是实际应用，讲究的是效率，讲究的是安全，按照数字化行业的打法根本不行。如果通聊公司能先投入两个人到现场支撑，只要能有助于实际工作，项目都不用特意争抢，自然而然地就会来了。毕竟，现在技术的竞争就是人才的竞争，有了人就有了技术，有了人就有了产品，有了人就有了项目。GG集团之所以技术落后，赶不上数字化行业的公司，最直接的原因就是数字化行业的公司薪资高，吸引的人才比GG集团多。白磊没有想到的是，当所有人都疯狂批评白磊时，曾在杭州小风算据科技公司跟白磊同一个部门，后来一起跳槽到通聊公司的熊洋，也在白磊背后补刀，说这个模式在数字化行业行不通。白磊当时简直要气炸了，因为在杭州小风算据科技公司时，熊洋有一个GG集团的项目，就是由于杭州小风算据科技公司不舍得投资源，结果错失了大好的机会，原本签订的项目没有做好，还把GG集团的领导得罪了，后面其他各子公司本该有的项目机会也都错失了。白磊认为通聊公司肯定比杭州小风算据科技公司有实力，提前投入两三个人还是可以的，眼光如果看得再长远些，做些数字化行业其他公司不愿做或者不敢做的事情，才有赢的机会。争执到后半夜两点多，白磊无奈地说了一下自己的真实想法，这只是自己个人的见解，如果大家不同意，或者感觉不适合通聊公司，就另寻其他方式和项目机会。虽然最后白磊低了头，但给领导和大家留下了不太好的印象，大家都说白磊还不熟悉数字化行业的思维和打法。就是因为这一次的事，阙菁菁对白磊有了不太好的印象。

原本一腔热血的白磊，这一次被打击得够呛，不知道为何现在的人都这么现实，都想空手套白狼，都这么急于求成。在GG行业，哪一个处级干部不是经过五年或者十年的打拼煎熬，一点点成长起来的？要想真正做通GG行业的客户关系，必须在这些人还不是处长的时候就一起工作、一起战斗，慢慢培养感情和友谊。做GG行业或者其他针对企业的客户关系，没有个五到十年的积累肯定不行。在GG行业中，项目往往需要提前干活，第二年再补项目，有的甚至得到第三年才有项目。数字化公司如果抱着猴急的心理，真的无法在GG行业中做深。在通聊公司，白磊在设计产品时，想找个设计师帮忙先设计几个展示界面，都无法调动资源，还被人教导只有有了项目才能调动资源，只有有了项目才有产品，只有有了项目才有话语权。白磊越来越感到，在通聊公司即使设计出特别牛的产品，只要没有项目，没有客户买单，还是没有价值。

白磊以前总想认认真真地做一两个务实的好项目，可是后期发现，自己想做好一个项目的时候，外界影响的因素实在是太多了。首先要考虑公司里的研发团队水平可以不可以（如GD公司的研发人员水平不行），其次要考虑领导支不支持，在不在意（如GD公司的杭州项目，就是由于领导不支持、不重视而匆匆结束），再就是要考虑自己带的团队行不行（如交付项目的能力和整体团队的配合度），最重要的是要考虑客户是否重视，是否会给足够多的项目金额，项目牵头的领导是否会有变动（企业的领导变动十分频繁）。综合上述因素，要想真正做好一个项目真的是太难了。不是白磊太悲观，这是工作中的现实情况，这就是为什么成功的人只有少数，大部分情况下不是大家不努力，而是不可控的因素太多太多了，天时地利人和缺哪一样都不行。

有时候白磊也会思考，所谓的工作、所谓的项目，真的没有必要那么较真。如果有机会转行投资界，投资一家公司，只要是有潜力的公司，就会有人自动替自己拼命工作，那么就可以抽出更多的时间和精力去学习。只要找到那些热衷于技术的领头人，找到那些有潜力的公司（新型创业公司），投资他们，就可以做一个局外人，静心去做自己喜欢做的事情，下一盘很大的棋，自己却不在局中。

69.数字化公司不近人情的KPI

说到数字化公司的KPI，大家都感觉完成起来非常困难，不近人情。最令人寒心和绝望的是在制定KPI时，往往就注定了KPI无法完成，每个主管都是一丝情面也不讲，都会逼着员工黑字白纸地写下令他睡不着觉的KPI。虽然大家心里都知道，所有人的KPI都完不成，但毕竟黑字白纸写下了那些内容，日后评优评奖、年底发奖金时，这就是领导拿来谈判的筹码。如果领导给员工制定了一个可以完成的KPI，那么领导的领导并不会认为大家能力强、工作努力，只会指责KPI定低了。令白磊没有想到的是，在入职通聊公司后，试用期期间，自己就被逼着写下了落实一个项目的KPI，GG行业的项目最快也得花一年时间落实，正常情况下得提前一年申报计划、评审，再加招投标，根本不可能那么快。无奈之下，白磊只能靠自己以前的关系拼命地找项目，即使不能直接签订合同，至少得有个差不多的项目商机。就这样，白磊扛着压力，每晚都睡不着觉，一方面拼命跑项目，另一方面还要设计产品。

白磊渐渐发现，数字化公司中的同事关系，不是那么融洽，大部分人都冰冷冷的。白磊结合之前在国企的经验分析，主要有以下一些原因：第一点，数字化行业的公司内部结构过于庞大，无论是领域还是行业划分都非常精细，大家需要彼此联系的情况不多，而且全国各地的办公地点太多，导致很多人都是网友，几乎没有见面的机会。线上沟通本来就会损失一些重要的信息、花费更多的时间精力，有时候一方说不明白，另一方也听不明白，导致双方心情都不好，既损失了工作效率又伤害了感情、影响了情绪。而且害羞、含蓄的中国人不愿意使用视频通话，更减少了见面机会。为什么说线上沟通不如见面？举个例子，当遇到一个非常棘手的问题，线上有人找你帮忙解决时，你可能因为有事，虽然回复了，但一拖就是一两天。然而，如果可以当面沟通，如果对方是一个身材超好的美女，撒着娇来找你帮忙，谁会忍心不看她一眼？估计大多数人都会尽快放下手头的工作，热情地帮忙的。大家见面次数多了，互动交流多了，经常有机会一起吃饭，哪怕是在公司食堂遇到，或者有机会一起参加公司活动，可能长时间不见就会想念对方，主动询问彼此的最近情况，关系也就渐渐变好了。这就是见面和不见面的区别。

第二点，数字化行业的公司很在意出差成本和人员管控，安排的培训大都是线上的，就连新员工培训大部分时间也是在线上，有的公司仅有两天的线下培训，而且不管饭，导致新员工培训结束后，很少有机会结识同批的新同事。由于中国人性格含蓄，跟陌生人建立关系，至少要三五天的时间，还要在一起吃两三顿饭，最好能一起喝一次酒，才能慢慢熟悉，而数字化行业的公司连新员工培训聚餐都没人组织。根据白磊以往的工作经验，刚刚参加工作第一批认识的朋友，尤其是不同部门的，是最容易深交的，因为大家有共同背景、共同语言，可以互相吐槽、互相帮忙。如果同事内部关系很融洽，比如一起泡过温泉，一起爬过山，一起打过麻将，一起参加过比赛等，那么无论是在工作中还是在生活中，遇到困难大家都会毫无顾虑地、热心地去帮忙，这其实有利于工作进展，有利于公司内部团结和工作效率提升，毕竟，很多时候只要一份材料、一个指导，甚至是一句话，就能解决问题。数字化公司几乎不会采用国企那种集中办公的模式，如此便错过了培养感情和当面沟通提升效率的机会。

第三点，是由于数字化行业的公司人员流动太快。一般在数字化公司工作三五年的就算是老员工，而国企员工一般都是工作十多年或者二十年，这么长时间的交往，留下的感情肯定要深一些。即使离职了，很多人可能还在一个圈子，因为国企有一定专业背景要求，比较封闭，离职后在工作中可能多少还会有交集。数字化行业就不一样了，领域跨度非常大。

第四点，是数字化行业的公司总想压榨员工，逼迫他们定下不可能完成的目标，让每个人都有实实在在的压力，各种日报、总结、周会、月会等，让每个人每天都神经绷紧。数字化公司总想让员工干得更多，触碰得更广，天天培训，其实效率很低，效果也不好，弄得每个人都很累。一个人在很累的时候处理工作，无论是效率还是质量都不会很高。

第五点，就是每个人的KPI都不一样，往往是事不关己高高挂起，能在微信上回复别人消息就已经很不错了。

第六点，是很少有数字化公司派员工到现场驻场。这是数字化公司最不愿意做的事，但如果没有这种深入的投入，没有在客户现场长期服务的经历，是无法快速跟客户培养感情、赢得信任和建立深厚关系的，也无法挖掘出客户的真正需求，了解透项目的本质问题。数字化公司最大的问题就是计算得太精明了，总想按照TO C（针对个人客户）的思维方式，以最小的投入，撬动最大的效益，殊不知TO B（针对企业）项目大部分都是为了解决企业中的实际问题，每一个项目都经过层层评审，项目真正运行时，要承担企业的安全生产责任，所以数字化公司想靠动动嘴皮子就把项目做了，不派人驻场深入一线服务，这种方式是注定做不好TO B项目的。很多跟数字化公司有合作的公司抱怨，数字化公司方案很先进、产品很厉害，但项目完成以后用不起来，仅是一个摆设而已。有些项目在交付过程中，客户根本见不到数字化公司自己真正的员工，大部分公司都让外包的合作伙伴去交付，一旦客户在验收报告上签了字，后期要再找相关项目负责人，那是相当费劲的。对于数字化公司的人来说，每个人都要兼顾很多个项目，很难有精力去做好其中任何一个，都是随便应付一下，这是数字化行业项目交付的真实情况。

70.如果跳槽，新公司中最好有棵大树

正当白磊在山东项目现场疯狂推进工作时，主管阙菁菁突然打来电话说有人投诉他，"告白磊把握不住客户需求"，当时白磊简直蒙了。实在是莫名其妙，客户还没提需求，哪里来的把握不住客户需求？白磊仔细想了想这几天的情况，也就是跟研发的同事开过几次会，跟同部门的同事打过几个电话。他试探性地问阙菁菁，是不是研发同事投诉自己了，因为昨天自己在群里说话有些直接，直白地说产品功能很差，不具备演示条件。果然，白磊工作这么多年都没被客户投诉过，这次是被自己同事投诉了。最让白磊生气的是，研发部门这帮人不好好研究产品、完善功能，却有闲心投诉，真是服了。

白磊想，后期工作还得稍微用点心思和技巧才行。在数字化行业的江湖里，得哄着研发人员。白磊是一个人在通聊公司，没有领导的关照，没有熟人指点，工作真的是很艰难，不但上手慢，很多事情不了解，还受别人欺负。

白磊之前所得到的一切荣誉和待遇，都是凭借自己的辛勤工作换来的，可以说没有走过捷径，没有得到过特殊的关照，感觉特别累、特别艰辛。假如白磊毕业后去母亲所在的医院工作，同事大部分都是看着白磊长大的，院长还是白磊多年的邻居，有这样的感情基础，白磊的职业生涯又会是什么样的呢？

借力，真的很重要！

71.成功安排实习生到通聊公司

白磊在通聊公司工作的时间虽然不长，其间却意外地成功安排了一个客户家的孩子到通聊公司实习。数字化公司的实习生岗位，竞争得异常激烈，因为拿到了数字化行业三大巨头的实习证明，后期毕业找工作是非常有竞争力的。一般参加实习的学生，只要表现得不是很差，部门有招聘名额的话，往往会留下他们。所以，能在某家公司实习，就相当于已经有了一半的入职机会。

当白磊接到委托，帮忙办理实习生的事时，客户家的孩子已经面试完第一轮了，只是迟迟没有接到面试反馈，所以通过各种关系，想找通聊公司的人帮忙问问情况，机缘巧合下找到了白磊。白磊在跟客户家的孩子简单沟通后，了解了一下大致情况，唯一捕捉到的线索就是面试官的英文名，还好这个孩子够仔细，记住了不太起眼的英文名字。白磊立即在内部通讯录中查了一下这位面试官，发现是其他分公司的，可能不太好找人，下下策是自己直接通过内部通信软件联系对方。白磊一方面让对方再等等正常的面试反馈消息，另一方面自己在内部试着找人。过了一周，那孩子还是没有接到面试的反馈消息，白磊这边问了很多人，没有认识面试官的，于是抱着试试运气的想法，直接点对点地联系了面试官本人。白磊先是客气地发信息问候了一下对方，在确认对方面试过客户家的孩子后，白磊直接拨通了电话，询问了一下情况。面试官反馈，感觉对方所学专业和兴趣爱好跟他们部门所做的工作不太符合，暗示面试没有通过。白磊凭借三寸不烂之舌，帮客户家的孩子争取了一番："哥，这个孩子一方面条件确实挺好的，本科和研究生的学校也都很优秀，而且对咱们部门做的方向非常感兴趣，应届生的专业基本跟工作没啥太大关系，实习也方便适应和磨合。另一方面，不瞒您说，这个孩子是我这边一个客户家的孩子，客户非常支持，就想让孩子有个实习机会，不会强求留下入职工作，这点我之前跟客户提前说明了。我也知道现在招聘名额比较紧张，您看能否先让这个孩子做个备选，如果其他已经录用的实习生有不来的，或者您这儿有新增名额的话，优先考虑一下。"

"行，那我这边结合最后的面试情况整体考虑一下。"面试官客气地回复道。

起初白磊以为这么说只是应付而已，因为自己跟这个面试官没有任何的交情，也没有当面带点东西去看他。出乎意料的是，在半个多月后，白磊接到了面试官的电话，客气地让白磊再跟客户家的孩子确认一下这个工作方向是不是她喜欢的，如果没问题他就给通过，继续走后续面试流程。白磊回复了面试官，客气地连连道谢。这位面试官就是这个实习生的直属领导，一般只要这关过了，后面不出太大意外都会顺利通过的。白磊将这个消息通知了朋友和客户家的孩子后，他们都非常高兴。后续的几轮面试，白磊精心地帮那孩子辅导、准备，提前介绍了一些面试经验。这个孩子确实很优秀，白磊让她提前准备一些面试可能会问到的综合问题，她自己竟然用表格列了五百多个常见问题，就冲这认真的态度和细心的准备工作，白磊感觉后面肯定没有问题了。果然功夫不负有心人，在经过了后期几轮漫长而艰辛的面试后，这个孩子终于成功成为通聊公司的实习生。

比较遗憾的是，实习半年后，这个孩子没能成功留在通聊公司。白磊私下问过当初的面试官，一方面是因为确实没有名额，几个实习生都没能留下，另一方面是感觉这个孩子的性格和方向与面试官的部门还是不太匹配。白磊后期也总结，一方面可能是因为这个孩子的工作能力一般，跟目前岗位的匹配度确实不是很高，另一方面也是因为自己做得不够。按道理来说，白磊应该亲自过去一趟，当面感谢一下面试官，或者邮寄一些东西略表心意，也许会有不一样的结果。

72.对于产品经理来说,老板就是你的第一客户

有一回,阙菁菁作为产品经理团队的主管,亲自设计了一个适用于GG行业的产品,白磊和GG行业内部的人都能看出来,这个产品根本就不实用,很多强相关的业务方面的内容,她都没有考虑清楚,即使她这个产品做出来,也不会有市场。但是阙菁菁却把副总裁说通了,画了一个大饼,得到了大领导的认可、重视和支持,如此就可以先不计成本地投入研发。一旦产品做出来,在GG行业卖不出去,可以把责任推到销售身上,对于阙菁菁来说没有任何损失。白磊之前在设计产品时,想找一个美工帮忙设计一个系统页面和原型,却找不到人支持,除了没有确切的项目,拉不到提前投入的资源,也是因为没有把阙菁菁说服,没有让她重视起来。数字化行业的生存之道,白磊还需要慢慢地学,慢慢地适应。

后期工作中,白磊开始注意跟阙菁菁的沟通技巧,改变一些工作方式。唯一不好的就是阙菁菁不在北京办公,很难经常见面,两个人的关系停留在工作中的初步沟通回复上。在工作之中,还是需要经常跟自己的直属领导面对面沟通的,情感这一因素是有很大影响的,电话里再怎么聊,有时候也不如见面时的一个微笑。但基于现状,白磊只能跟架构师团队负责人和北京现场各个部门的同事尽量处好关系,一方面赢得口碑,另一方面有利于开展工作。白磊一

边探索，一边熟悉着TAB公司中的生存之道。

一年后，阙菁菁设计的这个产品真的做出来上市了，只不过这时白磊已经不在通聊公司了。如白磊所料，这个产品几乎没有任何推广的机会。不久，阙菁菁又因为领导调整的原因，离开了现有的部门，这个产品就更没人维护和推广了，这部分的成本可以确切地说是白白地浪费了。这种情况在数字化公司很常见，花一两年讲一个故事，有了一段新的工作经历，就到其他公司继续讲故事。数字化公司在榨干大部分员工精力的同时，也被一些聪明的从业者薅着羊毛，这无疑是一种资源的浪费。为什么不能彼此都实实在在地做点事呢？

73. 人人未必是产品经理

通聊公司以注重产品经理著称，但仅是在TO C领域这样，而在TO B领域，甲方才是真正的产品经理。白磊在通聊公司深入地了解了TO C产品经理的一些技能和经验，但是他发现，根据自己在TO B公司多年的工作经验，这一套在TO B领域很难实施，这也是为什么很多产品经理从TO C转到TO B后不太适应。只要有最终买单的甲方，就得考虑成本、考虑利润、考虑时间和实际情况，不会像TO C那样以产品为导向，可以先不考虑成本、不考虑客户，只遵循产品经理内心的追求，慢慢地做出没有束缚、没有棱角、干干净净的产品。当下市场上的QQ、微信和高德地图等产品都是上面这种产品，在最初设计之时没有想过太多的商业价值。

这些年来，个人端饱和了，大多数数字化公司在转型做TO B领域的项目。遇到经济危机，企业裁员最先裁的就是产品经理，因为在TO B行业，客户就当得了半个产品经理，项目经理则可以当另外半个产品经理。TO B领域的项目经理是要八面玲珑的，既是产品经理，又是项目经理，还是销售，是绝对的复合型人才，他们在现场的时间最长，最了解客户，而TO B领域的产品经理大多数有比较专一的领域，有些人做综合能源，有些人搞焊缝图像识别，有些人搞无人机巡检，他们仅仅掌握单一领域的产品方向，对其他领域则不精通。在TO B行业，很难出现可以大范围复制推广的爆款产品，这就会导致投入的成本达不到产品经理和研发的预期。试想一下，一个经营管理得很细的公司，会允许不计后果投入成本吗？很多企业的产品经理是在家闭门造车，不懂TO B行业的基本情况，产品做完了卖不出去，有些产品因为没有项目支撑，只能先做PPT编原型。在数字化行业流传着一句话，"有项目就有产品，我们要在项目中孵化产品"。满满的利益导向，这哪是产品思维，哪是产品逻辑？

白磊在通聊公司这段时间，一直在寻找和学习做好TO B领域产品经理的方法。通过对通聊公司为什么能做好TO C领域产品的探索，白磊慢慢地有了一些心得。他发现，产品经理最高的境界是要通晓人性。用户是人，要了解人的习性，知道需求是从人性中产生。产品经理是站在上帝身边的人，可以像上帝一样去创造东西。人是环境的反应器，而需求是人们的贪嗔痴，产品的终极目标是满足人性需求，而不是在产品中掺和自己的道德感。比如，人是懒惰的，懒惰导致发明，懒惰是创新的动力；人是没有耐心的，用户没有耐心看说明书，如果不能让用户一分钟爱上自家产品，那就是失败的；人是不爱学习、不想动脑筋、不愿意思考的；数字化产品的用户是群体，不是个体，不要用对待个体的方式来对待群体；时尚是一种驱动力，人是跟风的，不要太"工具化"。个性化就是以己推人，人类无法理解他人，只能理解自己，需要通过自己的心理，来了解人类最普遍的心理活动。

白磊作为产品经理，最大的收获是找到了TO C和TO B产品经理的区别。这是白磊在通聊公司跟"雷智能"实验室的优秀产品经理请教时领悟到的。TO C领域的产品经理属于父系，自己有什么就给别人什么，就好像父亲在给孩子买生日礼物时，总是自己想给孩子送什么就送什么，不会提前征求孩子的意见，TO C领域产品经理不会太考虑用户需求，只要用户体验好就可以；而TO B领域的产品经理属于母系，以服务为中心，要时刻听从投资者的想法，就好像大多数母亲给孩子买生日礼物，总会先问孩子想要什么，然后按照孩子的要求去买，也就是以客户的意见为主，因为最终是要客户付钱的。

解决不了先有鸡再有蛋还是先有蛋再有鸡的问题，可能也是数字化公司至今都没能做出一款特别牛的TO B领域产品的原因。当技术、艺术和资本这三方面不能很好平衡时，产品经理也很为难。

74.认清自己的价值所在

由于通聊公司在GG集团集中采购的项目中出局了，通聊公司的GG行业项目不多，白磊简单地做了一个项目后，就被安排到其他行业的项目组了。因为没有产品、没有方案，白磊只能根据现场情况，带着合作伙伴的人现编一些产品和解决方案，当客户再三询问白磊所介绍的产品是不是通聊公司真正的产品时，白磊只能昧着良心肯定地说"是"，并且把早已编好的产品发展历程和内部应用案例讲给客户听。到了其他行业的项目中，白磊才清晰认识到自己在GG行业的价值，面对从未接触过的行业和客户，无论什么工作开展起来都很费劲，就连想要一个项目申报材料的模板都要不到，连续几个通宵的修改后，才能勉勉强强地提交上去。通过这段时间不断修改方案、介绍产品和做针对客户具体应用的验证性测试（POC测试），白磊感觉，如果自己一直做技术，面对的只能是写不完的方案、做不完的PPT和编不完的故事，这种生活真的是自己想要的吗？

一次周会上，传来一个好消息：北京有个GG集团的项目，可惜需要每天驻场给客户服务，有点像之前白磊在GG集团总部的借调工作，内部开会讨论，只有白磊的条件最合适。白磊其实有点失望，因为一来借调的工作很辛苦，二来这样就无法按照产品经理的工作节奏工作，不会有太多的时间学习新技术，自己跟以前一样，成了一个纯粹的技术服务人员。但想来想去，一是目前自己无法改变这个局面，二是拿着数字化行业的高工资干类似以前在GD公司干的活，性价比还可以。就这样，白磊很快就到客户现场进行面试了，客户项目负责人秦昌黎跟白磊聊完后，感觉非常满意，他们就是需要这种既懂GG行业又懂数字化行业的技术人员，于是催通聊公司的销售尽快走项目流程，一签完合同就让白磊驻场服务。

想在一个新的公司长久地干下去，第一件事是想法儿活着。如何让自己活得更长久，才是最重要的事情，至于工作是不是想做，是不是喜欢，那都不重要，这跟在国企时是一样的，很多时候调动部门或安排工作，是个人无法选择的。只不过到了这个年龄，白磊有点不甘心和恐惧，如果是刚毕业参加工作，自然可以随意沉淀，干几年辛苦的差事，到这个年龄还这样，就稍微有点尴尬了。白磊想来想去，还是接受了这次的工作，既然无法改变，不如欣然接受，自己的数字化行业之路注定还要经历很多磨难，前途未知，人生不定。

这段日子，白磊一直在思考怎么开展北京的驻场服务工作，也在设想在现场干完一年后该何去何从。按照GG行业客户的习惯，借调工作至少得两三年，第一年也就刚熟悉环境，万一这一年的借调工作中，自己不能给通聊公司带来新的项目商机和合作点，公司还会让自己继续在客户现场服务吗？这个工作最不好的地方就是会脱离现在的团队，跟大家走得越来越远。正在白磊犹豫不定时，缑单于突然打来电话，简单问了问白磊在通聊公司的工作情况，就直接问白磊想不想去爱购公司，说那边正在招聘销售，如果白磊过去，冷鹏（爱购公司GG行业总经理）会照顾白磊。白磊知道缑单于自从从杭州小风算据科技公司离职后，带着三个原来部门的核心骨干去了一家创业公司，一直跟冷鹏合作，帮助冷鹏在GG集团做项目。这次爱购公司能入围GG集团的集采招标项目，主要就是因

· 231 ·

为缑单于和他所在的创业公司老板的关系。之前白磊也曾有点伤心于缑单于没有带自己走，但后来想明白了，主要还是自己实力不够。白磊能靠自己的能力跳槽到通聊公司，大家对他也是另眼相看的。白磊是能分清时势的，现在的情况，去爱购公司做GG集团的项目，肯定是最顺风顺水、最省力的，也就是所谓的能借力，有冷鹏照顾，缑单于配合，无疑是最好的。唯一让白磊有点舍不得的是，他在通聊公司刚刚转正，刚刚适应了节奏，还没能得到机会去通聊公司的总部看看。电话中白磊也表露出了不舍之情，想干满一年再过去，但听缑单于的意思，如果去得晚，一是不一定有名额，二是不一定有好的地盘，这确实是白磊所担心的。俗话说当断不断，反受其乱，白磊没再有任何犹豫，直接在电话里就答应了缑单于。缑单于问白磊有什么要求，白磊简简单单地说了一句"给个V9的级别就行"（V9级别是爱购公司给员工分配股票的最低职级，白磊因为在通聊公司没有股票，所以对股票情有独钟，以白磊的背景和工作年限，应该是可以拿到V9级别的），并在挂掉电话后立即修改了一份简历发给了缑单于。

　　超过30岁后，拼的不再是自己的技能和学习能力，应该尽量做一些自己最擅长的工作，有一个靠得住的领导和一群志同道合的朋友。三四十岁换工作，内部没有大领导罩着绝对不行，全然陌生地去一个新公司打拼，除非能力特别强，人人都有求于你，否则注定不会有太好的发展，内部晋升、同事关系、客户划分等地方处处是江湖。去爱购公司做销售，白磊还有一个担心的问题。工作初期，白磊其实考虑过在四十岁左右，如果技术上不能有太好的发展，就转行去做销售。趁着年轻，他还想多学些技术，多学一年是一年。由于白磊现在还是单身，有着充沛的精力和充足的时间，所以他一直在坚持学习技术，但白磊知道，必须时刻准备好转型，一切是要靠机遇和缘分的。从技术到销售的转行，白磊一直犹豫不定，把握不好最佳的时机，如果这次真的能去爱购公司做销售，那么这也许就是命中注定的转行时机了。尽管如此，如果彻底转岗销售，白磊心里仍是很没有底的。

　　白磊很清楚自己的情况，一方面自己没有扎实的技术功底，在GD公司时，自己尝试过一个多月的编程，想转行研发，但到后期确实感觉自己基础知识不够，需要补的知识太多了；另一方面自己性格比较活泼，研发工作需要长期静坐写代码，自己的性格坐不住，且很少存在不加班的程序员，白磊也不想自己每天都在加班敲代码。白磊的优势就在于沟通协调和与人打交道，很多同事都感觉白磊适合做销售，其实打心底里白磊也想做销售，希望能把控全局，谋划项目。尤其是到了数字化公司后，他更加清晰地认识到，光有好的产品根本没有用，最重要的还是有强硬的客户关系，能把产品卖出去，有项目才是第一位的，当今大环境是每家公司都缺项目。很多人告诉白磊，从技术转行销售的转型什么时候都可以，而且是越往后越有优势的，一旦做了销售，再转行做技术就非常难了。白磊当时仅懂了一部分这句话的含义，直到后期做了销售，才知道为什么很少有销售转行做技术，核心问题不是胜任不了，而是相比之下还是做销售的性价比更高些。

75.面试完爱购公司，真的不想再面试了

白磊在GD公司那几年，自己亲自面试过的人有几百个，他曾经享受过面试别人的感觉，但出来混总有一天要还的。自从离开GD公司后，白磊去杭州小风算据科技公司被面试了六轮，去通聊公司被面试了七轮，去爱购公司又被面试了五轮。

爱购公司第一轮的面试官是销售主管冷鹏，因为冷鹏肯定是要让白磊到他团队的，所以这轮面试基本上就是聊聊工作安排，他也帮忙分析了后面几轮面试的注意事项。由于是从产品经理向销售转行，白磊曾担心冷鹏的老板会问自己销售经验和业绩的问题，但冷鹏一直给白磊打气，让他正常聊就行。最后他又问了白磊一个问题："在通聊公司工作感觉不好吗？为啥决定来爱购公司？""感觉在通聊公司最多干一两年就饱和了，如果在爱购公司跟着您干，能多干几年，这几年工作变动太频繁了，实在是不想折腾了。"白磊实实在在地说出了心里话。

第二轮面试是冷鹏的老板、爱购公司的副总裁当面试官。可能是因为当天白磊说了太多业务方面的内容，副总裁认为白磊没有专业销售人员的工作经验和背数字指标的能力，担心白磊不能很好地适应专业的销售工作。但他对白磊的整体印象很好，对白磊的工作背景还是认可的，所以建议冷鹏让白磊去架构师团队，由呼延容

（爱购公司架构师团队负责人）面试一下。白磊之前跟呼延容接触过几次，但不是很熟，没想到面试时，呼延容特别仗义，直接让白磊自己写面试评价。这可能是因为冷鹏跟他打过招呼，白磊看得出来，他跟冷鹏的关系非常好。呼延容说，无论白磊在哪个部门，向谁汇报，都可以，重点是能过来一起做事。第四轮面试，白磊跟HR直接聊到嗨，因为HR比约定的面试时间晚了差不多半个小时才到，首先在气场上，白磊就占了一个优势（后续白磊总结，凡是面试官迟到的面试，都是好通过的面试），白磊很好地抓住了面试的节奏，充分的准备也让HR对白磊有了较好的印象。之前呼延容建议白磊提前画一张以后工作的战略方案规划图，这个是爱购公司和HR都比较喜欢的，这张图确实展示了白磊的专业背景和用心态度。此外，白磊在通聊公司刚刚学会的产品设计理念和思路，以及一些内部的小故事，也让HR听得津津有味，非常满意。后期白磊总结，会讲故事，是一个很有用的本事，而讲一些别人没听过的内容，更是一个优势。正常情况下见HR就是最后一轮面试，但不知道为何，又临时加了一轮技术大佬的电话面试，白磊稍微有一丝的不安。面试中虽然没有问具体的技术细节，只聊了聊业务和工作经历，但是问了白磊到爱购公司后能起的作用和带来的价值，基本跟通聊公司副总裁面试时候问的问题差不多，最后还问了一个稍微带点挑战性的问题："在杭州小风算据科技公司参与的GG集团试点项目中，最难的地方是什么？你起了什么作用？"这个问题多少带有一点较真和问清价值点的意思，白磊想了想，实事求是地做了回答，毕竟这个项目是白磊真实做过的。第五轮面试，白磊整体感觉还可以，应该问题不大，但迟迟没有接到面试反馈。终于有一天，白磊没有忍住，主动给冷鹏发信息问面试情况，结果冷鹏简简单单地回了三个字加一个苦笑的表情，"被毙了"。这下白磊彻底证实了心中的不安，又一次绝望了。这种情形下的面试都没有过，那么以后就真的没有机会去爱购公司了。最后一轮的那个技术大佬面试官，为什么有这么大的决策权？白磊想不明白。看来冷鹏是一早就知道了消息，只是没告诉自己而已。"你先等等吧，我再想办法争取一下。"冷鹏回了一条简短的信息。

人生就是这样的喜怒无常，没有什么事情是绝对的，记得之前有句名言："既要像要在这个公司工作一辈子一样地努力工作，也要做好明天就离职的准备"，这段时间混乱的状态，真的让白磊感觉好累，明明看到了希望，又破灭了，自己的计划又一次被打乱。命运无常，数字化行业之路注定是一条不平凡之路。为了不让大家看出来自己要走，白磊一直在通聊公司努力地跟大家配合工作，时刻放低自己的姿态，欣然接受安排的一切工作。

原本白磊已经不对爱购公司抱有任何希望了，没想到两周后白磊收到了爱购公司HR的电话，说被正式录用了，让白磊提供一些更详细的信息，然后约个时间谈薪酬。

白磊看了看自己在通聊公司的工资流水情况，又请教了在爱购公司工作的高中同桌袁艺澄和几个朋友，大致打听了一下爱购公司现在V9级别的薪资待遇，发现每个人由于背景和岗位不同，薪水还是有些差别。基于上次入职通聊公司谈薪资的失败经验，白磊思索了很久，决定在薪资方面就跟HR谈一句话，"按照爱购公司的正常V9待遇就行，我相信应该能有一个让我满意的涨幅"。结果白磊赌对了，HR给出的薪资比白磊实际想要的数字还高一些，也许这就是以退为进。

一切谈好之后，白磊悄悄地在通聊公司提了离职……

76.临走前的饭局

为了不触犯竞业协议,白磊对通聊公司的领导和同事说的离职原因是回GD公司,解释说之前的老领导升职了,想让白磊回去帮忙,但有些同事猜出来白磊是在说谎,甚至有人直接猜出来白磊是要去爱购公司。在最后的饭局上,白磊也私下告诉了几个同事自己的去处。临走前,白磊请了几桌处得比较好的同事,还有一些曾经帮助过白磊的同事,他真心地想感谢大家,当然也是为了以后万一有事相求,可以互相帮忙。在跟一个项目经理喝酒时,白磊意外地得知,对方也在偷偷地面试爱购公司,最后两个人还真成了爱购公司的同事。

白磊在临走的饭局中,单独请了一个曾经帮过自己的产品经理吃了顿饭。白磊刚到通聊公司时,不太懂产品经理岗位的一些事情,曾经跟很多老同事请教,大家都推荐白磊去找从博查公司和华广公司跳槽过来的同事,说他们经验很丰富。当白磊去虚心请教时,只有从博查公司跳槽过来的一个姐姐热心地跟白磊约了时间,分享了一下自己的经验;而从华广公司跳槽过来的同事连面都没见,就推托自己也没什么经验,委婉地拒绝了。白磊做人其实很本分,会永远记住别人对自己的好,所以单独请了这个产品经理姐姐吃饭。吃饭闲聊时,他意外发现这个姐姐真的不简单,有理财的爱好，经常会花钱出去上一些理财方面的培训课，每年至少能有20%的收益，吃饭之时她还跟白磊推荐了一些股票和基金，这让白磊非常后悔没有早点请这个姐姐吃饭。这件事让白磊渐渐懂得，在TAB公司工作，身边的同事真的都是牛人，每个人无论是技术还是其他方面都有过人之处。多年以后，白磊仍然经常攒局和这些老同事一起聚聚，保持联系。

白磊离职手续办得非常快，周一提离职，周五就办完了。HR建议白磊休完年假再离职，但白磊回绝了好意，宁可不要带薪休假，也希望早点办完离职手续，因为他跟爱购公司那边谈的入职时间是下周一，中间简直是无缝对接，休个周末就直接入职爱购公司了。后期白磊也有点后悔中间没能留出一些时间休假，因为到了爱购公司后，真的是忙到起飞，没有休假的机会。

77.试用期的挑战

入职爱购公司后,当白磊接到新员工试用期考核目标要求时,彻底傻眼了:不但有各种各样的技术学习考试、内部流程学习考试、企业文化学习考试,还有一个半年内完成300万合同签约的考核。最后一关是副总裁参加的转正答辩PPT讲解,真的是压力巨大。白磊听说,以前有很多人答辩了三次才过,还有些人因为业绩指标没完成或者答辩不理想,直接被辞退了。有些同批入职的同事了解到这个规则后,开玩笑地说入职爱购公司做销售,得自带"干粮",因为如果不提前准备,任何人都不可能在半年内完成300万项目的签约,正规项目从招投标开始到签署合同,需要几个月时间,很多项目的储备工作需要提前一年进行。好在白磊是冷鹏亲自招聘的,试用期的业绩早就给白磊留好了,恰巧就是白磊当年在杭州小风算据科技公司代表爱购公司跟GD公司合作的项目。由于爱购公司这边接手的销售一方面没有客户关系,另一方面也不积极到现场推进流程,导致这个项目迟迟没有签约,冷鹏特意让白磊接手这个项目,留作试用期转正项目。这个项目的确也只有白磊接手,才能真正地往前推动流程。白磊毕竟在GD公司工作了七年多,对流程和人员都非常熟悉,流程进度甚至可以直接定位到跑流程签字的小助理。之前GD公司根本就没有启动招标流程,GD公司的项目对接人看到是白磊过来对接，才开始正式走流程。不到四个月的时间，白磊轻松顺利地完成了这个项目的签约。这也算是白磊给自己提前一年做的一个铺垫，自己种的树终于开花结果了。

爱购公司的培训真的是多得要命，每项培训后都要考试，并且拉榜排名，所以白磊不敢糊弄，只能一边工作一边抽时间参加培训和考试，几乎每天都是一两点才睡觉。爱购公司还有一个要求，每天发日报，每周发周报，每周周六必定会开一天的周会，有时候周会安排的工作得周日加班干。每天发日报的时间也非常"卷"，不到后半夜都不好意思发。凌晨一两点发已经够晚的了，还有后半夜三四点发的。每周的周报要求必须写深度思考，有些人竟然会写好几千字，估计写都得写半天。有一次白磊因为晚上陪客户喝酒喝多了，第二天早上一睁眼快十点了，直接被罚款200元。部门要求第二天9点之前不发日报就罚款200元，留作团建费，所以白磊晚上与客户应酬都得保持清醒，即便一天安排了两场活动，结束后还是要发日报的。

随着工作一点一点地开展，给白磊分配的客户也越来越多，白磊的时间分配差不多饱和了。此时，赖明（白磊的主管领导）却又给白磊分配了一个新的重要大客户。白磊因为白天时间都已经安排满了，再加上要参加各种新员工的培训课程和考试，只能每天18点以后去新客户那里工作，熟悉客户和项目，导致很多人嘲笑白磊是上夜班，每天下班到家都得十一二点，洗发水用光了都没有时间去超市买，只能打电话叫室友帮忙买。这就是爱购公司的工作节奏。

试用期期间还有一件头疼的事情，就是要学习各种系统流程，最要命的是很多流程经常变，不仅系统内容经常变，就连对接的负责人也经常变。有时候白磊辛辛苦苦看了半天流程操作手册，刚想发信息联系对接人，却发现内部通讯录显示此人离职了；有时候好不容易找到对接人请教流程，却被到处踢皮球，明明很简单的问题，非要问三四个人才能解决，很多人回信息都得半天，一天后才有动静，打电话百分之九十都拒接，大部分人不是在开会就是在沟通开会，想临时把三个以上的人拉上会，实在是太难了。后来，白磊以前的同事入职爱购公司，白磊想把三个同在爱购公司的老同事一起约上吃个饭，改了好几次时间都约不起来。最终，大家是约在公司会议室一起吃的盒饭。

78.爱购公司的魔法培训

爱购公司有一个独特的企业文化，就是所有入职的新员工都需要在一个荒岛上参加七天的脱产魔法培训。HR一般会把这次培训安排在新员工入职三个月以后，因为这样才能在培训前对公司的企业文化和工作氛围有初步的了解。只有经历了魔法培训，才算是真正融入了爱购公司。

爱购公司非常注重企业文化建设，希望每一个员工都能向上看齐，只有真正了解了企业创始人最初的创业初心和艰辛的奋斗历程，才能真正对公司有认同和理解。白磊也是在深入学习了爱购公司的发展历史和观看了一些真正的内部视频后，才得知当初爱购公司一路走来，真的是九死一生，不仅是靠爱购公司高层的先辈们一点一点打下的江山，也是依靠所有爱购公司的员工一起拼命冲刺，才能快速发展。企业文化是将所有人都凝聚在一起的最佳黏合剂，只要大家目标一致，力往一处使，就没有过不去的坎儿。

七天七夜的魔法培训结束了。白磊在收获了一群有情有义的新同事，结识了几位高年级的学长和资深讲师外，最重要的就是对爱购公司的文化、价值观和公司战略有了更深刻、更清晰的认识。爱购公司之所以能成为一家大公司、成为一家独一无二的公司，正是基于爱购公司的文化和价值观，是价值观让一个人成为自己，而不是别人，让人在最关键的时刻永远做出正确的决定。

　　魔法培训中，白磊印象最深的是"黑魔法课"和晚上的"星空与海说"。有同事说"黑魔法课"就是比惨大会，每个人所描绘的入职爱购公司后的心情曲线都是曲折跌宕的。聆听大部分同事的故事后，白磊的第一个疑问就是：为什么爱购公司的每个岗位都那么辛苦？任何一个岗位都能把人折磨疯，都能让人忙到起飞，忙到爆炸，这究竟是为什么呢？最终大家只能用一句"黑魔法课"的咒语来回答："不难，要你干什么。"加入爱购公司，原本每位同事都带着美好的期待，但由于爱购公司的使命很远大，永远在做别人没有做过的东西，在爱购公司工作的挑战和压力也非常大。魔法培训基地的校长以前每次跟新人交流，都会说一句土话，"加入爱购公司，不承诺你荣华富贵，但承诺你一定很委屈、冤枉、倒霉、崩溃"。在同事的分享中，白磊真正见识到了数字化行业圈里流传的那句"慢，就是死，每天唯一不变的是变化"。有的同事还没入职，直属领导就变动了；有的同事刚入职四个月，已经换了三位主管；还有同事入职后直接被调动了岗位，唯有一声感叹，这就是爱购公司的速度！每个人都要学会适应变化，有风有雨是常态，风雨无阻是心态，风雨兼程是状态。也有很多同事在分享中，抱怨爱购公司各种要求比较多，事多、流程多、考核多，却不承想也中了"黑魔法课"的另一个咒语，"既要，又要，还要"，既要创新突破，又要快速发展，还要好的过程。理想主义、现实主义、乐观主义，结合起来才是爱购公司。有些同事对主管的不合理要求特别气愤，刚入职第一天就让他们写重要的项目方案，自己还不明白项目里的专业术语呢；有些同事还没熟悉完公司的产品，就背负了业绩指标，被分配去一线进行地推；还有些同事明明已经超负荷工作了，还被要求做各种事。大家没想到的是，各家主管都一样，早有"黑魔法课"的咒语在先，"对的要求，叫作锻炼；不对的要求，叫作磨炼"，假如上级的要求很难达到，就当成锻炼或者磨炼，反正今天不过这个关，明天还得过，要在这个过程中，不断锻炼、磨炼自己承受压力的能力，没有什么压力是扛不过去的。就像生活虽然有时候会让人受伤，但到后来，那些受伤的地方一定会变成一个人最强壮的地方。

工作中，白磊感觉自己还是很乐观的，分享时也会用"幸福的烦恼""有多少恨、多讨厌，就有多少爱，多少收获"来自嘲和鼓励自己、鼓励大家，但晚上坐在海边，进行"星空与海说"，听到一位同事分享自己的亲身经历时，那种豁达的乐观精神和拿得起放得下的坚强心态，真的是触动了包括白磊在内的每一个人。面对生活的意外和不如意，即使没做好准备，这个同事几天之内就能快速调整过来，重新开始面对一切，生命这么短暂，时间如此飞速，竞争如此激烈，人们确实需要一种快速"拿得起，放得下"的能力和精神。工作的辛苦和劳累，每一次面对强压的坚持，是所有爱购公司的同事必须经历的，这就是现实，这就是常态，这就是选择。爱购公司是要寻找同频的人，是要"找最合适的人，不是找最好的人"，能来到这个魔法培训基地的人，都是脱颖而出的"魔法师"。分享到最后，所有人才豁然发现，原来自己经历的种种不幸、自己经历的所有痛苦、自己承受的所有委屈，每一位爱购公司的人都曾经历过，都正在经历着，"黑魔法课"的100句咒语，诉说了所有人的故事。

爱购公司的创始人在魔法培训基地，留下了一句自己成功的制胜咒语："做好自己，做足自己，信任别人，信任周围的伙伴，跟团队在一起，不带私心。"当所有参加培训的同事学会这句咒语后，一起再次扬帆起航，目标更加清晰、信念更加坚定、动力更加充沛。此时的白磊希望在爱购公司成就更完美的自己，希望爱购公司可以改变自己的人生，希望自己的努力能改变爱购公司的前进路径，让爱购公司变得更加美好。

79.不是在开会就是在去开会的路上

疫情防控期间，虽然在线会议改变了很多人的交流方式，提高了工作效率，但也成功地把人们困在了会议中。在爱购公司，一天不开五六个会都感觉工作不饱满，白磊每天不是在开会就是在去开会的路上，而且是线上会加线下会双管齐下，有时候白天开一天会，晚上还要参加各种培训或者应酬客户，连整理会议纪要和思考的时间都没有。白磊也仔细看过其他同事的日程安排，一个比一个忙，有些人几乎全天在开会。客户那边也是，级别越大的领导会议越多，好像不开会、不汇报，某些工作就不能做，不弄个战前会议动员，很多工作就不能开展似的。有些项目不开会，不汇报个三五次就通不过，从来没有不开会就能定的项目。即使关系很深的销售，明明暗地里项目已经定了，还要组织各种会议，走个过场。

白磊被各种开不完的会压得有点喘不过气来了，虽然会很多，但感觉效率并不是很高。数字化公司都喜欢搞高层拜访，说白了就是双方公司领导见面问好，会上讨论的内容都是你好我好大家好，乙方溜须拍马，说要向甲方学习，希望有机会可以为甲方服务，而甲方则逢场作戏，表扬乙方公司产品好、服务好，希望双方一起创新进步。等到双方各个代表提问和回答完某些表面的技术问题后，双方领导再客气地总结一两句，就结束了。一般常规的高层交流至少有10人参加，占用2—3个小时时间，什么本质问题和项目都不讨论，一方面是在人多的场合，很多人不敢下结论，另一方面某些项目的事情也忌讳现场做结论，这就导致写会议纪要的人（往往就是组会的那个小角色）最辛苦。白磊搞了几次这种交流会后，每次写会议纪要都得写到后半夜，即使在会上见到了某些领导，该不熟悉还是不熟悉，该不给项目还是不给项目。数字化行业这种高层交流流行一段时间后，大家也都慢慢认识到了，只有能单独把领导约到私下的非工作局中，才能证明是有客户关系的，才能真正地去谈一些项目。仅仅认识领导，哪怕天天开会，也是拿不到项目的。

说到会议时间，其实一个会议最有效的时间就是20分钟，如果一件事5分钟还说不清楚，那就是汇报者的问题了，如果10分钟讨论不出来，那就是参会人员的问题了。那种人数众多的大会中，大部分时间都是某个领导在读稿子或者某个汇报者在背稿子，其他人至少有一半的时间是没有认真听会的，不是在处理别的事情就是在玩手机，或者是思考自己一会儿的汇报工作。在数字化公司，全员会基本上一个季度搞一次，而且是分层次开，各种向上对齐，一个战略方向宣讲会可能就得开个四五次。

让白磊头疼的除了跟客户的会议，还有内部流程上的会议。签署一个合同至少就得开五六个会，如果遇到复杂一点的合同，或甲方条款严格，合同审批时可能得把HR、法务、信控、产研等各个角色拉上会，会上大家各种踢皮球，都不想承担责任，只要一句"我感觉这事有风险，请某某再评估一下"，就得无限制地开会讨论下去。数字化公司签署合同的时间和周期那真不是一般的长，最快的估计都得两三周，甚至有些三个月或者半年时间才签完。如果再遇到产品交付过程中的会议，那更是让人抓狂，永远凑不齐人，永远解决不完程序错误，永远开不完会。

白磊在工作中开了上万场会议后,总结出了一条有关会议的真正秘诀:"大会解决小问题,小会解决大问题,重大事情不上会。"最有效的沟通还是一对一地直接沟通。

80.忘不掉的"630"冲刺

在国企,一般考核的日期都是在年底,而在数字化公司,为了追求更快发展、更早地发现企业问题,管理者一般会定下多个考核日期,有的公司以一季度为考核时间单位,有的公司以半年为考核时间单位,还有一些硬件公司据说以月甚至以周为考核时间单位。爱购公司是半年一考核,业绩排在最后的团队,不是面临着组织机构调整就是要被裁员,所以各个团队压力都非常大,想尽一切办法拼命地冲刺业绩。冷鹏每次开会,遇到掉业绩的同事,恨不得问候他的祖宗八辈,因为有些人平时不吱声,直到最后半个月或者一周的时间才说项目没法冲刺了,每个人的冲刺业绩指标都是很早之前就确定好的,没有余粮备份。白磊虽然刚来,冲刺项目不多,但也感到了那步步紧逼的压力。时间就是金钱,最要命的是,项目往往是卡在内部流程上。考核最后一个月,几乎所有人都在拼命地签合同,导致负责合同审核的各个接口的同事压力特别大,有时候一天就要看几十份合同。对于销售来说,除了拼命地发信息和打电话催流程,就只能冲到审批人的工位门口排队等,遇到脾气不好的流程审批负责人,少不了被一顿臭骂,可为了业绩,为了生存,也只能强行忍住,笑脸相迎。

另一个难点是项目交付。有些项目由于客户没有硬件资源或其他相关环境，交付会延期，不能正常完成交付和验收。而数字化公司的业绩核算依据，不是以签合同为标准，而是以拿到客户签字或者盖章的验收报告为标准。有时候老板们不管不顾，就是要数字，即使是搞一个萝卜章，也要强压着销售把验收报告拿回来，这就导致很多项目都是提前验收。有些人胆子大，随便找一个代理商，先签署合同和验收，此时真实的项目还没有招标。如果项目可控，这样倒也能收得了场，最多欠款时间长一些。还有些人做的是真实的项目，但客户就是不验收，无奈之下只能自己伪造客户的签名，提供验收报告，甚至有胆子大的人，提供带有萝卜章的假验收报告。总而言之，为了所谓的业绩指标，大家真的是想尽了各种办法。正常来讲，刚刚签署的一个项目，怎么可能在半年或者一年内验收呢？除非是一些简单的硬件设备采购项目，否则都会有一定的交付时间或者试运行期。再加上现在客户的要求都比较高，定制化的要求也多，项目交付是难于上青天。在强大压力下，很多人会铤而走险，有些人为了业绩，直接伪造假业绩，拿完奖金就马上离职，剩下的坑让后面接手的人去解决。

　　白磊冲刺的项目既有不好拿验收报告的，也有刚签约就要验收的，只能是一边跪客户一边跪流程负责人。原有项目迟迟不能解决遗留问题，各个产品线一个推一个，派到现场查问题的人也不是爱购公司真正的技术人员。有一次白磊问了一圈，才发现派来的人是爱购公司外包公司的外包人员，是一个啥都不懂的运维人员，最多能完成点照着文档操作的命令。爱购公司自己的人员去交付，也就能达到客户要求的百分之六七十，而外包做交付，最多五十分水平，要是外包的外包，那肯定是五十分以下了。虽说白磊跟客户关系很熟，但系统不能正常使用，肯定不能验收通过。无奈之下，白磊只能挨个求人，最终半公半私地请了一个技术大咖到现场亲自排查问题，这才找到了问题所在。问题虽然找到了，却没有人能解决，这个问题算是非标准问题，数字化公司的项目就怕非标准问题，只要有一点定制化工作就非常麻烦，光评估就要评估好几个会，再加上派人交付和调试，弄不好还有其他意外情况发生，往往很简单的一个功能的添加或者改动，就得搞几个月。白磊发现项目经理实在推不动了，就自己冲在前面一个一个地跪，一个一个地催，一个一个地盯进度，因为这事只有白磊一个人着急，其他人都不着急。这也是数字化公司的一大特点，每个团队都有自己不同的KPI，事不关己高高挂起，在国企至少同事间还有些情分，在数字化公司只有各自的KPI、各自的饭碗最重要。好在白磊就是项目经理出身，与客户又熟悉，在爱购公司内部的产研部门之前还有一些人脉，综合各种优势条件，白磊终于在6月30日之前完成了项目交付，拿到了验收报告。

白磊这段时间还面临方案宣讲考核和试用期转正答辩，简直是忙到起飞、忙到爆炸。由于精神和身体长期高度紧张，白磊开始变得有些毛躁，说话着急还会口吃，再加上饮食不规律和熬夜，头发一把一把地往下掉，没有了一点私生活，更没有时间、没有精力去思考感情的事情。好几个朋友给白磊介绍对象，可白磊真的没有时间微信聊天，没有时间见面，更没有那份闲情雅致去谈情说爱。

由于"630"冲刺，各个领导也都忙于业绩指标和各种会议，白磊的转正答辩一直往后延期，最终定在6月30日的下午4点。恰巧白磊是同批新人中最后一个答辩的，这压力顿时又增加了一倍。看着前面同事一个个顺利通过，白磊担心领导会不会挑选一两个不给过，虽说业绩和一些关键指标已经完成，但白磊心里还是没有底，担心副总裁那关不好过，更不想给冷鹏丢人。最后终于轮到白磊汇报了，因为之前白磊卡时间练习过很多次，所以整体汇报环节比较顺利，没想到在问答环节，冷鹏却率先对白磊进行了一顿批斗，很真实、很直接地指出了白磊在工作中的一些问题，并说对白磊的表现不是很满意。这下白磊慌了神，站在原地不知所措，没想到冷鹏会当着副总裁的面这么批评自己。HR看出白磊的尴尬，赶紧上来帮忙说话打圆场，并让白磊坐下慢慢沟通。冷鹏批评白磊的问题都是客观存在的，只是白磊自己没太在意这些问题，尤其是没想到冷鹏会将这些看得这么重，并且当着这么多人的面指出来。冷鹏批评白磊，无论有没有人在场，甚至无论对错，白磊都不能去反驳，因为是冷鹏把白磊招聘进公司的，刚开始白磊还想辩解一下，证明给副总裁看有些问题没有那么严重，怕给副总裁留下不好的印象，可白磊想了想，还是低下头默默地接受了批评。也许正是白磊这份老实认错的态度，博得了所有人的同情和认可，副总裁没再继续批评白磊，而是找了一些白磊做得好的地方点评了一下，最后简单地建议白磊在以后的工作中做些改变。最后白磊通过了转正答辩，但确实是十分惊险的。后期白磊也曾反思当天冷鹏为什么会那么做，一方面可能是因为冷鹏中午喝酒了，说话有点冲，白磊是自己亲自招聘的，加上冲刺期间心情不太好，索性就直接指出白磊的问题，要求尽快改正；另一方面他也有可能是故意那么做的，为的是保护白磊，因为从入职到完成转正业绩，严格意义上来说，白磊仅靠自己的能力都是做不到的。无论真正的原因是什么，对于白磊来说，顺利通过转正答辩，顺利完成"630"冲刺，这绝对是双喜临门。可白磊没有庆祝，甚至感觉压力没有完全释放掉，心中还是沉甸甸的。白磊下班回家后，躺在床上睡不着，想去健身运动，又感觉身体无力，看书也无法集中精力，只能躺在床上刷手机来转移精力，靠短视频暂时地麻痹自己。

81. 通聊公司的过渡真的很重要

白磊从杭州小风算据科技公司到通聊公司半年多，再到爱购公司，也算别有收获。如果当时白磊直接从杭州小风算据科技公司来爱购公司，可能最多也就能给个V8的级别，达不到V9。在通聊公司这边半年的试错，让白磊彻底意识到，如果自己选择走技术路线，那么路将很快走到尽头。第一，数字化行业不会给人时间现学，技术的更新迭代实在是太快了；第二，技术岗位后期的工作十分烧脑，让人压力很大；第三，白磊自己的技术功底还是有些薄弱，做起来确实有点吃力。只有善用自己的优势，才能发挥更大的价值。

在通聊公司的过渡真的很重要，让白磊真实了解了在数字化公司做技术的艰辛和需要的无边能力。虽然当时白磊每天都在拼命学习新技术、新产品，几乎不会错过任何一堂培训课程，每天都高强度地往大脑里输入信息，成长也确实很快，毕竟有压力就有动力，有付出就有收获，但随着了解上的越发深入，白磊感觉数字化行业的产品和技术竟然也不过如此，通聊公司的技术水平和产品成熟度其实不高，每个公司都有自己的核心主营方向和核心产品，不可能做到各方面都那么强。白磊当时在通聊公司做了一两个项目后，渐渐地想明白了这件事，并一点一点地往通聊公司的优势产品和技术方向上靠，从内部挖掘出了一些优秀的技术视频和精华演讲，真真正正地学习了一些通聊公司特有的、独具竞争力的思想、方法论和技术。

在通聊公司那段时间，一方面，白磊学习了很多"雷智能"的知识和技术。通聊公司的氛围比较好，想做什么都可以，没有一定规定，所以白磊有机会学习自己想学的内容，这一点为在爱购公司跟实验室的同事对接做了铺垫。另一方面，在通聊公司的经历让白磊提前试错，体验到了数字化行业技术人员的困境：每天都埋头扎在层出不穷的新技术和新解决方案当中，编制一个又一个的项目产品和解决方案，永远写不完汇报材料、可行性研究报告、解决方案和投标文件等。白磊感到自己不适合，也不愿意整天做那些虚无缥缈的技术交流，那样很难有时间停下来抬头看看局外，静心思考一番。这种试错让白磊清晰认识到了自己的能力极限和边界，综合之前的种种经验，最终走了销售这条路。在爱购公司做销售，少了技术上的压力，不用再埋头写解决方案、汇报材料，多了一些时间思考人和事，接触到更多的人，经历了各种各样的事，这让白磊变得更加坦然、更加从容、更加"数字化"了。

白磊曾经在爱购公司新员工的分享活动中说过自己内心真实的想法。在白磊心中，从离开国企步入数字化行业那一刻起，想进入TAB公司的心思就如同当年想考好大学一样。如果把TAB公司比喻成大学，那么对于白磊来说，爱购公司就是清华，通聊公司就是北大，虽然自己很艰辛地考入了通聊公司的最好专业（产品经理），但在接到爱购公司的录取通知书的那一刻，自己还是会毫不犹豫选择重新开始。在求学时代未能实现的清华梦，他希望可以在职场中实现，读书虽然只拿到了硕士学位，但在爱购公司的工作，他希望自己可以拿到"博士学位"（工作三年以上），这是白磊在爱购公司工作的一个小目标。到爱购公司工作，白磊准备了五六年的时间，从早期关注爱购公司创始人的事迹，翻看创始人的创业书籍，到高中同桌袁艺澄跳槽到爱购公司后，第一次带白磊走进爱购公司，这期间，白磊一直梦想着可以到爱购公司工作，也逐渐地开始各种不停地投递简历（都没有成功）。直到鼓起勇气离开GD公司，从杭州小风算据科技公司一路杀到通聊公司，最终跳槽到爱购公司，这一切真的来之不易。这一路的艰辛奋斗，只有白磊自己知道有多么难熬。

82.天上掉下来三个亿的大单

这一年临近年底,赖明又给白磊分配了一个新的大客户,说是一个三个亿的大项目,马上就要投标。三个亿的大项目,会有这么好的事情?白磊的第一反应是冷鹏是不是特意照顾自己,但仔细算了算,赖明下面的几个人,可能只有自己这边没有太好的客户,风水轮流转也该轮到自己了。在爱购公司做项目,虽然业绩指标压力很大,但很多项目是不需要自己去跑的,会主动找上门来,有些销售基本上就是签署合同的流程手。白磊仔细了解了一下这个号称三个亿的大项目,判断能有一个亿就很不错了,但即便是一个亿的项目,也绝对能让白磊彻底站稳脚跟,所以白磊不敢马虎,拿出十二分的精神对接,从了解这个项目的最初由来开始一点一点地逐步深入。

原来这个项目是爱购公司给客户投资了一亿元,才换来的新的合作突破,眼下招标的仅是一个产品价格框架项目,仔细算算所有产品的价格总和,确实是过亿了。白磊做过项目投标,直接充当了项目一号位的角色,但面对一亿元的大项目,白磊还是有点压力,一方面生怕出现意外影响项目,另一方面也担心需要协调那么多的人,工作不好做。到嘴的肉绝不能飞走,能否在爱购公司一战成名,就靠这一单了。

万事开头难，没想到这个项目光是购买招标文件就花了两天时间，由于技术规范书有问题需要整改，这个项目的招标文件迟迟发布不出来。白磊跟产品研发人员在一起集中办公，大眼瞪小眼地等待结果，因为招标文件买不到，就无法写标书。白磊强压焦急，淡定地坐在会议室内，可有些产研同事坐不住了，一次一次地过来追问白磊，直到成功购买到标书，大家的心情才稍微缓和点，但立马又紧张起来。白磊率先梳理了一下投标工作的分工，自己主抓报价文件和商务标书，技术标书由架构师牵头和产研同事一起负责。一个多亿的项目技术标书非常关键，至少要写1000页以上才行，几天里所有人都在加班加点写标书，最后的合稿工作更是让人头疼得要命。技术标书中很多内容是由不同产品的产研写的，不光字体和格式五花八门，就连一些基本的投标规则都差点写错，光是标题和格式就差不多改了半天的时间，还到投标小组借了一个专业搞标书的同事帮忙。白磊为了安全起见，没有用自己提前准备好的签名印章，而是亲自在每页标书上签名，一千多页的签名，真是把白磊签到了手抽筋。

等到标书最终打印完成，上传投标系统后，就等项目当天开标了。这个项目原计划两轮报价，于是白磊提前做好了两轮报价单，并且盖完了公章。投标当天，迟迟没有等来二轮报价的电话，所有人都在焦急地等待，不知道是不是出现了问题，客户的电话都快要被白磊他们打爆了，还是不知道具体开标情况。直到下午3点左右，招标代理机构联系白磊提供二轮报价单，白磊按计划上传完二轮报价后，才跟项目组的同事一起出去吃午饭。在二轮报价没有发出去之前，白磊肯定是不敢出去吃饭，也没有那个心情的。不料，饭吃了一半，招标代理机构打来电话，说报价单计算折扣比例有些不清晰，需要再发一个澄清文件，最后申报一次报价。这是什么情况？为什么又来了一个三轮报价？白磊赶紧打电话通知大家开会讨论三轮报价，大家的一致意见是保持价格不变，跟二轮报价一样，按招标要求再做一份三轮报价单。虽说仅仅是一个报价单，但需要盖章。当白磊联系到负责盖章用印的同事后，简直要疯掉了，对方竟然要求白磊重新走投标用印流程。

"大哥，我这儿现场投标呢，走流程时间肯定不赶趟了。帮个忙，哪怕我之后再走流程也行，这个报价没有发生任何变化，不用财务和相关领导再次审核。"白磊苦苦哀求。

"公司规定，这个真不行，要不你上面找老板吧。"投标负责人冷冰冰地回复。

白磊气得直接拿起电话，找到负责投标用印的部门的领导，把事情解释清楚后，一顿苦苦哀求，他才同意直接盖章。数字化公司的这些流程和规则，实在是没有一丝的灵活性，导致有些时候很多销售被逼得自己去刻一个公司的萝卜章，以作备用，虽然做法不对，但真的都是为了项目、为了公司，很多情况下一个流程问题就能拖死项目。传完第三轮报价单后，项目组的同事们总算舒了一口气，如果不出太大意外，应该能顺利中标。大家这才一起出去吃了个晚饭，喝了几瓶啤酒，简单庆祝一下。

大约一周后，中标结果公示出来了，大家都高兴得像打了一场胜仗一样，白磊也特别激动，感觉自己终于站稳了脚跟。谁知这才是万里长征的第一步。光框架合同就花了差不多一个月的时间才签好。这次爱购公司是跟甲方直接签署合同，甲方要求合同条款不能修改，但爱购公司的法务、信控和财务等审核合同的同事，为了保护爱购公司的立场，提了十多条补充条款，白磊就跟改作文似的，一条一条地跟甲方客户核对讨论，最后终于确定了可以添加三条内容。针对一些具体数字（违约金赔偿）内容，又折腾了好几个来回，最后双方的分歧竟然在一个"仅"字上，两边都不让步，白磊夹在中间，搞得头大。他直接跟客户表明，如果两家公司真到了讨论赔偿或者纠结于合同上一个字的时候，两家就不用做项目了，一点情谊和信任基础都没有，客户却以一句"有这个仅字就让人感觉非常不舒服",强压着爱购公司接受了修改。合同条款这事,其实就是爱购公司管流程的同事不想无缘无故承担责任,于是逼着销售使用爱购公司特别强势的合同条款模版,里面的内容全部是保护爱购公司的。很多重要客户,像国企、央企,都是强甲方公司,都有自己的固定合同模板,写的也是完全保护甲方的各种条款,而且要求乙方一个字都不能改。当强势甲方遇到强势乙方,就热闹了,能活活地把负责签署合同的销售逼死,一个合同流程走一两个月非常正常。数字化行业内流行的做法是中间找一个代理商,跟甲方签署合同按照甲方的合同模板,跟数字化公司签署合同按照数字化公司的模板,这样两边就不打架了。对于销售来说,很多项目都是可控的,不会走到合同纠纷那一步,所以为了节省时间和人力物力,大家常常这么操作。只是,中间加了一个代理商,实际上是让乙方减少了应有的利润。一个代理商公司,什么都不做,就做一个合同过单,行情是扣五个点,关系好的也要扣两个或者三个点。数字化公司为了那少数的意外,损失了太多太多的利润。实际上,真到了发生合同纠纷时,代理商只要把销售签署两个合同模板的事情说清楚,表明自己不是最终客户,法律纠纷责任便无法追到代理商身上,还是得去找客户协商。乙方一旦跟甲方打官司,多半是赢不了的。

白磊费了九牛二虎之力签署完框架合同后,本想着这下终于可以跟客户签署一个多亿的采购合同了,但客户迟迟不做决定,说公司内部要开会讨论。经过多次跟客户领导吃饭喝酒和开会沟通,最终决定先签署一期项目采购合同3500万,其余费用作为项目二期采购费用,但客户要求爱购公司先完成全部产品交付。因为产品是客户要实际使用的,不怕客户不认账,爱购公司同意先签署这一期3500万的合同。虽然项目没有达到一个多亿的预期,但3500万对于白磊一个新人来说,也是超额完成考核业绩了,算是一个不错的成绩。直到白磊离开爱购公司,这个项目的二期合同仍没有签署下来。

83.你的价值在哪里

爱购公司非常重视个人价值的体现,时刻把事情提升到价值的高度,万事都要上个价值。卖产品要有产品价值,做项目要有项目价值,要考虑是否真实地帮助客户创造了业务价值。每个人也要在项目中产生真正的自我价值。换句话说,某个项目如果换成别的公司的同类产品,有没有影响?某个项目如果换成别人去负责,会不会一样能签合同?你在这个项目中起的真正作用到底是什么?没有你这个项目是不是就拿不下来?实际情况是,爱购公司的项目大部分是靠爱购公司的品牌和技术拿的,还有一部分是靠领导层的客户关系和资源拿的,只有很少的小项目,是一线的销售自己拿下的。

冷鹏也清楚自己手下这些人的能力,开会时候明确给大家提出了他的要求。GG集团的项目周期跟爱购公司的项目周期是不匹配的,速度太慢。GG集团的项目正常都需要一年时间才能完成合同签约,两年时间完成项目的交付和验收,如果凡事都按照正常流程走,随便一个应届生就能完成。冷鹏对团队成员的要求就是在半年内完成项目签约,一年内完成合同交付验收,这就是每个人存在的价值,是爱购公司给高薪的要求,把别人不可能完成的事情完成,把别人两年干完的事情一年完成,才算有本事。

团队中的人也都认同冷鹏的观点,所以都在拼命地把所有项目往前赶，拼命地推动客户立项招标，拼命地催促各个流程节点的进度，也拼命地催促客户早点给项目验收。俗话说得好，欲速则不达，虽然速度有了，但质量没法保障，项目推得比正常快，交付质量和回款却无法保障。这也是所有数字化公司都面临的问题，不可能一味地追求高增长，一旦过了那个临界点，万事都有饱和期。TOC领域的红利源于中国人口的红利，但人口红利达到顶峰就不会再继续增长，而TO B领域一旦过了大规模的建设期，也一定会到达饱和，走下坡路。各个公司投资人要求必须保持高速增长，否则股价将遭受影响，所以逼迫前端销售，恨不得把第二年的项目都提前签约交付计收。有些公司为了做大营业额，只好找一些硬件厂商过单，软件项目和硬件项目打包一起，来提高自己的整体业绩，有些公司项目硬件和软件的比例甚至能达到7：3。

白磊那个3500万的大单签署完并验收后，一直没有回款。由于金额巨大，白磊的欠款总金额一下上升到了部门第一名，用冷鹏的话说一不小心变成"大户"了，几次开会讨论，都要求白磊去客户那里要钱。白磊在GG行业工作了快十年，唯一没有做过的事就是要钱，因为GD公司是GG集团的内部直属单位，项目验收后肯定会付款的，而且有些项目要求某个时间节点必须完成付款，否则有审计问题，所以根本不需要催促客户付款，何况GD公司有钱，不缺现金流。但是到了数字化公司就不同了，他们会把账期统一核算到项目利润当中，所以要求销售及时完成项目回款。无奈之下，白磊只能硬着头皮去找客户要钱，由于春节刚过，还是在正月，白磊自己都觉得烦，大过年的去跟客户要钱，电话都不好意思打，只好冲到客户单位去堵客户，不好意思地询问回款的事情。几番追问，最终只给付了350万的项目款，虽然没能全部追回，但这也算是白磊第一次硬生生地跟不太熟悉的客户追着要钱。

白磊后期也认真思考过自己在这个3500万的项目当中真正的价值。客户关系不是自己的，是赖明和产研那边领导的。这个投资局也不是白磊攒的，虽说后期白磊发现这个局攒得有点大，欺骗了爱购公司的投资部，但毕竟这事是落地了，并且把所有人的利益都捆绑在了一起，很多参与过这项目的人都会把它当作晋升答辩的重要项目来介绍。公平公正地评价，白磊仅算一个项目执行者，招投标这项工作算是白磊亲自把控确保万无一失的，后期跟客户的交付对接都是简单的正常工作交往，签署合同和回款也都是正常的流程工作，无非是白磊更熟悉一些客户的套路，干起来更顺手罢了。这个项目中白磊的价值其实不是很大，所以白磊后期不再把大部分的精力放在这个项目上，而是在寻找能让自己真正发挥价值和作用的项目。意外的收获是，白磊通过这个项目认识了几个谈得来的朋友。白磊实实在在的为人、踏实肯干的性格，也赢得了一些客户的信任和理解，以至于项目后期发生一些问题时，客户都没有太为难白磊，都知道不是白磊的问题。

84. 爱购公司的加速度

在爱购公司需要适应一点，那就是速度，员工们时常没有演练就直接上战场。爱购公司的架构师基本上一晚上就能搞定正常人需要三天时间准备的汇报材料。爱购公司的销售拿下的项目，也都会逼着客户尽快签署合同和验收，尽管以正常速度得花一两年的时间，所以说有些事逼一逼还是可以做成的。这个过程磨炼人、锻炼人，创造了一个又一个奇迹。爱购公司现在的成功，绝对不是靠一个奇迹达成的，而是由成千上万个奇迹汇聚而成的。

在爱购公司，当天晚上开庆功宴喝酒庆祝过去一年的胜利，第二天一早就要直接开新财年启动会，正常人都还没有醒酒，就直接开始了下一轮冲刺，开年即决战，起步即冲刺。要是在其他企业，怎么着也得让大家调整和休息一两个月。年底最后一天，12月31日冲刺日时，爱购公司肯定每个人成绩的时间也就几分钟，每个项目完成交付验收后，都会第一时间在大群里发喜报，以示宣传和表扬，但一个喜报也就几个小时或者半天的时间，就会被其他的喜报覆盖掉，并且大家从此都不会再提过去的成功。接到通知说暂停冲刺，白磊的心刚放下来，缓了一口气，泡了一杯茶，想安安静静地喝一杯，赖明却走到白磊和其他几个同事旁边，说"该想想明年的事了"。从通知停止冲刺起，不到五分钟的时间，就又要开始新的战役，准备下一轮冲刺。

新的一年，业绩指标增加是肯定的，因为高度增长是企业发展的刚性要求。爱购公司还提倡新的一年每位同事都要做一名"三好学生"：身体好、品德好（心态好）、学习好。"人"是软硬一体的，硬件很重要，是决定性能的关键底座，所以身体要维持好。软件是需要持续优化的，品德修养和学习是持续的过程，面对压力、机遇和诱惑，要不断修行，不断成长。

爱购公司做项目，要求永远把客户的利益放在第一位。把合同签回来时，客户是否很高兴？这很重要。就像买衣服，如果客户买后觉得好看、保暖、质量好，会非常高兴，并且会主动推荐给身边的朋友，告诉大家物美价廉。要时常想想自己的客户是不是这样。

85.缘分总是兜兜转转

　　白磊这几年一直忙于工作打拼，再加上几次艰难跳槽，真的很少有时间和精力去思考自己感情的事情。有时候白磊感觉，自己现在缺少的就是一份甜蜜美满的爱情，但白磊有自己的坚持，宁缺毋滥。虽然曾经的几段爱情比较短暂，白磊自己投入得也不够深，但都是符合白磊个人的爱情价值观的。白磊相信不以结婚为目的的爱情都是耍流氓，这就是他作为一个出身于传统家庭的实实在在的东北人的爱情观。在花花世界中，想要找一个三观跟自己一样的人，的确很难。

　　白磊在数字化公司工作时期，工作稍微体面点了，说白了就是有了一定经济基础，他很想找一个人踏踏实实地过一辈子，尤其是在爱购公司工作后，压力这么大，更需要一个温暖的怀抱。白磊对于爱情的要求真的很简单，就是想找一个有上进心的人，但白磊身边遇到的人，大多数都不求上进，非常自我。白磊深知朋友对自己的影响，更何况长相厮守的老婆了。白磊始终坚信，真正的爱情需要两个人三观相同，彼此可以互补和成就，这样才能一起不断进步，否则一辈子的时间太长，早晚会出现问题。白磊已经见过身边一个又一个失败案例了。

　　读书这个爱好白磊是工作后慢慢培养起来的，荒废时间的电视剧，白磊已经越来越远离了。健身是白磊一直坚持的，不断学习和拼搏也是白磊在北京奋斗时必须坚持的，独立和爱干净是白磊独特的生活习惯。这些偏好让白磊很难遇到相似的人，不知道是自己的圈子不够大，还是心中的那个她距离自己太远。

白磊身边也有一些有点暧昧关系的异性，但都有一个特点，就是很少主动给白磊发信息，很少主动约白磊，而且总聊不了那么深入。还是那句话，"在意你的人做什么都好，不在意你的人，说什么都是借口"。慢慢地白磊也明白了，命中的那个她，应该是还没有出现，心动的声音，自己许久都没有听到了。

后来，白磊先后见过自己的初恋潘盈盈和分手的前女友赵玄奇。一如既往的熟悉，白磊见到她们，还是会回想起当初恋爱时的感觉。人都会长大，时间都会过去，世界会一点一点地变化，很多人都想回到从前，找回从前的快乐。当初白磊对于潘盈盈是朦胧的喜欢，现在想来更像兄妹之情，而对赵玄奇，确实是感觉有缘无分，只因他们是两个世界的人。当白磊得知赵玄奇结婚又离婚的经历后，他心痛过，担心赵玄奇自己走不出来。白磊很了解赵玄奇的性格，以她的脾气，很难跟亲近的人相处好，除非碰上特别宠爱她的人。而赵玄奇又很单纯，这可能会让她再次受伤。那段时间，白磊有时间就约赵玄奇一起吃饭和游玩，一边开导她，一边希望她早点走出阴影。虽然白磊曾多次想过跟赵玄奇再续前缘，但家庭背景的悬殊仍在，现在彼此的情况也各有各的复杂，双方可能很难再像从前那样彻底敞开心扉。赵玄奇可能也后悔过当初没有坚持跟白磊在一起，但现实是无法改变的。也许最好的爱情就是相忘于江湖，留一份遗憾，过去的美好反而能铭记得更深刻、更长久。

也许错过的就终将是错过了。未来的那个她，到底在哪里？白磊只能时刻展现最好的自己，坚信人的一生必会有一场轰轰烈烈、刻骨铭心的爱情，到下辈子都忘不了。

86.眼前的苟且还是晋升的腾飞

一段时间以来,白磊发现身边很多人都成功晋升了,也开始有了更深刻的思考。原本以为自己在爱购公司混个V9,拿完股票就可以悄然走了,但是最近感觉很多人混着混着竟然都能升到V10,晋升到V10职级很大程度上是看老板、看关系、看故事。有两个产研同事的晋升让白磊看到了站队的重要性,虽说是冷鹏亲自把白磊招进来的,但总感觉还是有那么一点的隔阂,冷鹏没有太照顾自己,不像跟徯单于那样可以交心地聊事。白磊在一次团建跟运营同事跑步时,听到了她对自己职业的规划。目前她所在的团队拼死累死也就是个V9,基本不可能升到V10,而另外的团队刚调过来V11的领导,要培养自己的人,如果她过去,肯定会很快升到V10的。在她看来,反正在爱购公司工作又不会是一辈子,哪儿升职快、赚钱多,就去哪里。这一观念让白磊开始更加深刻地反思自己。

白磊入职爱购公司后,也接触了别的几个团队,其中有一个团队的领导是从GG集团出来的,并且带了两个原来的同事,靠着这层关系特别照顾自己团队的人,跟着来的两个人先后晋升到了V10,这是白磊私下跟他们喝了几顿酒后知道的内部情况。如果白磊去那个团队,倒是可以混个V10级别,但是得做回技术岗。还有一个团队,刚开始做GG行业,非常需要白磊这样有工作经验的人,如果过去，晋升个V10应该问题不大。白磊仔细思索，认为如果内部转岗到其中之一的团队，虽说级别和收入能上去，但是感觉多少会远离自己的主航道，远离这么多年的积累。其实现在的工作和公司的平台就是一个维系关系的工具，只有参与过更多的项目，通过项目的艰难坎坷，才能与更多的人有事务往来、有深刻的关系，久而久之才能有机会。白磊辛辛苦苦打拼的GG行业，虽说现在还没彻底起来，但这些年的积累沉淀也是很重要的，很多人是坐了五六年的冷板凳才崛起的。GG行业终究是要发展的，继续坚持，最终积攒下来的人脉关系都是自己的。白磊想，除了现在做的"天计算"和"气数据"外，一定要再想出第三条赛道来，跟在哪个公司没有关系，只要人脉和思路能带走，无论在哪家单位，都能做出成绩来。未来GG行业有可能向金融投资方向发展，必须寻找新的赛道，在孤独的赛道上继续坚持。

此外，白磊感觉，如果真的内部转岗到其他团队，那样十分对不起冷鹏，这不是白磊为人处世的风格。能来到爱购公司工作就很知足了，不能这山望着那山高，应该学会知足常乐。每个人在社会上打拼，最终还是要靠自己的真实实力，有贵人和朋友拉一把，可以让人不走错路或者搭一段顺风车，但最终的漫漫长路还是需要自己一步一步地走。总而言之，还是需要让自己变得更强才行。

87. 职场上的酒局

　　酒桌上的排位往往直接显示了一桌就餐人的江湖地位。这一晚，白磊跟一个重要客户一起吃饭，想早点到，以便能够坐在客户二号人物旁边，可打车时候却不小心选错了餐厅的位置。原来，这家餐厅在北京有三个分店，白磊打车选择地址时，不小心点错了，上了车之后就一直打电话，也没注意路的方向，直到下车后才感觉位置不对，最要命的是这两家店离的距离还特别远，再赶过去要一个小时的时间，正常饭局肯定是赶不上了，他只好跟赖明打电话解释，让他先陪客户开始。这次吃饭的餐厅其实是白磊推荐的，结果自己还迟到了，真是失败至极。这也给了白磊一个教训，重要的饭局一定要提前至少一个小时到，留出应对意外的时间，再就是打车的时候一定要反复确认地址，跟司机师傅多确认，以免走错地方。在面试时，大家都比较忌讳面试者迟到，在生意场中，时间观念更是重要，无论什么场合，只要是比客户晚到，就算迟到。白磊在路上一直安慰自己，冥冥之中自有天意，不要太在意迟到的失误。当白磊匆忙赶到之后，坐在大家给他预留的位置上，他既失望，又立即开始反思自己的真实地位和重要性。也许白磊即使早到了，也可能会坐错位置，导致客户和公司的人都不高兴。晚到的白磊只能两杯两杯地喝酒，追赶进度，这样也算有了跟客户领导多聊天的机会，给对方留了个深刻的印象，这就是冥冥之中的特意安排，一切都是最好的结果。

说到酒局，白磊想起了自己在大学时候常说的一句话：从别人沾一沾，自己喝一杯，到自己沾一沾，别人喝一杯，是个过程。白磊在大学参与了三年学生会的酒局，最终成功地坐在了一号位。职场上的酒局，虽然现在距离一号位只有三四个人的位置，但时间、年龄和阅历是无法在短时间内跨越和突破的。白磊知道，只有在自己特别擅长、特别突出的领域，别人有求于自己的时候，自己才有可能坐在那个一号位。白磊反问自己：哪一方面、哪一件事是自己能搞定的？距离到一号位，自己需要五年，还是十年？这个过程自己该如何度过、怎么度过？难道永远都坐在最边缘吗？

其实自从离开GD公司后，由于工作性质和工作节奏的变化，白磊的酒局不像以前那么多了，减少了跟身边一些同事和朋友私下聚餐喝酒的时间，而真正工作上的应酬以前也不是很多。在数字化行业工作这几年，一方面是由于疫情的原因，减少了见面和聚餐，另一方面也是由于工作的原因，实在是没有太多时间喝酒闲聊。跟客户的应酬一般都是有目的的，喝得很谨慎也很累，偶尔一两次喝多了，也算是尽兴了，其实是自己太累了，算是一醉解千愁。

88. 换了几个工作之后

白磊在换了几份工作之后,朋友多了,信息多了,圈子也多了,但经常联系的人却不多,每家单位也就那么几个人处得比较好,随着长时间的不联系,能聊的话题越来越少,很多时候也就逢年过节发个信息,刷个存在感,甚至会尴尬地发现,微信中的上一条聊天记录还是去年春节的拜年信息。相信很多人都遇到过这种情况。白磊现在每年春节期间都得列excel表格梳理微信好友,发拜年信息,但即便梳理了几百人,仍旧有遗漏的人。巨大的朋友圈,给白磊造成了特别大的负担,从年三十下午就开始忙活发信息,一直到晚上吃饭,既没有时间好好陪陪家人,也没有时间仔细看春节晚会。

回想自己身边的朋友、同学、亲人,有多少人可以经常把酒言欢呢?以前白磊跟发小每年都喝一顿酒,过年期间聚一次,后来渐渐由于疫情难以聚上了。白磊曾幻想过,是不是有些外地的朋友,可以一年或者两年聚一聚?比如杭州的朋友、东北的大学同学,还有一些之前关系处得比较好的客户等。现在大家都很忙,如果不是特别重要的事情或者主动攒局聚会,真的不好见面。白磊的高中同学跟他同在北京,有时候一两年才见一面,还有一个大学学生会同学,毕业后来北京,一直没见过面。如果这次疫情能安全度过,白磊决定每年一定要出去旅行一次，像每年参加一个越野赛一样。此外，每年固定地要见见几个老朋友和老同学。

人见识多了，事情经历多了，格局就会发生变化。都说树挪死人挪活，换了工作、换了平台、换了环境后，一个人确实能打开格局、开阔眼界。当初通聊公司给白磊发的iPhone手机，是一台白磊自己绝对舍不得花那么多钱买的手机，白磊借着通聊公司的平台，上了一个新的台阶。爱购公司给白磊配的高配苹果笔记本电脑，可以说让白磊真正步入了数字化行业的深层领域，如果不咬牙从国企跳槽出来，这些机会是绝对没有的。以白磊之前的价值观和经济状况，这两样东西他是绝不会舍得自己花钱去买的。有人说数字化行业的价值就在于跳槽，去想去的那家单位之前一定要先在其他单位，尤其是竞争对手那里工作过，这样再去之时身价才能提高，自己才会有资本，才会显得有价值，这就是数字化行业的生存之路。这恰恰验证了那句话：你的价值、你的能力和你的稳定，不是指现在所拥有的一切，而是无论什么时候你都能找到工作，这才是一个真正有能力的人的最高价值。很多国企的人一直享受安逸，是因为他们清晰地知道，自己如果离开了现在的这个工作，可能什么也干不了，所以他们选择接受、选择安逸、选择忍受贫穷。

有因必有果，数字化行业的不稳定、"996"和高薪，是每一个数字化行业从业者用时间、用心血换来的，他们拥有最多的学习时间和最高的效率，所以他们有随意换工作的资本、拥有高薪水，时时刻刻都在逼自己。不逼一下自己，永远不知道自己有多强。

89. 站在巨人肩膀上，还是迷茫地看不清方向

自从国家出台了反垄断法，数字化公司受到的打击比较大，股票跌得一塌糊涂，再加上某些舆情的影响，在爱购公司做项目开始越来越难了。客户的一句"暂缓，等一等"，让白磊团队的项目陷入了死局。白磊虽然很庆幸自己能够赶上"天计算"这波热潮，有机会从传统行业转型到数字化行业，但也无奈于自己竟然赶上了下半场的凉菜。白磊负责的号称三个亿的大项目，二期迟迟没有定论，客户不是电话不接就是推托要给领导汇报，再加上公司要求追回剩余的回款，白磊目前是既要项目又要钱。客户的对接人甚至有意躲开白磊，而白磊也是第一次这么认真、这么厚脸皮地出去要钱和要项目。白磊感觉这个工作干得非常没有尊严。在私下得知客户出差去山东后，白磊带上两瓶好酒就立马追到山东现场，约了几次之后终于跟客户在咖啡厅见了一面，虽然聊了两个多小时，但感觉聊得还不是很透。最令白磊感到失败的是，原本是跟客户要钱和要二期项目的，结果两者都没有要到，反而被客户抛出了一个难题，说自己部门目前还差2500万的业绩，希望爱购公司可以帮忙找点项目，冲个业绩，这事让白磊很头疼，感觉反倒亏欠客户一个项目了。既然客户提出了条件，就是有谈判的空间和机会，白磊约上产研的高层领导，又找到客户，探触了一下底线。这一下从山东又追

到了上海。白磊将准备给客户的两瓶酒从北京背到山东，又从山东背到上海，一路波折坎坷。在帮客户找项目时，白磊确实是一心想把这事办好，于公于私都想卖客户这个人情，于是动用了自己所有的人脉关系。此事也验证了一句话，"帮助他人就是帮助自己，帮助他人能成就自己"，白磊在找项目的过程中，无意间发现了很多项目商机，增加了自己下一年项目运作的范围和经验，真的是没有白付出的努力。工作到最后，要靠朋友、靠平台来互相成就。

虽然找项目这事最后因为客户自己的原因没有运作成，但白磊努力帮忙这事客户是认可的。即便是这样，项目回款和二期项目仍旧没有着落。白磊感觉自己成也"三个亿"，败也"三个亿"，从爱购公司的角度讲，一亿元的真金白银投资款早已经支付，且付出了价值一个多亿的产品和人力投入，换回来的仅仅是350万现金，这笔账无论怎么算都是爱购公司赔钱了，更何况当初融资说明时，可是给公司承诺三年拿回来三个亿的项目。随着白磊后期深入了解这个项目，白磊也清晰地知道，这三年三个亿的大饼是绝对无法实现的，因为爱购公司投资的这家公司每年营业额差不多13亿左右，纯利润也就在三个亿左右，如果给爱购公司一个亿的项目，至少需要每年再增加四五个亿的营收才可以，而这根本是不可能的。现在二期项目迟迟不能签署下来，可能是客户也意识到了这个问题。这个局中的所有人，可能只有攒局者的目的达到了，得到了利益，其他角色都是受害者。白磊也因此背负着巨额的欠款和业绩。

商业本质上不可能满足所有的人，每个人都想付出少一点，收获多一点，而平衡法则告诉我们，最终肯定是要有一方兜底的。站在爱购公司的平台上做项目，层次提升了，总金额翻倍了，压力也一样翻倍。最重要的是，白磊感觉局面根本不可控，不是自己亲自攒的局，自己最多只是执行者、流程手，干好了功劳是领导的，干砸了背锅的永远是最底层的员工。白磊感觉自己特别迷茫，虽然站在巨人的肩膀上，可仍旧看不清前方的道路在哪里。有些在爱购公司工作一年的同事，混完资历或者找准方向就离开了，白磊也曾跟他们请教过离开的原因和现在的工作情况，整体来说混得都还挺好，虽然有些人口口声声说是迫于无奈，选择了一条不归路，但白磊感觉他们至少都干得很踏实，都是一点一点地在为自己积累。

晚上白磊自己一个人躺在床上，久久不能入睡，不知道自己该何去何从……

90.四两拨千斤，顺势而为

这段时间，GG集团的一个二级公司准备技术选型做"天计算"，前期是博查公司帮忙做的规划、写的方案，但一方面客户感觉写得不是很专业，另一方面客户有一个关系好的朋友正好认识白磊，朋友就帮忙攒了一个局。按照GG集团的技术路线，肯定是要选择爱购公司或华广公司的"天计算"产品的，而产品成熟度更高的是爱购公司，GG集团总部用的就是爱购公司的产品。白磊带着架构师，从整个GG集团"天计算"项目初期说起，将招标、选型、落地的全过程给客户详细介绍了一番。赢得了信任后，白磊又带着架构师熬夜帮客户改完了方案和报价。由于都是标准产品，又在GG集团落过地，白磊的专业性和速度让客户很满意。白磊还侧面接触了客户的高层领导，虽说仅是找人帮忙打了一个电话，但基本上也算打过了招呼。白磊跟负责具体项目的客户则是在会议室吃了一个盒饭而已，还是客户从他们食堂带回来的饭菜。不到一周的时间，这个2000多万的储备项目就确定了，GG集团的统一技术架构和路线，让白磊四两拨千斤，轻轻松松地搞定了这个项目。这也让白磊感到了跟随趋势的重要性。很多创业者说，要跟着国家的趋势、跟着时代的趋势去做事。在GG集团，"天计算"就是趋势，爱购公司的产品就是趋势，而博查公司的"天计算"产品不在局内，因此无论多么努力，还是要出局。

这次，白磊占据了天时地利人和，顺势而为，轻轻松松拿下项目。通过这个项目白磊真正有了自信和方向，慢慢地懂得了一些销售工作的真正逻辑，也逐渐地找到了运筹帷幄做项目的感觉。

有人说做销售就是跟客户一起薅公司羊毛，怼产品，怼交付，跟客户目标一致、利益一致、矛盾一致才能行。白磊转行做销售后，多少带着一些技术人员的气息，老江湖有时候看一眼或者一聊天就能看出来，更有些人会主动问白磊之前是不是做技术的。白磊的确不像许多八面玲珑的销售人那样喜欢吹嘘和张扬，不会满嘴跑火车，因为白磊知道自己最终还是要混GG行业圈子的，所以很在意自己的口碑，做任何项目，奉行的原则都是先做人再做事，这也算是白磊的一个性格特点。都说销售没有固定的套路，每个销售都有自己的打法，白磊的优势可能就是给人的感觉很忠实可靠。但是做销售也需要一些软技巧，比如说跟客户聊天，无论是讲工作上的事情还是生活中闲聊，一定要聊一些别人不知道的内容，说出一些别人没有听过的名词、警句和故事，这样才能跟别人有的聊，如果说的都是别人知道的事情，大家没啥可聊的。工作中有些客户最想听的就是其他客户成功或失败的案例，所以可以在工业行业说说金融行业的发展情况，或者介绍竞争对手的情况等。销售人员的知识储备很重要，一定要知道别人不知道的东西，这样才有价值。做人，还是要看书，看书，再看书。

白磊刚参加工作的时候很羡慕销售人员的工作，以为吃吃喝喝就能做项目，而且做销售是年龄越大越有优势，不像做技术的有年龄瓶颈。入职爱购公司后转行销售，是白磊之前没有预料到的。白磊可以说是拿爱购公司作为转行销售的练手平台。通过一年多的工作，收获肯定是有的，也长了一些见识，懂得了一些规律，白磊逐渐地越来越进入销售的角色。

销售在爱购公司有自己独特的定位，是一个用数据说话的岗位,"定目标,追过程,拿结果",就这简简单单的三件事。每一年定好业绩数字目标和支撑的项目,按照项目储备立项、招标、签署合同、验收的步骤盯紧过程,最后所有项目的总和就是业绩。再往下拆分得细一点,客户数量是决定销售业绩的关键指标,而销售业绩是由多个客户组成的,每个客户是由多个订单组成的,每个订单是由多次拜访组成的。销售拜访必做的三件事,第一件事是获取信息,比如项目信息、客户的需求和动机;第二件事是给予信息,比如引导客户期望、植入产品优势,或者介绍新产品、新功能等;第三件事是获取行动承诺,比如引导客户答应帮忙做一些事情等。这是白磊做了很多年销售后总结出来的经验。还有一点很重要,是时间上的二七一法则,即需要将20%的时间花在成熟客户的开发和签单上,将70%的时间花在开发新客户上,将10%的时间花在促进不成熟客户签单上。

91. 成功推荐师弟到爱购公司入职

GD公司的谭明书有一天突然间给白磊打电话，说他跟白磊的一个校友在他们部门，近期想去数字化行业的大公司工作，此人个人能力非常强，目标也定得比较高，就是要去TAB公司，想让白磊帮忙内部找找人推荐一下。白磊看了一下简历，感觉此人能力和技术都还可以，就在内部找各个产研团队，问谁那里招人。其实数字化公司的招聘很多是提前内定好的，等到内部招聘网站发布出来招聘信息时，基本上领导已经找到了合适的候选人，剩下的只不过是走个流程而已，所以白磊没有在公司内推平台上找招聘的岗位，而是直接问了产研团队的朋友。

说来也赶巧，正好跟着白磊做项目的一个产研团队在招人，白磊直接把简历发给了他们领导，并重点推荐了一下自己的师弟。熟人就是好办事，不到一周时间，对方就安排了面试。产研团队的领导对白磊这个校友比较满意，觉得他性格和能力都比较适合做他们的技术方向。团队领导满意，后面几轮的面试，只要不出现大的意外，问题就不大。白磊在每轮面试前都帮忙辅导和指点这个师弟，尤其是最后HR面试一关，白磊更是提前给师弟介绍了一下爱购公司的价值观和企业文化等，让他在这些方面多做一些准备。一个多月的时间过去，白磊这个师弟终于成功拿到了爱购公司的offer。谭明书很感谢白磊的帮忙，因为这个人是他一手带出来的，他又成功推荐这个人到爱购公司入职，这算是他培养下属的一个标杆案例。

  除了内部推荐过这个师弟，白磊还推荐过自己的室友到爱购公司面试。室友面试的那个部门的领导白磊没有打过交道，只是从内推网上搜到了比较合适的岗位，就顺手推荐了。第一轮面试后，白磊侧面打听到部门领导还挺满意，后面几轮的面试也都很顺利，没想到HR那一关直接给拒绝了，理由是价值观不符，部门领导出面争取都没有用。白磊当时也蒙了，自己室友是怎么得罪HR的？据说室友当天特意找了一个安静的茶馆面试，可聊了半个多小时就结束了。白磊很了解室友的性格，也是实实在在、本本分分的东北人，不会说过分的话，做虚假的事情，不知道是因为当时没跟HR看对眼，还是HR当天心情不好，竟硬生生地把他拒绝了。这次面试失败后，白磊的室友好像就再也没有面试过，一直老老实实地待在GD公司，可能是受了一些打击。白磊后期打听得知，这个HR跟当时要招人的主管有些矛盾，或许是因此拒绝了自己室友。这一次的事，白磊心里非常遗憾和抱歉，因为没有帮到室友。通过这事，白磊更加珍惜自己的工作机会了，感到自己能在爱购公司工作是非常幸运的。

  白磊从入职爱购公司那天起，就知道自己终究有一天会离开，或者说自从白磊离开GD公司步入数字化行业，就清晰地知道这个行业是不能干到退休的，基本就是短期地出卖自己的时间和身体，打个快工，赚点小钱，因此能在爱购公司多干一年算一年。其实很多人到数字化公司，都有清晰的认识和目标。数字化公司高强度的工作，时间长了，无论身体还是精神都承受不住，即使自己能扛住，还要看家人是否能接受。白磊把工作的每一年都当作最后一年，这样再看在爱购公司的工作和生活，就不那么累了，也不会介意那么多事情，不会那么焦虑。反正自己早晚是要离开的，又何必较真呢？想想自己在通聊公司时离开得就很突然，其实是没有待够就走了。一切唯有失去的时候才感觉珍贵，在爱购公司干一天少一天，剩下的时间不光要珍惜工作、珍惜学习机会，更重要的是珍惜平台、珍惜生活，有时间尽量去结交各个部门的同事，找机会更多地享受爱购公司的平台和福利。也许每个进入数字化行业大公司的人，都应该给自己设一个倒计时的钟表，因为每天都是在用健康换金钱，每天都是值得铭记的，每天都是在冲刺。但人生不能一直冲刺，就像我们跑马拉松一样，绝对不可能从起跑线开始一直冲刺到终点，需要的是跑跑停停，快慢结合，一点一点平平安安地冲向终点。

92.到底是不是在唱双簧

这一年临近年底,部门的业绩还有很大缺口,冷鹏开始亲自追问白磊手中的二期项目是否靠谱,到底什么时候能签合同回来,而白磊目前的业绩不是很理想,也急需这个项目来支撑业绩指标。白磊只能再找赖明和产研的高层出面,一起跟客户的董事长去谈二期项目。没想到董事长却把这事直接推给下面的分管领导,让白磊一行人先找下面的分管领导,说分管领导内部汇报给他后,他才方便出面协调。这就是领导的艺术,最难啃的骨头肯定是下面的人,如果能顺利摆平,就不至于直接越级找董事长了。既然领导发话了,白磊一行人只好掉转炮筒方向,直接"攻击"分管领导。其实白磊在GG集团工作过,能大致猜到,分管领导肯定说了不算,最终还是要看老大的决定,可能是有些要求和问题,需要通过分管领导传达给爱购公司。果然不出白磊所料,分管领导提出,感觉价格有点高,说白了就是要砍价。

赖明和产研内部开会讨论后,都不太同意降价,因为当初招标文件已经定好了价格,而且项目也已经提前投入了。大家决定还是找找其他的交换筹码,白磊做分管领导的工作,赖明和产研老板做董事长的工作,最终费了九牛二虎之力,终于促成一次董事长参加的讨论会,会上分管领导还是提出要降低价格,否则部门无法支出这么大的采购金额，董事长也亲自开口要求爱购公司再降低点价格，要不下面也不好做工作。事已至此，客户的意思已经很明白了，就是要求爱购公司降价。临近年底，白磊团队又急缺业绩，被逼无奈，只能同意降价，但最终价格需要会后单独商讨，还有一个博弈的过程。就在价格谈判的关键时期，客户公司组织机构调整，原先负责这个项目的分管领导竟然被调动负责其他项目了，新换了一个分管领导来负责这个项目，相当于之前一年多的客户攻坚工作白做了，又得从头开始做，就连下面对接的技术团队的负责人也换了。白磊当时真怀疑这是客户领导故意为之，不是为了拖延项目就是为了给爱购公司制造麻烦。时间不等人，既然事情发生了，白磊只能重新拜码头，一层一层地向上"打怪"。这个新调来的分管领导，所有人都不认识，也没有打过交道，只好找人帮忙牵线引荐。还好赖明有个朋友跟新换的分管领导认识，中间做局帮忙引荐和协调二期项目的事情。又经过两次汇报和商讨，终于把二期的价格谈妥了，这个新换的分管领导还算没有太为难人。令白磊没有想到的是，双方老板定的最终价格竟然是7000万交付所有的产品，有效期是三年，剪掉一期签署的3500万，二期项目再签署3500万的合同，而且是三年付清所有项目款。说好的三年三个亿，结果三年一个亿都没有拿回来，白磊想不明白为什么最后会定出这个价格，感觉爱购公司真是没有底线，就不能硬气一点直接把平台服务给停止了吗？若影响了客户的实际业务，对方肯定会反过来再找爱购公司谈判的，难道是这里面还有其他的利益？白磊想不明白，也不想再去想了，因为这个项目不是自己攒局的，自己没有任何话语权，就是一个执行者，3500万也好，一个亿也罢，无论最后签署多少，无论最后赚钱多少，都跟自己没有关系，只要能完成这一年的业绩指标就行。定了价格，这算是阶段性的胜利，赖明和产研的领导特意高调地请客户的董事长和分管领导吃了顿饭。本以为这事就这么顺利解决了，没想到意外又发生了。在客户内部领导班子会上，公司总经理竟然跳出来把董事长的决定给否了，领导班子举手投票表决这个项目是否执行，最后多数人举手否决了这个项目。当白磊听说这个情况后，真的是傻眼了，客户的总经理一直不太赞同这个项目，白磊是知道的，但总经理怎么可能把董事长决议的事情给否定了呢？

这事发生后，白磊马上汇报给赖明和产研的领导，大家这次真的是彻底乱套了。白磊通过其他关系打听到，董事长和总经理的关系没那么差，按道理讲一个公司是董事长说了算，总经理怎么可能带头"谋反"呢？这是不是客户唱的双簧苦肉计？由于时间紧急，大家只好通过其他关系尝试做总经理的工作。这个项目确实一直没有跟总经理对接过，都是直接对接的董事长，也许这是总经理突然间反对的原因。白磊曾私下跟产研的老板一起分析，如果最终客户那边提出的解决办法还是降价，那就证明客户是在唱双簧，如果不是因为价格的关系，那就是需要找人做总经理的工作。不出白磊所料，客户那边又提出5000万三年的价格要求，这个价格实在是太低了，产研无法接受。又反反复复地交谈了三四次，最终价格定为6000万，时间为三年，付款条件放缓，前两年付款50%，第三年付完最后50%。由于临近年底，时间紧张，白磊开始走合同流程，没想到爱购公司的信控和财务跳出来对合同和价格提出疑问，并且告诫白磊，由于之前一期项目还有欠款，即使现在签署了这个二期项目，也不能算最终业绩，必须回款之后才能正常算业绩。白磊万万没有想到，这个项目最终困在了爱购公司的内部流程里。冷鹏私下看了合同条款后，也感觉白磊这事办得不是很好，这个合同条款签署得没大有底线。几次跟信控和财务开会讨论这个项目的欠款和业绩规则后，最终还是要求按回款进度核算业绩。临近年底，客户那边没有资金可以付款，几经折腾后，白磊决定暂不签署这个合同，一方面不想让冷鹏承担风险，另一方面也想留待下一年看是否可以重新再谈。

白磊事后分析整个过程，感觉还是被客户套路了。客户各层级分工配合，谋划设计，一步一步地试探爱购公司的底线，也抓准了爱购公司年底业绩考核这个时间段，真的是验证了那句话：谁着急，谁在意，谁就失去了主动权。

93. 是谁卷走了你的时间

曾几何时,"卷"这个字在社会上流行起来,用于形容一些毫无意义而又浪费时间和精力的工作。到TAB公司工作过的人都应该清楚地知道,每天有开不完的各种线上会,例如各种动员会、宣贯会、KPI对齐会、流程评审会、产品培训会、每个季度的季度营业额报告会、项目讨论会、冲刺会、晨会、周会、月会、考核制度规定会、业务流程最新变更会、企业文化宣传会和技术交流会等。无穷无尽的各种会议,看似让人很忙很充实,其实效率极低,卷走了太多太多的时间和精力。

现在的线上会虽然感觉组织上方便了,效率好像很高,但如果一个人开会时的环境、状态不好,比如说边走路边开会,边吃饭边开会,边写着材料边开会,那么还真不如不开会,也不如开线下会有意义,至少大家面对面能集中精力,很多事情能够当面沟通清楚。数字化行业流行线上会议,由于大家散在各处办公,即使是在办公楼同一层的人,或者是在同一片工位区的人,甚至是坐对面的人,开会也搞线上会议。有时候开会几分钟,约会和拉会所耗费的时间和精力却远不止几分钟,不是这个有事就是那个有事,很多所谓的"忙"人,电话不是没人接,就是打不进去或者直接拒接。白磊以前在国企的时候很少拒接别人的电话,也很少被别人拒接电话，因为打电话大部分是有急事，双方都希望能尽快联系上彼此。而到了数字化公司后，白磊几乎每天都被人拒接电话。慢慢地白磊也养成了拒接别人电话的习惯，有时候甚至会不由自主地拒接家里人的电话，很多次白磊都是拒接后再拨过去。其实大部分人真的不会时时刻刻都有非常重要的事情，连个电话都不能接的情况真的很少，接一下电话，告诉别人一声自己在忙，这是最基本的礼貌，总共耗时不到五秒钟。很多人天天喊着客户第一，但如果客户最需要你的时候，却联系不上你，电话打不通，乃至拒接，这算什么客户第一呢？在爱购公司和一些数字化公司，最怕临时找人办点急事，此时经常会发现所有人的行程都被安排得满满的，会听到"我一会儿还有个会，我几点几点还有个会，要不先这样"，表面上显得很忙碌，其实一个会没有彻底讨论清楚，没有开明白，弄了一半，就去另一个会，结果另一个会也弄得稀里糊涂，这样的会开了也不能解决问题，又有什么意义呢？

说到"卷"，还有另一个层面的"卷"，就是流程上的"卷"。想必听到这个，有些人就要忍不住吐槽了。签合同的审批流程，一般公司都得三天起步，而在数字化公司，至少是一周起步，层层流程审批的人加起来估计得有十多个人，而且每个人都要像老师改作文似的在合同上做一些自己认为能够维护公司利益的修改，就好像不写几条意见，就显示不出他的存在似的。白磊曾经有个合同签署得比较着急，自己马虎把大小写金额写错了，经过了十多个审批人，花费两周多的时间，这个错误愣是没人发现，直到合同盖完章归档后，白磊才发现这个错误。真不知道这些人的审核重点到底在哪里。这么多人审核到底有没有用？

如果数字化行业大公司直接做项目投标，那员工简直是要干掉半条命，要面对各种规矩、各种要求、各种流程，所以很多数字化行业大公司的销售都不愿意直接投标，宁愿把利润让出去，让代理商帮忙投标，也不愿意自己花费大量时间干那些琐碎、没有意义的事情。有些公司流程上竟然还在用最传统的邮件审批方式，有些负责人每天的邮件爆炸得看不过来，很容易漏掉一些邮件。最受不了的就是那些需要层级审批的事，发邮件的效率低得简直还不如直接挨个找审批人敲门汇报痛快一些。

半夜催流程的情景，想必很多人都经历过。在工作通信软件中，白磊感觉应该加入一些固定的话术和表情，比如"姐\哥，这个流程帮忙批一下，谢谢"，外加一个下跪膜拜的表情；再如"合同初审已经通过，合同复审麻烦再帮忙批一下，多谢了"等。催流程的痛苦，有时候让人恨不得把纸质的文件拿到审批人手边，把钢笔放他手中，让他赶紧签下同意两个字。

都说有闲情才能有逸致，整日"卷"得忙忙碌碌，没有时间进行深度思考，没有时间进行深度阅读，总是拼命地赶时间，应付一件又一件的事情，把自己弄得跟机器似的，那不是正确的工作状态，最终只能心力交瘁。如果有一天，一个人不再把工作当成天大的事情，那他可能就成功地"卷"了出来。工作是为了生活，若生活没过好，健康没了，那就完全本末倒置了。现在职场中，大部分人都渴望被认同，想要证明自己的价值，自我要求过于严苛，可越是时刻紧绷，越容易出错，以至于影响了正常生活。事实上，我们不应该给自己太多的压力，当我们去领悟和实现工作真正的意义时，就会发现，工作中，其实根本没什么大不了的事。许多问题并没有特定意义，只是我们主观臆断，把自己的精神捆绑了。

过度负责，就是越界。承担太多，实则是透支自己。凡事总有限度，一旦过度必受惩罚，这是最朴素也最真切的人生哲学。职场中，有些人有强烈的责任感，对身边所有事物都过于负责，导致各种"任务"占满了生活的空间，承担太多压力，往往又力不从心。其实，不着急出众，默默蓄积力量，反而更能引人注目。我们只有在不追求外来的赞许声时，才会身心自由，有精力专注当下。放弃急功近利的心态，耐得住性子，沉得住气，潜心体验和沉淀，那么一切只是时间问题。正如莫言说的:"晚熟的人,到了合适的时候,出现了能让他展现才华的舞台,他便会闪闪发光。"人生如同一棵树,经年累月地扎根深耕,才能枝繁叶茂地拔地参天。真正的名声,从来不是自证得来的,而是扎扎实实地铢积寸累,自然而然水到渠成的。

有句话说得好:"工作是手段,生活才是目的。"工作和生活应该是相互成就的关系,把工作看得太重,生活就会偏航。当然,不把工作当成天大的事,并不意味着躺平,而是要拒绝身心的过度消耗,放下完美主义,专心提炼自己的核心价值。要保持开放的态度,用恰到好处的力度,以更好的状态应对随时出现的挑战。